허담 新무협 판타지 소설
FANTASTIC ORIENTAL HEROES

무천향
武天鄕

무천향 5

허담 新무협 판타지 소설

초판 1쇄 찍은 날 § 2009년 3월 6일
초판 1쇄 펴낸 날 § 2009년 3월 13일

지은이 § 허담
펴낸이 § 서경석

편집장 § 문혜영
편집책임 § 이재권
편집 § 문정흠

펴낸곳 § 도서출판 청어람
등록번호 § 제1081-1-89호
등록일자 § 1999. 5. 31
어람번호 § 제2-1690호

주소 § 경기도 부천시 원미구 심곡2동 163-2 서경B/D 3F (우) 420-822
전화 § 032-656-4452 팩스 § 032-656-4453
http://www.chungeoram.com
E-mail § eoram99@chollian.net

ⓒ 허담, 2008

ISBN 978-89-251-1714-0 04810
ISBN 978-89-251-1582-5 (세트)

5
무천향
은하의 계곡
무천향
武天鄕
허담 新무협 판타지 소설
FANTASTIC ORIENTAL HEROES
도서출판 청어람

目次

그 앞에 서다

천봉에서 무천향주의 호출을 받은 여상은 파소 등 삼 인을 즉시 무천향주가 거하는 향주전으로 이끌었다.

"본래 외부에서 들어온 사람들은 초성관에 머무는 동안 반드시 향주를 한 번은 알현하게 되어 있소이다. 하지만 그건 보통 초성관에 머문 지 보름 정도 지난 이후의 일이오. 그러니 그대들이 초성관에 든 첫날 향주를 만나게 된 것은 무척 이례적인 일이라 할 수 있소이다."

여상이 파소 등을 무천향주가 머무는 향주전으로 이끌며 건넨 말이었다. 여상의 표정은 향주전으로 이동하는 내내 어두웠다. 아마도 십이종회라 불린 모임 때문인 듯 보였다.

그렇게 조금 무거워진 분위기 속에 파소와 석청은 무천향에서 가장 큰 건물 앞에 도착했다.

"이곳이 무천향의 중심인 향주전이오. 무천향은 본래 자유로운 곳이나 적어도 이곳에서만큼은 행동을 조심해 주시기 바라오."

여상이 향주전 앞에서 파소 등에게 주의를 주고는 서둘러 일행을 이끌고 향주전으로 들어갔다.

무천향의 향주전은 큰 건물이기는 했으나 일체의 장식을 배제한 수수한 모습을 하고 있었다.

"무천향의 향주라면 천하의 누구보다도 강력한 권위를 지닌 사람일 텐데 이런 건물에 머문다는 건 좀 의외군."

남독마군이 혼잣말처럼 중얼거렸다. 그러자 여상이 나직한 목소리로 입을 열었다.

"무천향은 무도를 수련하는 사람들의 땅이오. 어떤 조직이든 그 조직을 이끌어가는 수장이 있어야 하기에 무천향에도 향주가 존재하기는 하나 향주조차도 무천향에선 무선(武仙)에 도전하는 한 명의 수련자임은 다르지 않소. 수련자에게 어찌 화려한 거처가 필요하겠소."

하나의 문은 다른 문으로 이어지고 그 문을 통과하니 또 다른 문이 나왔다. 그렇게 세 개의 문을 통과하자 기이한 초목을 심어놓은 작은 정원이 모습을 드러냈다. 그 정원의 안쪽, 정원 쪽을 향해 트여 있는 거대한 대전이 파소의 눈에 들어왔다.

"오셨습니까?"

대전 앞쪽에 다섯 명의 중년 무인이 도검을 들고 서 있다가 그중 한 명이 여상을 발견하고는 급히 걸음을 옮겨 여상을 맞이했다.

"고생하는군."

"워낙 오랜만에 열리는 십이종회라 격식에 어긋날까 두렵습니다."

"되는대로 하게나. 수련자에겐 지나친 격식 또한 마(魔)라 할 수 있네. 향주께서는?"

"동쪽 선방에 계십니다. 제가 모시겠습니다."

"아니, 되었네. 바쁠 텐데. 길을 모르는 것도 아니고."

"하지만……."

"되었네. 늙어서 앞 못 보거든 그때나 도와주시게. 갑시다."

여상이 가벼운 농을 던지고는 파소 등을 이끌고 대전 동쪽으로 나 있는 작은 돌길을 따라 걸음을 옮기기 시작했다.

'정말 무공이 아니라 선도를 수련하는 곳이라 해도 믿겠구나. 아니, 무공은 수단이니 정말 선도를 수련하는 곳인가.'

파소는 향주전 내부를 걸으며 자신이 도가의 한 문파에 와 있는 듯한 느낌을 받았다. 또한 그 느낌이 마치 자신의 집에 온 듯 편안하게 느껴지는 것이었다.

'이 익숙한 느낌은 뭐란 말인가? 내 뿌리가 생겨난 곳이기 때문일까? 하지만 이곳은 또한 내 부모님의 피가 뿌려진 곳이 아니던가.'

파소는 자신의 몸이 느끼는 이 안락함이 한편으로는 무척 불만스러웠다. 부모의 죽음이 이루어진 곳, 어떻게 그 장소에서 편안함을 느낄 수 있는 것일까.

"이곳부터는 특히 행동을 조심해 주시구려."

작은 나무 문을 밀고 들어가기 전 여상이 다시 한 번 주의를 줬다. 한 채의 자그마한 초옥, 대무천향주가 수련하는 곳이라기에는 너무 초라한 초옥 앞에서였다.

삐이걱.

오래된 나무 문이 비명 소리를 내며 좌우로 열렸다. 그러자 깨끗하게 비질된 마당이 일행을 맞이했다.

"어서 오세요, 관주님!"

멀리 초옥 앞 작은 툇마루에 앉아 좌선을 하고 있던 소동 한 명이 일행이 들어서자 재빨리 걸음을 옮겨 여상의 앞으로 다가오며 고개를 꾸벅 숙였다. 그 순간 파소와 석청, 그리고 남독 마군 기신의 눈빛이 크게 한 번 흔들렸다.

소동의 나이는 많아야 십삼사 세. 그런데 소년은 여상 앞으로 달려오는 동안 소리는 물론 곱게 쓸어놓은 마당 흙에 새가 앉았다 날아간 듯한 미세한 흔적만을 남겼을 뿐이었다. 그건 곧 아이의 무공이 보통 수준을 넘었다는 의미였다. 강호에 어떤 소년이 열서너 살의 나이에 부드러운 흙 위에서 자신의 발걸음을 숨길 수 있을 것인가?

"안에 계시느냐?"

"예, 관주님. 스승님께서 말씀하시길, 오시면 바로 들이라 했습니다."

"음, 수련 중이 아니셨던가?"

“손님을 불러놓고 수련을 하실 스승님이 아니지요.”

소년의 말에 여상이 고개를 끄덕였다.

“하긴 그렇지. 향주의 인품을 내가 잠시 잊고 있었구만. 그럼 고하거라.”

여상의 말에 소년이 재빨리 초옥 앞으로 되돌아가더니 황제에게라도 고하듯 깊숙이 허리를 숙이며 입을 열었다.

“향주님, 초성관주께서 납시셨습니다.”

그러자 초옥 안에서 나직하면서도 사람의 마음을 편하게 만드는 부드러운 목소리가 흘러나왔다.

“모시거라.”

“알겠습니다, 향주님!”

다시 허리를 숙여 답을 한 소년이 여상을 돌아보며 고개를 끄덕였다. 소년이 무천향주에게 여상의 도착을 고하는 사이 이미 일행은 초옥 앞에 다다라 있었다.

“드세요, 관주님!”

소년이 재빨리 툇마루에 올라 초옥의 문을 열었다. 순간 파소의 눈에 언뜻 순백의 옷자락이 눈에 들어왔다.

“들어갑시다.”

여상이 옷자락을 한 번 여미고는 조심스런 걸음으로 초옥 안으로 들어갔다. 파소와 석청은 서로를 한 번 바라본 후 천천히 초옥의 문을 넘어갔다. 그사이 이미 남독마군 기신은 여상의 뒤를 따라 초옥 안으로 들어간 이후였다.

초옥 안으로 들어서자 방문 반대편의 너른 창을 통해 비쳐

드는 밝은 빛이 파소를 맞이했다. 초옥 안은 밖에서 볼 때 보다 넓고 높아서 무인이 검술을 수련해도 부족함이 없는 크기였다.

그러나 파소는 그런 실내의 정경에 신경 쓸 여유가 없었다. 파소는 흰 옷자락의 주인, 방문 반대쪽에서 들어오는 빛을 등지고 서 있는 노인의 얼굴을 마주하는 것만으로도 모든 심력을 허비하고 있었던 것이다.

'나의 뿌린가?

파소가 흰 수염을 가슴까지 길러 세상에 나서면 필시 신선이 하강한 것이란 소릴 들을 만한 용모를 지닌 노인을 보며 생각했다. 노인이야말로 파소의 조부이며 천하 무성들의 고향을 자처하는 대무천향의 향주 을도산이었던 것이다.

"어서들 오시오."

한마디 말로 상대를 감복시키는 사람이 있다면 무천향주가 바로 그런 인물일 듯싶었다. 무천향주의 입을 통해 흘러나온 목소리가 일행의 귀에 들렸을 때 파소를 제외한 남독신군과 석청은 자신도 모르게 깊숙이 허리를 숙이고 있었다.

허리를 숙여 인사를 올리면서도 두 사람의 입에선 아무런 말도 흘러나오지 않았는데, 그들은 이 고귀한 모습의 무천향주에게 어떤 말을 해야 할지 미처 생각할 겨를이 없었던 것이다.

파소 역시 말이 없기는 마찬가지였다. 그러나 파소는 석청과 남독마군과는 달리 가볍게 고개를 숙이는 것으로 인사를 대신했다.

"이분이 무천향의 향주님이시오."

여상이 뒤늦게 무천향주를 세 사람에게 소개했다.

"을도산이란 늙은이오."

무천향주가 가볍게 고개를 끄덕이며 말했다. 그러자 무천향
주 을도산의 신비스런 분위기에 압도되어 있던 남독마군 기신
이 뒤늦게 평정심을 회복하고는 그답지 않은 공손한 표정으로
입을 열었다.

"강호에서 남독마군이라 불리던 늙은입니다. 작은 재주가
눈에 들어 무천향에 들게 되었습니다. 오늘 향주를 뵙고 나니
과연 이 기신의 선택이 옳았음을 다시 한 번 깨닫게 되었습니
다."

"그대들을 이곳에 불러들인 사람은 무천향에서 천안성이라
불리는 사람들이라오."

"천안성이라……."

남독마군 기신이 나직하게 중얼거렸다.

"아직 무천향의 천률에 대해서 듣지 못했겠지만 무천향의
무인들은 천률에 의해 무천향을 벗어나는 것이 금지되어 있소
이다. 무천향의 무인으로 무천향을 벗어날 수 있는 경우는 오
직 세 가지뿐인데, 그중 하나가 무천향의 천안성이 되는 것이
라오. 천안성들은 무천향을 세속으로부터 지켜내는 임무를 맡
은 사람들인데, 그들의 임무 중 또 하나가 이렇게 강호의 절대
고수들 중 무천향에 어울리는 사람을 무천향으로 안내하는 일
이라오. 그대들을 은하의 계곡으로 인도한 사람들은 바로 그

들이라오."

"그랬군요. 어쩐지 비록 낮은 재주지만 강호에선 제법 존중받는 이 기신을 다루는 솜씨가 보통이 아니더니……."

"천안성이 되려면 적어도 본 향에서 백대고수 안에 들어야 하니 천안성들의 무공과 지략을 따를 자는 강호에 거의 없다고 봐야 할 게요."

모르는 사람이 들으면 광오한 말이겠지만 파소 등은 무천향주의 말이 결코 과장된 것이 아님을 알고 있었다. 파소와 석청은 이미 무천향에 대해 충분한 지식을 가지고 있기 때문이었고, 남독마군은 은하의 계곡을 통과한 이후 무천향의 무인들을 보며 깨달은 바가 적지 않기 때문이었다.

"자, 앉으시게들… 본래 외부에서 무천향에 들어온 사람들은 나와 한나절 정도 이야기를 나누지만 미안하게도 오늘은 그럴 만한 여유가 없게 되어버렸구려. 그렇다고 새로운 입향자를 만나지 않을 수도 없고 해서 잠시 얼굴이나 보자고 이렇게 급히 부르게 된 것이라오."

을도산의 말이 끝나자 파소 등은 을도산이 권하는 대로 앞에 놓인 네 개의 거친 방석에 자리를 잡고 앉았다.

그때 방문이 열리며 초옥 앞에서 일행을 맞이했던 소년이 차를 들고 들어와 조심스런 손길로 찻잔을 내려놓았다.

"본래 본 향은 모든 것이 부족하다오. 물론 일천 식솔이 먹고살 만큼의 양식이 생산되기는 하지만 그 이외의 것은 구하기가 그리 쉽지 않다오. 차도 그중 하나요. 본시 차란 습기가 많은 곳에서 잘 자라는데 이 무천향은 한가운데 성해(星海)를 가지고 있으면서도 사막으로 둘러싸인 덕에 무척 건조한 기후라오. 그래서 차나무가 잘 자라지 않소이다. 그러니 차는 이곳에서 무척 귀한 물건이오. 오늘 그대들 덕에 나도 오랜만에 맛을 보게 되는구려. 드시오.”

을도산이 파소 등에게 차를 권하고는 그 자신도 대단히 귀중한 보물이라도 되는 양 찻잔을 소중하게 들어 올렸다. 그리곤 아주 조심스런 움직임으로 한 모금 차를 입에 담았다.

파소 등 삼 인은 을도산이 차를 마시기를 기다렸다가 그가 찻잔을 입에 가져가자 각자 자신의 찻잔을 입으로 가져갔다. 그런데…

“음……!”

한 모금의 차를 입에 머금은 남독마군의 입에서 나직한 신음성이 흘러나왔다. 석청 역시 얼굴에 실망한 기색이 역력했다.

‘하품(下品) 중 하품이군.’

파소도 입안이 떫은맛으로 가득 차는 것을 느끼고는 단번에 차의 품질을 알아챘다.

그런데 삼 인의 표정을 본 것일까. 무천향주 을도산이 빙그레 미소를 지으며 말했다.

“모두들 실망했을 것이오. 뭐 이런 차를 내놓나 싶기도 할 거요. 그러나 오늘 내가 그대들에게 내놓은 이 차 한 잔의 의미는 그리 가볍지 않다오.”

을도산의 말투가 미세하게 변했다. 아마도 무천향주로서 새로운 입향자들에게 차를 빌어 하고 싶은 말이 있는 모양이었다. 파소 등 삼 인도 얼굴색을 바꾸며 자세를 바로 했다. 비록 편하게 대하고는 있다지만 상대는 대무천향의 향주였다.

"이곳에 들어오기 전 차를 즐기지 않았다고 해도 이 차의 품질은 누구라도 금세 알 수 있을 것이오."

물론 무천향주의 말대로였다. 삼척동자가 마셔도 지금 파소 등의 앞에 놓인 차가 형편없는 하품(下品) 차라는 걸 모를 사람은 없었다.

"차를 좀 마신다는 사람이라면 강호에서 이런 차를 마실 사람은 없을 게요. 이 차는 그야말로 잎이 다 쇠어버린 것으로 만든 차로, 차 맛을 즐기는 사람이 마시기엔 너무 떫은 최하품의 차라오. 하지만 이곳 무천향에서 소용되는 차는 모두 이와 같은 최하품의 차라오. 그건 무천향 최하위의 무사에서부터 향주인 나까지 모두 마찬가지. 무천향의 무인들이 이렇게 떫은 차를 마시는 이유는 두 가지요. 하나는 무천향에서는 먹고 입는 최소한의 것만을 생산하기 때문에 고급 차를 구입할 만한 여력이 없기 때문이오. 한마디로 돈이 없어서 좋은 차를 구해 먹을 수 없단 말이오."

무천향주 을도산은 그리 말했지만 파소는 을도산이 말한 첫 번째 이유가 하품의 차를 마시는 이유가 될 수 없다는 것을 알고 있었다. 아무리 무천향이 세속에서 격리된 생활을 한다고 해도 서른 명의 천안성을 강호에 내보내고 있었다.

강호라는 것은 실로 묘해서 힘들여 일하는 것보다 강한 무공을 지닌 고수에게 금자가 몰려드는 동네였다. 천안성이 아무리 일반 무림의 일에 관여치 않는다 해도 그들이 상품의 차를 구할 정도의 금자를 만들지 못한단 말은 애당초 어울리지 않는 말이었다.

"두 번째 이유는 무공을 수련해 선에 이르는 일은 이 차 맛과 같이 고단한 일이라는 것을 항시 일깨우기 위함이오."

'그게 진정한 이유겠지.'

"분명 이곳은 절간은 아니오. 무천향의 사람들은 장사도 하고 농사도 짓고 혹은 혼인도 하여 자손도 본다오. 하지만 그런 삶 속에서도 무천향이 처음 생겨난 이유, 무를 통해 선을 이뤄가려는 그 목적만큼은 언제나 무천향 무인들의 가슴속에 담겨 있소. 이런 하품의 차를 마시는 것은 바로 그런 초심을 잃지 않기 위한 하나의 방편이라 할 것이오."

잠시 말을 끊은 을도산이 갑자기 강렬한 시선으로 세 사람을 바라봤다. 그 순간 남독마군과 석청이 자신도 모르게 몸을 들썩였다. 그러나 파소는 담담한 눈빛으로 을도산의 강렬한 안광을 받아냈다.

파소가 을도산의 안광에 충격을 받지 않은 것은 아니었다. 을도산의 안광은 너무 맑으면서도 강렬해서 천하의 그 누구도 그의 눈빛에 반응하지 않을 사람은 없을 것이었다. 그럼에도 파소가 그의 눈빛에 흔들지 않은 것은 을도산, 아니, 무천향주에 대한 파소의 본원적인 반발심 때문이었다.

'이토록 강한 사람이 어째서 자신의 아들과 며느리, 그리고 손자를 지키지 못했는가?

파소의 마음속에서 갑작스레 분노가 솟구쳤다. 그러나 파소의 눈에 나타난 그 분노의 불꽃을 보기에는 을도산이 파소와 눈을 마주친 순간이 너무 짧았다. 잠깐의 얼음장 같은 시간이 지나고 좌중을 긴장시켰던 을도산이 다시 입을 열었다.

"내가 그대들에게 당부하고 싶은 것은 바로 이거요. 그대들이 처음 은하의 계곡에 들어올 때 그대들은 무극(武極), 무의 끝을 보겠다는 생각에 강호와 인연을 끊었을 것이오. 그렇다면 단언컨대 천하에서 이 무천향만큼 그대들이 원하는 삶을 충족시켜 줄 곳은 없을 거요. 하지만 사람 사는 세상의 이치는 언제나 마찬가지요. 단 하나의 이치! 오직 자신만이 자신의 세계를 깨뜨릴 수 있다는 것, 어떤 대단한 무공 비급도, 뛰어난 스승도 절대 무극의 경지를 그대들에게 쥐어줄 순 없소. 오직 자신의 한계를 극복하는 것만이 무극의 경지에 도달할 수 있는 유일한 방법인 것이오. 그리고 무의 세계에서 자신의 한계를 넘어서기 위해선 모든 것을 버리고 무극에 도전하려 했던, 세상의 인연을 끊고 은하의 계곡에 들어서던 그 초심을 잃지 말아야 할 것이오. 내가 오늘 이 떫은 차를 그대들에게 대접한 것은 바로 그 때문이오. 그대들이 이 무천향에서 살아가는 동안 그대들은 언제나 이 떫은 차를 마시게 될 것이오. 그때마다 그대들이 이곳에 들어올 때 가졌던 그 도전자의 초심, 무극에 도전하려던 그 간절한 마음을 떠올리길 바라겠소. 이게 바로 오늘 그대들이 날 만나 차 한 잔을 대접받은 이유요."

　무천향의 향주로서 혹은 무도의 길을 앞서 걸어가는 사람으로서 후배에게 전하는 무천향주 을도산의 말은 적어도 남독마군에게만큼은 큰 감동을 준 모양이었다.

　"향주의 말씀, 잊지 않겠습니다."

　남독마군의 입에서 진심을 담은 말이 흘러나왔다. 남독마군은 그가 처음 은하의 계곡에 들어왔을 때 가졌던 무천향에 대한 의구심이 말끔하게 사라진 듯 보였다.

　'대단하군. 남독마군 같은 일세의 고수를 단번에 감복시키다니. 외부의 사람들을 받아들이고도 왜 무천향이 그 전통을 이어올 수 있었는지 알 수 있을 것 같구나.'

　그러나 파소는 적어도 을도산이 말한 것이 무천향의 전부가 아니라는 사실을 알고 있었다. 아니, 적어도 그의 부모 을몽학과 심효명이 죽기 전에는 을도산의 말이 모두 진실이었을 수도 있었다. 하지만 그의 부모가 죽은 순간부터 단보가 다시 그를 무천향으로 인도한 지금까지의 무천향은 을도산이 말한 무도를 위해 모든 것을 거는 그런 순수한 조직이라고 할 수 없었다.

　"두 사람도 내 말을 이해하겠나?"

　파소와 석청의 대답이 없자 을도산이 어느새 다시 예의 그 부드러운 모습을 돌아와 물었다.

　"명심하겠습니다."

　"향주님의 말씀, 잊지 않겠습니다."

　파소와 석청이 답을 하자 을도산의 얼굴에 만족한 듯한 미소가 흘렀다.

"그런데 두 사람은 부부라 했나?"

을도산이 화제를 바꿔 물었다. 이럴 땐 무천향주가 아니라 한 올 흠없이 곱게 늙은 노인과 같은 모습이었다.

"그렇습니다."

파소가 고개를 끄덕였다.

"얼마나 되었지?"

"네?"

"부부의 연을 맺은 지 말이야."

"올해로 삼 년이 됩니다."

"삼 년이라… 그런데 아직 후손이 없는 건가?"

"예?"

너무도 의외의 질문에 파소가 어리둥절한 표정으로 되물었다.

"허허, 부부의 연을 맺은 지 삼 년이나 되었다기에 자식이 없느냐고 물었는데 뭘 그리 놀라는가?"

을도산의 말대로 놀랄 일이 아니었다. 하지만 그동안 파소와 석청은 이 문제에 대해서는 거의 관심을 두지 않고 있었다. 그들에게 지난 삼 년은 은하의 계곡을 통과하고 무천향에 들어 과거 무천향에서 벌어진 파소 부모의 사건에 얽힌 진실을 밝혀내기 위한 능력을 갖추는 데 모든 것을 쏟은 시간이었다.

"아직……."

파소가 말꼬리를 흐렸다. 석청은 얼굴이 발갛게 변해 고개를 숙인 채 아무런 대답도 하지 않았다.

"삼 년이나 되었는데 후손을 보지 못했다니… 문제 아닌가?"

을도산이 장난스런 표정을 지으며 물었다. 누가 이 모습을 보고 그를 대무천향의 향주라고 할 것인가. 지금 을도산의 모습은 마치 파소가 그의 손자라는 걸 알고 있는 듯한 모습이었다.

"그건 제가 생각해도 조금 이상하군요."

곁에서 을도산의 말을 듣고 있던 여상도 한마디 거들었다.

"혼인을 한 이후 줄곧 수련에 몰두해 있었기에……."

파소가 변명처럼 입을 열었다. 하지만 꼭 변명이라고도 할 수 없었다. 기실 파소와 석청은 혼인을 한 이후 합방을 한 날은 극히 드물었기 때문이었다. 파소의 말대로 두 사람은 모든 관심을 온통 무공 수련에 쏟았었던 것이다.

"하하, 정말 두 사람은 무천향에 어울리는 사람들인 모양이군. 무공을 수련하느라 자식 볼 기회가 없었다니 말이야. 하하하!"

을도산이 너털웃음을 터뜨렸다. 여상과 남독마군도 나직한 웃음을 흘려냈고 파소와 석청은 겸연쩍은 표정으로 얼굴을 붉힐 뿐이었다.

"하지만 두 사람, 젊음은 그리 오래가지 못한다네. 후손을 보는 일은 중요한 일이야. 오늘부터라도 관심을 좀 가지시게.

무천향에는 그에 관한한 뛰어난 효능을 지닌 약들이 많으니 의방에 들러보는 것도 좋을 걸세."

을도산의 장난스런 충고에 남독마군이 의아한 표정으로 슬며시 질문을 던졌다.

"무도를 추구하는 무천향에 수태를 돕는 약이 많다니, 그건 좀 이상하군요?"

기신의 물음에 초성관주 여상이 을도산 대신 입을 열었다.

"거기엔 다 그만한 사정이 있다오. 아시겠지만 무천향은 외부와 고립되어 있는 곳이오. 이런 곳에선 세월이 흐르다 보면 손이 귀해지게 마련이라오. 그것이 자연의 이치가 아니겠소? 해서 무천향에서 태어나는 아이의 숫자는 시간이 흐를수록 점점 줄어들었소. 나중에는 무천향의 존립을 걱정해야 할지도 모르는 수준에 이르렀다오. 해서 택한 방법이 두 가지요. 하나는 수태를 돕는 영약을 만들어내는 것이고, 다른 하나는 외부의 인물들을 무천향에 들이는 것."

여상의 설명에 남독마군이 고개를 끄덕였다.

"듣고 보니 그런 사정이 있었군요."

"하지만 그럼에도 불구하고 사정이 그리 좋은 것은 아니오. 무천향에는 여전히 많은 아이가 필요하다오. 두 사람, 내가 이런 말을 한 이유를 이젠 아시겠나?"

이번엔 을도산이 파소와 석청에게 말하자 파소와 석청이 얼굴을 붉힌 채 고개를 끄덕였다.

"시간이 되면 두 사람을 의방에 데려가 주시구려."

어찌 보면 장난이 아닌 듯 을도산이 여상을 보며 특별히 당부까지 하며 건넸다.

"향주의 명대로 하지요."

파소 일행은 을도산의 초옥에서 한 시진가량 머물렀다. 을도산은 대무천향의 향주답지 않은 부드러움으로 세 사람에게 이런저런 당부를 했고, 세 사람은, 아니, 적어도 남독신군만큼은 무천향주 을도산에게 완벽하게 감복했다.

"더 이야기를 나누고 싶지만 시간이 허락지 않는구려. 나중에라도 내 다시 시간을 내어 그대들을 초청하겠소."

을도산의 입에서 축객령이 내려졌다.

"기다리겠습니다."

남독신군이 기대에 찬 얼굴로 대답했다.

"자, 그럼 이만 나갑시다. 향주께선 급히 처리하셔야 할 일들이 있으시니……."

여상이 파소 등 삼 인을 돌아보며 말하자 세 사람이 조심스럽게 자리에서 일어나 을도산에게 고개를 숙여 보이고는 초옥을 벗어났다. 을도산은 초옥을 나서는 파소 등 삼 인을 깊은 눈으로 바라보고 있다 그들이 완전히 물러나자 한숨을 내쉬며 입을 열었다.

"휴… 고담!"

"옛, 향주!"

을도산의 나직한 부름에 어느 틈엔가 그의 옆에 한 명의 인물이 유령처럼 서 있었다. 오십대 후반으로 보이는 사내는 검은색 무복을 입고 있었는데, 뿌연 안개가 그의 몸을 휩싸고 있는 듯 보여 자못 신비한 느낌을 주는 사내였다.

"어찌 보았는가?"

"소인이 어찌……."

"고담 그대가 아니면 누가 저 아이를 평가하겠는가? 그대는 몽학의 곁을 삼십 년 동안 지키지 않았는가?"

"하지만 도련님의 죽음을 막지 못했지요."

고담이라 불린 흑색 무복의 사내 입에서 음울한 목소리가 흘러나왔다.

"고담… 그건 그대의 잘못이 아니다. 잘못으로 따지자면 자식을 죽도록 방치한 나의 잘못이 더 크겠지. 그리고… 그 죽음은 누가 뭐라든 몽학 스스로 원한 죽음이었다. 그대가 그 일로 평생 흑색 무복을 입고, 밝은 빛을 보지 않고 살겠다고 결심한 것은 사실 스스로에게 너무 가혹한 일이야."

"몽학 도련님이야 어쩔 수 없었지만 파소 도련님까지 뫼시지 못했으니 평생 빛을 보지 않는 것으로도 속죄할 수 없는 일이지요."

"그야 단보가 움직였기 때문이 아닌가?"

"그래서 한편으로 몽학 도련님과 마님이 원망스럽기도 합니다. 왜 내가 아닌 단 어른이었을까 하고……."

"원망치 마라. 널 못 믿어서가 아니라 그때 네 나이가 너무 어렸던 것뿐이니까."

을도산의 말에 고담이란 불린 사내가 말없이 침묵을 지켰다.

"어쨌든 네 눈에는 어떻게 보이더냐?"

"핏줄이 어디 가겠습니까?"

"그렇지? 나도 몽학을 보는 듯했다. 정말 많이 닮았구나."

"다른 점도 있습니다."

"응? 어떤 점이……?"

"몽학 도련님은 협기가 넘치는 분이셨지요. 아마도 그 때문에 스스로 목숨을 던지셨을 겁니다. 반면 파소 도련님은 그 기운이 심연(深淵)을 대하는 느낌이었습니다."

"심연?"

"그렇습니다. 몽학 도련님이 거친 격류였다면 파소 도련님은 깊은 호수라고나 할까요."

"후후, 그런 면에선 파소 그 아이가 무천향에 더 어울리는 성정을 지녔군."

"저도 그렇게 생각합니다. 몽학 도련님은 무천향에 어울리는 분이 아니셨지요. 강호에 나갔다면 강호천하에 거대한 족적을 남기셨을 겁니다. 무천향은… 몽학 도련님께 너무 좁은 곳이었지요."

고담의 말에 을도산이 천천히 고개를 끄덕였다.

"사람의 운명이란 알 수가 없는 것이다. 몽학과 파소 둘은 어쩌면 서로 자리를 바꿔 태어났으면 좋았을지도 모르겠구나. 그건 그렇고, 지행의 행방은?"

“아직 돌아오지 않으셨습니다.”

“늦어지는군.”

“조심하시는 것이겠지요.”

“눈치챘을까?”

“누가 말입니까?”

“지행 말이다. 내가 그와 단보의 행보를 알고 있다는 걸 눈치챘을까?”

을도산의 말에 고담이 잠시 생각에 잠겼다가 고개를 끄덕였다.

“어쩌면……..”

“그래, 우리 형제들 중 지행만큼 심기기 깊은 사람도 없지. 그러니 무공은 처져도 삼 인의 대성사 중 가장 존경받는 대성사가 되지 않았겠는가? 그럼에도 내게 말하지 않은 이유는 뭘까? 파소를 무천향에 끌어들인 일에 관여치 말라는 걸까? 난 자격이 없다고?”

“설마 그러시기야……..”

“아니, 지행은 심기가 깊으면서도 강단이 있는 사람이야. 또한 몽학의 스승이기도 했다. 그러니 몽학의 일에 곡절이 있다는 것을 아는 순간 나에 대한 원망이 없을 수 없었을 것이다.”

“하지만 당시나 지금이나 의심만 있을 뿐, 진실은 밝혀지지 않았습니다. 죽음은 몽학 도련님 스스로 원한 것이고요.”

“그러나 원망치 않을 수 없을 것이다. 당시 난 그 사건에 대한 조사를 위해 시간을 달라는 지행의 청을 거절했다. 거기에 더해 누구든 그 사건에 대해 입을 여는 것조차도 금지시켰지. 만약 당시 지행의 청을 받아들여 그 사건을 조사했다면 지행의 능력을 보았을 때 시간이 걸려도 사건의 진실을 알아낼 수 있었을 것이다.”

“한데 왜……?”

“왜 지행의 청을 거절했냐고?”

“그렇습니다.”

“그럴 수밖에 없었다. 몽학을 살리려 하면 무천향이 무너졌을 테니까. 나에겐 시간이 필요했다, 얽힌 실타래를 풀 시간이…….”

“향주…….”

고담의 얼굴에 침통한 기색이 스치고 지나갔다. 아마 을도산이 한 말의 의미를 짐작하는 모양이었다.

“가끔 후회가 되기도 한다. 정종이 과거의 정종이 아닌 것은 곧 무천향이 과거의 무천향이 아니라는 의미, 그런 무천향을 몽학을 희생시키면서까지 지켜야 할 이유가 있었을까 하고…….”

을도산의 음성에서 고통이 느껴졌다.

“향주……!”

고담의 고개가 더 깊게 숙여졌다. 을도산의 말이 계속 이어졌다.

“어쩌면 난 또 한 번의 실수를 하고 있는지도 모르겠다. 변해 버린 무천향을, 그리고 유린당한 정종의 권위를 다시 세우

기 위해 파소 그 아이가 무천향에 드는 것을 방관했으니 말이
다.”

“그것은……..”

“어쩔 수 없는 일이었다고? 후후, 본래 죄업을 일으킨 모든
자의 변명은 그 말로 시작하지. 어쩔 수 없는 일이었다
는……..”

파소가 을도산을 만났던 모옥을 벗어나 다시 향주전으로 나
왔을 때 향주전의 분위기는 파소 등이 처음 들어왔을 때와는
사뭇 달라져 있었다. 조용하던 향주전으로 제법 많은 사람들
이 모여들고 있었는데, 그 모습에서 하나같이 비범함이 느껴
지는 사람들이었다.

“스승님!”

향주전 앞에는 파소의 눈에 익은 인물도 있었다. 초성관주
여상의 제자인 무유였다.

“기다리고 있었느냐?”

“길어지면 바로 성회에 참석하셔야 할 것 같아서요.”

“음, 그래. 고맙구나. 아무래도 난 이곳에 남아야 할 것 같소
이다. 이 아이를 따라 초성관으로 돌아들 가시구려.”

여상이 무유를 향해 고개를 끄덕이고는 파소 등을 돌아보며
말했다.

“그리하시지요.”

남독마군이 고개를 끄덕였다.

"따라오세요."

무유가 조금 귀찮다는 표정으로 퉁명스레 말을 뱉어내고는 여상에게 고개를 숙여 보인 후 서둘러 향주전을 벗어나기 시작했다. 파소 등 삼 인도 황급히 무유의 뒤를 따랐다.

"이보게, 소형제!"

향주전을 벗어나 초성관으로 향하는 도중에 남독마군이 은근한 목소리로 무유를 불렀다.

"말씀하세요."

무유의 대답은 여전히 퉁명스럽다.

"소형제는 이곳 출신인가?"

"당연하지요. 제 실력에 어떻게 은하의 계곡을 통과해 무천향에 들어오겠어요."

무유가 당연한 걸 묻는다는 듯 심드렁하게 대꾸했다.

"어쩐지 소형제의 움직임이 범상치 않더니만… 역시 무천향 출신이었군. 그런데 그럼 소형제는 이 무천향의 사정에 대해선 누구보다 잘 알고 있겠군?"

남독마군의 은근한 칭찬 때문일까. 무유의 목소리가 조금 부드러워졌다.

"뭐, 그렇다고 볼 수 있지요."

"그럼 하나 물어보세. 십이종회가 뭔가?"

남독마군의 질문에 무유의 표정이 살짝 변했다. 그의 표정에서 아이답지 않은 진중함이 묻어났다.

"십이종회는 무천향 최고의 어른들이 모이는 자리예요. 무천향 십이조사의 진전을 이은 후계자들이 모여 무천향의 중대사를 결정하는 회의지요. 보통 무천향의 대소사는 대부분 향주께서 결정하시지만 개중에는 향주께서 홀로 결정하실 수 없는 것들도 있지요. 그런 사안은 십이종회를 통해 결정을 내리게 되요."

"음… 그렇군. 그런데 십이종회가 자주 열리는 것이 아닌 모양이군. 오늘 초성관주께서 십이종회가 열린다는 말을 듣고는 크게 놀라시는 것을 보면."

"무천향은 세상과 격리되어 있어서 특별한 사건이 자주 일어날 곳이 아니지요. 해서 십이종회가 열릴 일은 거의 없어요. 마지막으로 열린 십이종회가 한 칠팔 년 전일걸요? 물론 그땐 내가 철이 없을 때니 당시의 사정은 잘 모르지만요."

"허허, 칠팔 년 만의 십이종회라… 어떤 중요한 일이 생겼기에……."

남독마군이 자신이 걸어 내려온 향주전을 돌아보며 중얼거렸다.

"모르긴 해도 소천의 병세 때문일 거예요."

"참, 그것도 물어보세. 소천(小天)은 도대체 누굴 말하는 건가?"

"소천은 다음 대 무천향주가 될 사람을 말하는 거예요."

순간 파소와 석청의 눈에 이채가 스치고 지났다. 남독마군 역시 놀란 표정으로 물었다.

"이곳에 들어올 때 우리를 마중했던 사람이 소천의 병세가 심각한 듯 말했었는데… 설마 대무천향의 후계자가 병마에 빠졌다는 건가?"

"뭐, 그런 셈이죠."

"그럼 셈이라니?"

"주화입마도 병이라면 병이죠."

"주화입마(走火入魔)?"

"그래요. 소천께선 오래전에 무공 수련 중 주화입마에 빠지셨어요. 본래 무천향에는 천하제일의 고수들과 의술에 뛰어난 의원들이 즐비하기 때문에 웬만한 주화입마는 대부분 고치지요. 그 때문에 무천향의 무인들은 주화입마에 대한 두려움없이 무공을 수련하고요. 그런데 소천의 주화입마는 지난 팔 년 동안 누구도 고치지 못했어요. 겨우 목숨을 붙여놓는 것이 의방의 의원들이 할 수 있는 전부였죠. 그런데 최근 들어 소천의 상세가 급격히 나빠지기 시작했어요."

"목숨이 위태롭단 말인가?"

"자세한 건 모르지만 아마도 그런 것 같아요."

무유가 자못 걱정스런 표정으로 대답하는 사이 파소는 다른 생각을 하고 있었다.

'팔 년 전이라면 단 어른이 날 찾아온 바로 그때가 아닌가? 혹 소천이란 사람의 주화입마와 단 어른이 날 찾은 것이 관계가 있는 게 아닐까? 단 어른과 대성사께서 말씀하시길, 내가 이 무천향에 들어와 할 일 중 다른 하나는 나중에 말해주겠다

고 했었는데…….'

우연의 일치일 수도 있었다. 그러나 공교롭게도 무천향의 소천이 주화입마를 당한 시기와 단보가 다시 파소를 찾아온 시기는 얼추 비슷했다.

"그런데 현재 무천향의 소천은 어떤 사람인가?"

남독마군의 질문에 파소는 그제야 자신도 정작 무천향의 소천이 누군지 모르고 있다는 것을 깨달았다. 파소의 시선이 자연스럽게 무유에게로 향했다. 그런데 질문을 받은 무유가 마치 뭔가를 두려워하는 듯 주위를 살핀 후 나직하게 입을 열었다.

"지금의 소천께선 현 무천향주님의 아드님이시지요. 을몽검이라고……."

"원, 사람 참. 그 말을 하는데 뭘 그렇게 조심스럽나?"

"그게 다 그만한 사정이 있어요."

"사정이 있다니?"

"그게 말입니다. 지금의 소천이 처음부터 무천향의 소천은 아니었단 말이지요."

"응? 그럼 중도에 소천이 바뀌었다는 말인가?"

"그렇지요."

순간 파소는 눈빛이 흔들렸다. 지금 무유가 하고자 하는 이야기를 짐작했기 때문이다. 무유는 지금 파소의 아버지에 대해 이야기하고 있는 것이 분명했다.

"무천향의 후계자 자리도 도중에 바뀔 수 있는 모양이군."

사정을 모르는 남독마군이 대수롭지 않다는 표정으로 말했다.

"거의 바뀌는 경우가 없지요."

무유가 즉시 남독마군의 말에 대꾸했다.

"응? 하면……?"

"지금의 소천이 무천향의 후계자가 된 건 그 형의 죽음 때문이에요. 본래 현 무천향주께서는 이남일녀를 두셨지요. 그 첫째가 무천향 개파 이래 최고의 기재라던 사람이었는데, 그가 바로 현 소천의 형이에요."

"음… 사연이 있군."

"맞아요. 깊은 사연이 있죠. 하지만 이 이야기를 하는 것은 무천향에선 금지된 일이지요. 해서……."

"그래서 자네가 목소리를 낮춘 것이군."

"그렇지요. 이 이야기는 절대 타인이 있는 곳에서 말을 꺼내면 안 됩니다. 명심하세요."

"알겠네. 그런데 무천향 최고의 기재라던 전대 소천은 어쩌다 죽게 된 것인가?"

"아아, 그 자세한 사정은 저도 잘 몰라요. 그땐 제가 태어나지도 않았을 때니까요. 하지만 듣기로는 스스로 목숨을 끊었다고 하더군요."

"자살을? 도대체 무엇 때문에……?"

"그건 자세히 모르겠고요."

어느새 일행은 성시를 지나 초성관이 있는 구릉을 향해 뻗어 있는 오솔길로 접어들고 있었다.

"현 향주에게 이남일녀가 있다고 했습니까?"

문득 파소가 무유에게 물었다.

"네. 그렇죠."

"그중 한 명이 죽었고 이제 남은 한 명마저 목숨이 위태롭다면 향후 무천향의 후계자는 어떻게 되는 겁니까? 나머지 한 분인 따님이 후계자가 되는 겁니까?"

파소의 질문에 무유가 고개를 갸웃거렸다.

"글쎄요. 그건 제가 답하기 어렵네요. 무천향에는 뛰어난 여협들도 적지 않을뿐더러 남녀의 차별이 없다고는 하지만 그래도 역시 무천향의 후계자는……."

"누가 그 문제를 결정합니까?"

"아마도 십이종회에서 결정되겠지요. 오늘 십이종회가 열리는 것도 아마 이후의 일을 논의하기 위해서일 겁니다."

"향주의 따님 말고 달리 거론되는 사람이 있습니까?"

"그런 사람은 없습니다. 본래 무천향의 향주 자리는 정종 을씨 가문에서도 대종사 을조인 어른의 직계 혈통으로 이어오고 있습니다. 또한 후계자를 정하는 것도 형식상 십이종회의 의견을 묻긴 하지만 향주의 고유 권한이지요."

"반발은 없었나? 어찌 무천향의 향주를 을씨의 적통이 독식한단 말인가?"

무천향의 역사를 알지 못하는 남독마군이 의아한 표정으로 물었다.

"아직 어르신께서 무천향의 역사를 잘 모르셔서 하는 말씀입니다. 본래 이 무천향이란 곳은 을씨 가문이 세운 것이나 마찬가지예요. 그 옛날 무천향을 연 십이조사 가운데 여섯 명이 을씨 가문의 고수들이었지요. 을씨 가문이 없었다면 무천향은 애당초 존재하지 않았을 거예요."

"음… 그런 과거가 있었던가? 을씨 가문이라… 대단한 가문인 모양이군."

"대단하죠. 하지만 지금은……."

"지금은 다르다는 건가?"

"뭐, 지금도 대단하긴 하지만 예전만큼은 아니죠. 가장 문제가 되는 것은 그 후손이 귀해졌다는 거지요. 특히나 대종사 을조인 어른의 혈손은 이제 거의 손에 꼽을 지경이지요. 적통은 거의 찾아보기 힘들고요. 초창기 무천향의 육 할을 차지했던 을씨 가문의 식솔이 지금은 겨우 삼 할에 불과하지요. 그들을 가리키는 말이 정종인데, 정종의 숫자는 지금도 점점 줄어들고 있어요. 더군다나 최근 몇십 년 동안에는 정종에서도 무선이 배출되지 않은 까닭에 정종의 권위도 많이 떨어진 상태지요."

어느새 일행은 초성관 앞에 도착해 있었다. 해는 이미 져서 무천향은 어둠에 묻혀 있었다.

"어쩌면 내일도 제가 모셔야 할지 모르겠네요. 본래 십이종회가 한 번 열리면 여러 날 동안 이어진다고 알고 있거든요."

"그런가? 어쨌든 오늘 수고하셨네."

"수고는요. 많아야 일 년에 한두 번 하는 일인데……."

그런데 그때 멀리 향주전이 있는 성해의 동쪽 언덕에서 열두 개의 거대한 횃불이 솟구치기 시작했다.

"드디어 십이종회가 시작됐군요. 한 가지 당부를 드리자면, 그럴 일은 없겠지만 십이종회가 열리는 동안은 도검을 뽑지 마세요. 십이종회 동안은 도검을 뽑을 수가 없다는 천률이 있어요. 비무조차도 금지되지요."

무유의 당부에 파소 등 삼 인이 고개를 끄덕이며 향주전을 바라봤다. 그러자 열두 개의 횃불이 용처럼 하늘로 솟구치는 것이 파소의 눈에 들어왔다.

第二章

검산무벽(劍山武壁)

　무천향 십이종회를 알리는 횃불은 보름이 지나도 꺼지지 않았다. 덕분에 파소 등에게 무천향에서의 생활을 안내하는 일은 여상 대신 무유의 몫이 됐다.

　"이곳은 검산(劍山)이라 부르는 곳이에요."

　중앙에 호수를 두고 분지의 모양을 갖추고 있는 무천향에서 가장 험준하고 날카로운 기운을 품고 있는 북쪽 석산을 오르며 무유가 말했다.

　"검산? 검객들이 모여 사는 곳인가?"

　남독마군이 되물었다.

　"뭐, 그건 아니고요. 본래 무천향을 세운 십이조사는 여섯 명의 을씨 가문 고수와 타성을 가진 여섯 명의 고수, 이렇게 열두 명이었거든요. 보셨다시피 그중 을씨 가문은 호수 동편 산자락에 자리를 잡아 정종이라 불리지요. 이 검산은 나머지 타성을 가진 육 인 조사의 후예들이 머무는 곳이에요."

"오! 그렇군. 그럼 정종에 견줄 만한 역사가 깃든 곳이겠군."

"그렇지요. 현재의 세력으로 놓고 보자면 아마 정종보다도 강할 거예요. 뭐, 무천향이 세력 싸움하는 곳은 아니지만… 물론 검산에 머무는 사람의 숫자도 을씨의 정종과 마찬가지로 처음보다야 그 숫자가 많이 줄기는 했지요. 그래도 정종만큼 급격한 식솔의 감소가 있지는 않았거든요."

"내 혹시나 해서 물어보는 건데 말이야…….'

남독마군이 무유의 말을 듣다가 나직한 목소리로 물었다.

"말씀하세요."

"혹 무천향에선 근친혼이 통용되나?'

"왜 그런 생각을 하시죠?'

"정종의 식솔들이 급격히 감소했다는 것은 그런 영향 때문이 아닌가 싶어서…….'

"음, 아니라고는 말할 수 없네요. 하지만 같은 성씨의 혼인은 극히 적을 뿐 아니라 있다고 해도 성씨만 같지, 족보를 봐야 어디서 만나는지 알 수 있는 사람들에 한해서 이루어져요."

"그렇군. 뭐, 세상과 격리돼 있으니 어쩔 수 없는 일이겠지."

무유와 남독마군이 이런저런 이야기를 하는 동안 파소와 석청은 말없이 두 사람의 뒤를 따르고 있었다. 사실 무천향에 살고 있는 사람들이 세 부류로 갈라져 각기 정종과 검산, 그리고 죽림이라 불리고 있다는 것은 이미 사막의 석굴에서 을지행과 단보를 통해 들어 알고 있는 사실이었다. 그러니 딱히 무유에게 질문을 던질 것도 없었다.

"저길 좀 보실래요?"

문득 무유가 걸음을 멈추고 손을 들어 서북쪽 절벽을 가리켰다. 파소 등 삼 인이 무유의 손을 따라 시선을 돌리다가 한순간 눈이 화등잔처럼 커졌다.

"저건!"

남독마군의 입에서 놀란 목소리가 흘러나왔다.

무유가 가리킨 서북쪽 석벽, 깍아지른 듯 서 있는 석벽 중간에는 번개를 맞은 듯 여섯 줄기의 상흔이 깊게 파여져 있었다. 그리고 그 여섯 줄기의 상흔이 자연적으로 생겨난 것이 아니라는 걸 일행은 한눈에 알아봤다.

"검산을 연 십이조사 중 여섯 분께서 남긴 흔적이에요. 사람들이 무벽이라고 부르는 곳이지요."

무유가 뿌듯한 기분이 느껴지는 목소리로, 다른 한편으로는 왠지 모르게 씁쓸한 기운을 담은 목소리로 말했다.

"정말 저게 사람이 남긴 흔적이란 말인가?"

"보시면 아실 것 아니에요. 병기는 달라도 사람이 남긴 흔적이란걸요."

"물론 그렇긴 하지만… 이건 도저히 믿기지 않는군."

여섯 개 상흔은 절벽의 중앙에 위치해 있었다. 절벽의 높이가 대략 오십여 장이니 그 중앙에 무공의 흔적을 남긴다는 건 그야말로 하늘을 나는 재주를 가졌다고밖에는 말할 수 없었다.

어디 그뿐인가. 여섯 개의 상흔 모두 한 자 이상 단단한 절벽을 파고들어 가 있었다. 아마 강호의 모든 무인들을 뒤져 봐도 이런 무공을 선보일 사람은 단 한 명도 찾기 힘들 터였다.

"사실 매번 보고 있는 저도 믿기지 않을 때가 많아요."

무유가 남독마군의 마음을 이해한다는 듯 말했다.

"저게 무천향에서 말하는 무선의 경지인가요?"

석청 역시 놀란 표정으로 무유에게 물었다.

"뭐, 그렇다고 봐야겠죠. 검산에 머무는 사람들은 언제나 저 흔적을 보고 자신의 무공을 점검하니까요. 하지만 어떤 때는 아예 없는 것이 좋지 않을까 그런 생각도 해요."

"저 흔적 말인가?"

남독마군이 물었다.

"네."

"왜 그런 생각을 하지?"

"사실 아무리 무천향이 무성들의 고향을 자처한다고 해도 저런 경지에 이르는 사람은 거의 없지요. 무천향이 세워진 지 삼백여 년이 흘렀지만 십이조사 말고 무선(武仙)의 경지에 이른 사람은 손에 꼽을 정도예요. 무선의 경지에 오르는 것이 그만큼 힘들고 어렵다는 거지요. 그래서 처음 보는 사람이야 감탄하지만 오랜 세월 저 무벽을 보아온 사람들은 가끔 절망을 느끼기도 한다고요."

무유의 말에 남독마군이 고개를 끄덕였다.

"일리가 있군. 사람을 질리게 하는 경지이긴 해."

"흔치는 않지만 아주 간혹 저 무벽 아래서 자결을 하는 사람이 있을 정도예요."

"자결?"

"네."

무유의 대답에 파소는 소름이 돋았다. 얼마나 무(武)에 미쳤으면 도달하지 못하는 경지에 대한 절망으로 자결까지 하는 것일까.

'정말 무천향 사람들은 무공에 미친 사람들인 모양이군. 자결까지 하다니…….'

"거참, 독한 사람들일세. 아무리 무공에 미쳤다지만 자살까지 하다니…….."

남독마군이 질린 얼굴로 말했다.

"무천향에서 산다는 건 바로 그런 거라고 사부께서 말씀하시더군요. 어떤 면으로 보자면 미친 사람들이어야 살 수 있는 곳이라고도 하셨고요."

무유의 말에 파소가 가만히 고개를 끄덕였다. 미친 사람이 아니고서야 어찌 평생 세상에 나가지 않고 한곳에서 무공만 연마하다 죽을 수 있겠는가.

"이쪽으로 오세요. 무천향에서 살아가시다 보면 무벽이야 질리게 보실 테니까 나중에 다시 들러보세요. 오늘은 검산에서 만날 분이 계세요.”

무유가 무벽을 바라보며 침묵에 빠져 있는 일행을 무벽과 다른 방향으로 이어진 길로 이끌었다.

“누굴 만나야 하는 건가?”

“원칙대로라면 검산 육종성 중 한 분을 만나야겠지만 지금 그분들은 모두 십이종회에 참석하고 계시니 오늘은 검산이 배출한 대성사이신 소유거 어르신을 만날 거예요.”

“대성사?”

파소와 석청이야 대성사가 뭘 의미하는지 이미 알고 있지만 남독마군에겐 생소한 명호였다.

“본래 무천향에는 스무 분의 성사(星師)들이 계세요. 성사란 무천향에서 무공을 지도하는 분들을 이르는 말이에요. 세 분처럼 은하의 계곡을 통과해 무천향에 들어오신 분들이야 달리 스승을 두고 무공을 배울 단계가 지나신 분들이지만 무천향에서 태어난 사람들은 처음부터 무공을 배워야 하니 스승이 필요하지요. 무천향에서 태어난 사람들은 각기 가문의 비전을 배우기도 하지만 일단 어린 시절에는 향의 성사님들께 맡겨져요. 성사님들은 무천향의 모든 아이들에게 무공의 기초부터 가르치시죠.”

“알겠네. 그런데 대성사는 어떤 사람을 말하는 건가?”

“본래 성사님들은 세 단계로 나눠 제자들을 가르치죠. 초성사 열두 분은 무천향에서 태어난 모든 아이들을 가르치고, 초성사의 가르침을 완벽하게 터득한 사람들은 중성사께 넘겨져요. 하지만 이 단계를 넘는 사람은 그리 많지 않지요. 중성사님들의 가르침을 모두 터득한 사람들은 다시 대성사께 넘겨지는데 음… 대성사께 가르침을 받는 사람은 극히 드물어요. 대부분의 수련자는 대성사께 가르침을 받을 자격을 얻기 전에 나이 오십이 넘어가지요. 오십이 넘으면 더 이상 성사들의 가르침을 받을 수 없는 것이 무천향의 천률이에요.”

“겨우 두 단계의 가르침을 마치는데 나이 오십이 된단 말인가?”

“제가 알고 있기로 중성사의 가르침을 마친 사람은 은하의 계곡을 통과할 수 있다고 하더군요.”

무유의 말에 남독마군이 더 이상 입을 열지 않았다.

남독마군 자신도 은하의 계곡을 통과한 사람이었다. 그러니 은하의 계곡을 통과하는 것이 어떤 일인지 누구보다 잘 알고 있었다. 강호천하에 은하의 계곡을 통과할 수 있는 사람이 얼마나 될 것인가. 그런데 무천향에선 수련의 중간 단계만 마쳐도 은하의 계곡을 통과할 수 있다니 놀라지 않을 수 없는 일이었다.

“과연 무광들의 고향이라 할 만하군.”

남독마군이 풀 죽은 목소리로 중얼거렸다.

“무광(武狂)들이라뇨? 무성(武星)들이죠.”

무유가 미소를 지으며 남독마군의 말을 바로잡았다. 그러나 남독마군은 자신의 의견을 바꾸지 않았다.

“처음에는 나도 그리 생각했네만 무천향에 대해 알아가면

갈수록 무광이라는 말이 어울리는 것 같구만……."

남독마군의 말을 듣고 있던 파소가 고개를 끄덕였다. 그의 생각 역시 남독마군과 다르지 않았다. 특히 무벽 앞에서 종종 무공의 한계 때문에 자살하는 사람이 있다는 말까지 듣고 나선 더욱더 무천향이 아름다운 곳만이 아니라는 것을 깨닫게 된 파소였다.

'어쩌면 당연한 일인지도. 도대체 세상과 격리된 이곳에서 무공 말고 다른 어떤 것에 관심을 둘 수 있단 말인가? 무인으로서는 몰라도 사람으로서는 숨이 막히는 곳일 거야.'

파소는 자유로운 영혼을 가진 청년이었다. 어려서부터 단보와 함께 천하를 떠돌아다닌 파소로서는 이렇게 사막의 한가운데서 고립된 채 살아가는 삶이란 상상도 하지 못한 삶이었다.

'그러고 보니 걱정이군. 만약 이곳에서의 일이 모두 끝나면 그땐 어찌해야 할까. 무천향이 무너지지 않는 이상 여길 떠나는 것은 쉬운 일이 아닐 텐데… 천안성이라도 되면 모를까.'

너무 먼 미래의 일일지 모르지만 걱정할 수밖에 없는 일이기도 했다. 더군다나 그의 곁에는 석청이 있지 않은가.

"다 왔어요."

파소의 상념이 무유의 목소리에 깨졌다. 파소가 고개를 들자 숲으로 우거진 산비탈을 타고 곳곳에 아담한 모옥들이 서 있는 게 눈에 들어왔다.

"이곳이 검산인가?"

남독마군이 조금 실망한 어투로 물었다. 무천향주를 만나러 정종에 갔을 때 이미 무천향의 건물들이 어떤 것들인지 보았지만 그래도 무천향 십이조사 중 여섯의 진전을 이은 후예들이 살아가는 곳이라기엔 검산에 들어선 모옥들의 모습이 지나치게 초라했다.

"맞아요. 이곳이 검산이에요. 모두 삼백오십여 명의 사람들이 살아가는 곳이지요. 저기 보이는 곳이 오늘 우리가 갈 곳이에요."

무유가 손을 들어 검산 동쪽에 자리 잡고 있는 아담한 통나무집을 가리켰다. 그리곤 서둘러 통나무집 쪽으로 이어진 길을 따라 걸음을 옮기기 시작했다.

"소유거 대성사를 만난 때 조심해야 할 것이라도 있나요?"

석청이 앞서가는 무유에게 물었다.

"글쎄요. 조심할 것까지는… 하지만 소 대성사님은 향주님과는 조금 다른 분이시죠."

"어떻게 말인가?"

남독마군은 호기심을 드러내며 물었다.

"향주님은 무천 부드러운 분이시죠. 향의 어린아이들과도 잘 어울리는 분이시니까요. 하지만 오늘 만나실 소유거 대성사께서는 향주님과는 반대의 성정을 가지고 계세요. 무천향의 그 누구도 그분 앞에선 흐트러진 모습을 보이지 못해요."

"한마디로 엄한 스승이란 말이군."

"정확한 말씀이세요. 그분의 수련 방법은 혹독하기로 유명하죠. 하지만 무천향의 무인이라면 누구나 그분께 가르침을 받기를 원하는 분이기도 하죠."

"조심해야겠군."

"별말씀 없으실 거예요. 제자도 아니고… 평소 말이 많은 분은 아니니까요."

무유가 무천향의 또 다른 대성사 소유거에 대해 미리 언질을 주는 사이 일행은 어느새 소유거의 통나무집 앞에 당도했다.

"형님!"

일행이 통나무집 앞에 도착했을 때 마침 삼십대 중반의 사내가 통나무집을 돌아 나오고 있었다. 그러자 무유가 반가운 목소리로 청년을 불렀다.

"무유구나. 온다는 말은 들었다."

사내가 손에 들고 있던 도끼를 내려놓고는 성큼성큼 일행 앞으로 걸어왔다.

"여전하시네요. 오늘도 천 번의 도끼질인가요?"

"이게 내 방법이니까."

"벌써 오 년쨌가요?"

"그렇지."

"휴, 전 형님처럼 끈질기게 수련하진 못할 거 같아요."

"네 녀석이야 타고난 재능이 뛰어나니 이런 무식한 방법이 필요없지. 하지만 난 타고난 둔재니 어쩌겠느냐. 사부님이 시키는 대로 할 뿐……."

　순간 파소와 석청, 그리고 남독마군의 눈에 이채가 서렸다. 그들이 찾아온 사람은 대성사 소유거, 그런 사람의 집에 머무는 사내가 사부라고 부를 사람은 소유거밖에 없었다. 그렇다면 이 사내는 수련 마지막 단계인 대성사의 가르침을 받고 있는 사내가 분명했다.

　'스스로 둔재라고 말하지만 그의 나이로 볼 때 그가 대성사의 가르침을 받고 있다면 대단한 재능을 지닌 인물이 분명하다.'

　파소의 생각은 무유에 의해 확인됐다.

　"형님이 둔재라면 무천향의 다른 사람들은 모두 벌래 같은 존재들일 거예요. 형님은 겨우 서른셋의 나이에 대성사님께 가르침을 청했다고요."

　"그러면 뭐 하느냐. 오 년 동안 이룬 것이 없는데……."

　"참나, 형님도… 어디 가서 그런 말씀 마세요. 자칫 거만하다고 오해를 살 수 있으니까."

　"하하, 무유, 네 녀석이 마치 어른 같은 소리를 하는구나."

　"기분 상하셨다면 죄송해요."

　"아니다, 아니야. 내가 검산에서 제일 좋아하는 동생이 네 녀석 아니냐. 그리고 넌 나에게 그 정도 충고는 할 수 있는 아이지."

　'그러고 보니 무유도 검산에 속한 사람이었구나. 당연한 일이다. 초성관주가 검산 출신 종성이니…….'

　파소는 새삼스런 눈으로 무유를 바라봤다.

“이번에 은하의 계곡을 통과해 향에 드신 분들이에요.”

파소가 생각에 잠겨 있는 사이 무유가 사내에게 파소 등 삼인을 소개했다.

“반갑습니다. 이괄이라고 합니다. 무천향에 오신 것을 환영합니다.”

이괄이라 자신을 소개한 사내가 굴강한 모습으로 포권을 해 보였다.

“험, 난 남독마군 기신이라고 하오. 잘 부탁드리겠소.”

무천향의 무인들에 대해 어느 정도 경원감이 생긴 남독마군이 평소의 그답지 않게 정중하게 인사를 건넸다.

“파소라고 합니다. 이쪽은 제 내자입니다.”

“석청이라고 해요.”

남독마군에 이어 파소와 석청이 가볍게 자신들을 소개하자 이괄의 눈에 이채가 서렸다.

“부부시라고요?”

“그렇습니다.”

“하하, 이거참, 재밌는 경우군요. 부부가 동시에 은하의 계곡을 통과해 무천향에 들어온 경우가 있었던가?”

이괄이 무유를 돌아보며 묻자 무유가 미소를 지으며 대답했다.

“사부님께 듣기로 그런 경우가 지금까지 딱 한 번 있었다고 해요.”

“그래?”

“죽림의 봉옹과 화화 두 분이 그런 경우라고 하더군요. 물론 그분들이 무천향에 들었을 때 두 분 모두 이미 육십이 넘어서였지만 말이에요.”

“그랬었군. 어쨌든 반갑습니다. 앞으로 잘 부탁드리겠습니다, 세 분!”

이괄이 다시 한 번 포권을 해 보이자 파소 등 삼 인도 두 손을 모아 답을 했다.

“대성사님께선……?”

“후원에 계신다. 따라오시지요. 대성사께서 기다리고 계십니다.”

이괄이 파소 등 삼 인을 오두막 뒤쪽으로 이끌었다.

오두막을 돌아가자 가장 먼저 눈에 들어온 것은 사람 키만큼 가득 쌓인 장작더미였다. 그런데 쌓여 있는 장작의 모양이 조금 이상했다.

‘이건 장작이 아니라 젓가락을 만들어놓은 것 같군.’

파소의 눈앞에 쌓여 있는 한 더미 장작들의 길이는 보통의 것과 다를 바 없었지만 그 굵기는 보통 장작의 십분지 일도 되지 않을 정도로 가늘었다. 그러면서도 일정한 굵기를 유지하고 있어 마치 누군가 공들여 다듬어놓은 듯한 모습이었다.

“형님?”

무유도 쌓여 있는 장작을 보더니 놀란 얼굴로 이괄을 돌아봤다.

"무천향은 작은 곳이야. 내가 무천향에 있는 모든 나무를 베어낼 순 없지 않느냐? 그래서 며칠 전부터 기존에 패놨던 장작을 다시 가르기 시작했다."

"대성사님의 가르침인가요?"

"이젠 강보다 유가 필요하다 하시더구나."

"아! 정말 형님은 제가 넘볼 수 없는 곳을 걷고 계시는군요."

"이런 녀석, 애늙은이 같은 소리는… 흰소리 말고 어서 가자. 저기 사부님이 계시지 않느냐?"

이괄의 말에 무유가 퍼뜩 정신을 차리고는 서둘러 파소 등을 재촉해 오두막에서 이십여 장 떨어진 곳에 서 있는 소나무 밑으로 다가갔다.

보통 사람보다 한 뼘 정도 큰 키, 마른 체구에 잘 갈린 검과 같은 기운, 형형한 눈빛은 금방이라도 일검을 뻗어낼 것 같았다. 대성산 소유거는 그런 모습으로 파소의 눈앞에 서 있었다.

'무섭구나.'

여간해선 두려움을 느끼지 않는 파소였지만 대성사 소유거의 안광은 그런 파소조차 두렵게 만들었다.

"왔느냐?"

목소리 또한 날카롭기 이를 데 없어, 파소 등 삼 인은 그의 목소리를 듣는 순간 자신도 모르게 흠칫 몸을 움츠렸다.

"무유가 대성사님을 뵙습니다."

무유가 조심스럽게 대성사 소유거에게 인사를 올렸다.

"기별은 받았다. 어서 오너라. 이 사람들이냐?"

"그렇습니다. 이분들이 이번에 은하의 계곡을 통과해 무천향에 들어온 분들입니다. 인사들 하시지요. 무천향 세 분의 대성사님 중 한 분이신 소유거 어른이십니다."

무유가 소유거를 소개하자 남독신군이 먼저 포권을 해 보였다.

"기신이라 합니다. 뵙게 되어 영광입니다."

남독마군의 인사는 무천향주 을도산을 만날 때보다도 정중했다. 아마도 대성사 소유거에게서 느껴지는 이 전율적인 기운 때문인지도 몰랐다. 강호에서 남독마군은 패도적인 인물로 명성이 자자했다. 그런 그인지라 지금 대성사 소유거가 흘려내는 패기가 얼마나 강한 것인지 본능적으로 깨닫고 있는 모양이었다.

"반갑소이다."

남독마군의 정중한 인사에 소유거가 고개를 끄덕이는 것으로 답했다.

"파소라고 합니다."

"석청이라고 해요."

파소와 석청이 남독마군에 이어 정중하게 포권을 해 보였다.

"반갑네들, 자네들 이야기는 이미 들었네. 무천향에 든 외인중 가장 젊은 사람들이면서 또 부부가 함께 들어왔다고 향 내에 소문이 제법 퍼진 모양이더군.”

　이런 사실은 파소도 모르고 있던 일이었다. 지금까지 파소 등 삼 인이 무천향에서 느낀 것은 타인에 대해 지나칠 정도로 무관심한 무천향 무인들의 성향이었다. 그런데 그런 무관심 속에서조차 어느새 파소와 석청에 대한 소문이 무천향의 무인들 사이에 퍼지고 있었던 것이다.

　‘역시 사람 사는 곳이군.’

　이런 생각이 떠오르자 파소는 소유거를 마주하며 생겨났던 긴장감이 눈 녹듯 사라지는 것을 느꼈다.

　“오늘 세 사람이 찾아올 것이란 소식을 듣고 일부러 이곳에 자리를 정했네. 이렇게 날이 좋은데 방 안에서 뜨거운 차나 마시고 있자면 답답할 것 같아서 말이야. 괄!”

　“예, 대성사님!”

　“준비한 것을 가져오너라.”

　“예.”

　소유거의 명에 이괄이 고개를 숙여 보이곤 신속하게 장내를 벗어났다. 그리고 잠시 후 이괄이 나무 쟁반에 술병과 술잔, 그리고 간단한 소채를 올려 날듯이 소나무 아래로 되돌아왔다.

　무천향의 무인들의 수련 중 가장 마지막 단계에 올라 대성사의 가르침을 받고 있는 고수가 술 시중을 든다는 건 무척 이상한 일이었지만 이괄의 표정에는 전혀 불쾌한 기색이 드러나지 않았다.

　“앉게들… 서서 술을 마실 수야 없지.”

　소유거가 파소 등에게 자리에 앉기를 권했다. 그렇다고 그들 주변에 제대로 된 의자가 있는 것은 아니었다. 그저 이곳저곳에 놓인 돌 위에 엉덩이를 붙이고 앉는 것이 전부였다.

　일행이 자리에 앉자 소유거가 술병을 들어 네 개의 잔에 술을 따랐다. 그런데 그때 무유가 곤혹스런 표정으로 입을 열었다.

　"대성사님!"

　"됐다. 네가 무슨 말을 하려는지 알고 있다. 모든 책임은 내가 지마."

　"하지만……."

　"걱정 마라. 혹 초성관주께서 널 책망하시면 내가 고집한 일이라고 하거라. 그러면 초성관주께서도 더 이상 널 문책하지는 않을 게다."

　말을 하면서 소유거는 금세 네 개의 잔에 술을 가득 채웠다. 술 따르기를 마친 소유거가 술잔 두 개를 들어 올려 파소와 남독마군에게 내밀었다.

　"한 잔씩 하시게. 본래 이 무천향이란 동네는 무천 재미가 없는 동네일세. 모든 사람이 무도에만 매달려 있으니까. 그래서 더더욱 술은 마시기 어렵지. 하지만 술이란 것이 가끔 필요할 때도 있는 법일세. 오늘이 바로 그런 날이지. 드시게들."

　소유거의 말에 남독마군이 술잔을 건네받으며 조심스런 목소리로 물었다.

"혹, 금주의 법이 있는 건 아닌지……?"

"음, 눈치가 빠르군. 맞네. 본래 십이종회가 열리는 동안에는 금주령이 내려진다네. 하지만 그쯤이야 이 소유거의 힘으로 무마할 수 있는 일이니 걱정하지 마시게."

말을 하면서 소유거가 석청에게도 술잔을 건넸다. 그리곤 말을 마치자마자 자신이 먼저 단번에 술잔을 비워 버렸다. 겉으로 풍기는 기운처럼 술을 마시는 것조차도 단칼에 바람 가르듯 해치우는 소유거였다.

"좋군."

마치 시원한 냉수를 들이켜듯 술잔을 비운 소유거가 문득 이괄을 돌아보며 물었다.

"너도 한 잔 하겠느냐?"

"아닙니다. 대성사님!"

"너도 내게 오기 전에는 술을 즐겼다고 들었는데……?"

"그때야 마음이 답답해서……."

"그 말인즉슨 요즘에는 무공에 진보가 있다는 말이렷다!"

소유거가 날카로운 눈으로 이괄을 보며 묻자 이괄이 조심스럽게 대답했다.

"이제 겨우 작은 틈을 본 느낌입니다."

"그렇더냐? 빠르구나. 과연 검산 최고의 기재란 평이 맞는 모양이군."

"모든 게 대성사님의 가르침 덕분입니다."

"내가 뭘, 도끼질 말고 시킨 것이 없는데……."

"제겐 가장 필요한 일이었지요."

공손히 대답하는 이괄을 바라보던 소유거가 잠시 후 천천히 고개를 끄덕였다.

"그 이치를 알았다니, 과연 네게 소득이 있었던 모양이구나. 하지만 방심치 말거라. 무도라는 것은 높은 곳에 올라갈수록 길을 잃기 십상이니까."

"명심하겠습니다."

"음, 만약에 네가 사십 이전에 내 곁을 떠나게 된다면 그건 무천향 역사에서도 손으로 꼽을 수 있는 속도일 것이다. 무공을 수련하는 데 과욕은 금물이지만 또한 경쟁심이 없다면 어찌 큰 성취를 이룰 수 있겠느냐? 지금 무천향의 네 또래 인물 중 너와 경쟁할 사람이 거의 없으니 자만에 빠지기 쉬울 게다. 그러니 넌 주변에서 경쟁자를 찾지 말고 무천향의 역사에서 경쟁자를 찾아야 할 것이다."

"알겠습니다, 대성사님!"

이괄이 깊이 고개를 숙여 대답했다. 그런 이괄을 보며 고개를 끄덕인 소유거가 한 모금씩의 술을 마신 파소 등을 보며 물었다.

"어떤가, 술맛이?"

술맛을 물어보는 소유거의 질문에 파소 등은 쉽게 답을 하지 못했다. 왜냐하면 소유거가 권한 술은 지난번 무천향주 을도산이 권한 차만큼이나 맛이 없었기 때문이다. 술맛이 느껴지기는 했지만 목을 넘어가는 느낌은 거칠기 그지없어, 만약 주막에서 이런 술을 내놨다면 당장 술잔이 날아갔을 것이 분명했다.

"표정들을 보니 한 잔 더는 못 권하겠군."

소유거가 파소 등의 표정을 살피더니 술병을 들어 자신의 잔에 다시 한가득 술을 따랐다. 그리곤 망설이지 않고 단숨에 술잔을 비웠다.

"무천향에서 살자면 말이야……."

술잔을 비운 소유거가 시선을 돌려 무천향 중심에 있는 성해를 바라보며 나직하게 말을 이었다.

"가끔 술이 생각날 때가 있을 걸세."

짧은 말을 뱉어낸 소유거가 다시 술병을 들어 자신의 잔에 술을 따랐다. 그러자 쪼르륵 소리를 내며 술병에 남아 있던 모든 술이 소유거의 술잔으로 흘러나왔다.

"하지만 무천향에서 술을 마시기란 좀체 쉽지 않다네. 그나마 술이 좀 도는 동네가 바로 이 검산이야. 알겠나?"

무슨 의도의 말인지 감을 잡을 수 없었지만 파소 등은 고개를 끄덕였다.

"정종은 너무 고리타분하고 죽림은 너무 순종적이야. 그에 반해 검산은 생기가 넘치는 동넬세. 이들의 향후 일정에 대해 설명해 줬느냐?"

갑자기 소유거가 무유를 돌아보며 물었다.

"제가 할 일이 아닌 것 같아서……."

"흠, 아직 말하지 않았다는 거군."

소유거의 말에 무유가 고개를 끄덕였다.

"내가 말해줘도 초성관주께서 뭐라 하진 않겠지?"

"그야 당연히……."

"좋아, 그럼 내가 말하지. 그래야 이 사람들도 꼼꼼히 검산을 살펴볼 것 아닌가. 무천향에 든 지 얼마들 되었지?"

"오늘로 보름쨉니다."

파소가 대답했다.

"그렇군. 그럼 앞으로 두 달 보름 뒤에는 그대들은 한 가지 선택을 해야 할 걸세. 정종과 검산, 그리고 죽림 중 한 곳을 정해 평생의 거처를 정하는 선택 말이야. 사실 이 세 곳의 구분은 무천향에서 정식으로 규정한 영역은 아닐세. 살다 보니 그냥 그렇게 끼리끼리 모이게 된 것이지. 어쨌든 그때가 되면 신중하게들 결정해야 될 거야. 자신의 성품과 어울리는 곳을 택해야 한단 말일세. 만약 자신의 성품과 어울리지 않은 곳을 택하게 되면 평생 곤혹스러운 삶을 살아야 할 테니까."

"중도에 사는 곳을 바꿀 수 없습니까?"

남독마군이 물었다.

"거의… 법칙이 있는 건 아니지만 일단 한 곳에 정착하게 되면 분위기상 쉽게 다른 곳으로 이동할 수는 없을 걸세. 그것도 불문율이라면 불문율이지. 해서 그대들이 초성관에서 할 일은 사실 정종과 검산, 그리고 죽림의 분위기를 살피는 것이 전부라 할 수 있을 것이네."

소유거의 말에 남독신군의 표정이 심각하게 굳어졌다. 반면에 파소와 석청은 담담한 표정을 짓고 있었다. 두 사람이 이미 알고 있는 사실일 뿐 아니라 자신들이 갈 곳도 이미 정해진 상태였다.

"내가 맡은 일은 그대들에게 오늘 이 검산에 대해 설명해 주는 일일세. 그대들이 정착할 곳을 선택하는 데 도움이 되게 말이야. 오면서 무벽을 보았나?"

소유거가 갑자기 파소를 보며 물었다. 순간 파소는 소유거의 눈빛이 검기처럼 날카롭게 자신의 눈을 찌르고 들어오는 듯한 느낌을 받았다. 파소는 소유거의 시선을 회피하지 않았다. 그렇다고 담담하게 받을 수도 없는 안광이라 파소도 자연스럽게 공력을 끌어올렸다.

"보았습니다."

공력을 끌어올려 소유거의 안광을 견뎌내며 파소가 대답했다.

"어떻던가?"

"대단하더군요."

"그뿐인가?"

달리 원하는 답이 있는 것일까? 소유거가 여전히 쏘아내는 듯한 눈빛으로 파소를 보며 물었다. 그러나 파소는 더 이상 그에게 해줄 대답은 없었다.

파소가 침묵을 지키자 소유거의 얼굴에 스쳐 가듯 실망의 빛이 지나갔다. 아마도 파소에게서 다른 대답을 원한 모양이었다.

"그 무벽은 무천향을 연 십이조사 중 여섯 분이 남긴 무흔(武痕)이네."

파소의 대답이 없자 소유거가 이번에는 남독마군 등 다른 사람들을 둘러보며 말을 이었다.

"본시 검산을 설명하는 것은 하루 이틀에 될 수 있는 일이 아니네. 검산을 알자면 무천향의 역사를 알아야 하니 말이야. 그 일은 아마 무천향 구경을 모두 마치고 나면 초성관에서 이루어질 걸세. 사정이 이러하니 내가 검산을 오늘 그대들에게 모두 설명할 수는 없네. 하지만 검산이 어떤 곳인지 그 느낌을 전할 수는 있을 것이네. 내가 무벽에 대해 물은 것은 그 무벽이 바로 검산을 대신한다고 할 수 있기 때문이네."

소유거가 잠시 말을 끊었다. 그리곤 다시 술잔을 집어 들었으나 술잔은 이미 빈 지 오래였다.

"이런… 물이 필요할 것 같구나."

소유거가 이괄을 돌아보며 말하자 이괄이 고개를 숙여 보이고는 서둘러 장내를 벗어났다.

"알겠지만 검산은 무벽에 여섯 개의 무흔을 남긴 육조사로부터 시작되었네. 크게는 무천향에 속해 있지만 을씨 가문의 정종과는 조금 다른 길을 걸어온 검산이지. 음… 제대로 설명이 될지 모르겠지만 이렇게 말하는 것이 좋겠군. 을씨 가문의 무공은 선인(仙人)들의 술(術)이라 할 수 있네. 말인즉슨 을씨 가문의 사람들은 그 피 속에 이미 선기를 타고난 사람들이란 말이네. 반면 검산의 무인들에게 무공은 도구가 아니라 목적이었네. 검산의 무인들은 그 피 속에 온전한 무인의 피가 흐르는 사람들이란 말이네. 다시 말해 을씨 가문은 애초부터 선도에 도달하기 위해 무공을 익히지만 검산의 무인들은 무극(武極)을 보기 위해 무공을 수련한다는 말이네. 무극의 경지에 오르면 자연히 무선의 경지를 이루게 되지만 결과는 같아도 수련의 목적과 무를 바라보는 시각은 분명한 차이가 있는 것이지.”

파소 등 삼 인은 소유거가 말하고자 하는 바를 금세 이해할 수 있었다. 강호에도 그렇게 다른 종류의 사람들이 존재했다. 소림과 무당 같은 곳에서 무공을 익히는 것은 강해지기 위함이 아니지 않던가. 동무림의 구산선문 역시 그런 종류의 문파였다.

반면 대부분의 강호 문파들은 강해지기 위해 무공을 익힌다. 파소와 석청이 머물렀던 모용세가도 그러하고 천하의 마인으로 낙인찍힌 남독신군 역시 마찬가지였다.

“음… 무천향이라는 한 울타리 안에 있으면서도 이렇게 정종과 검산은 그 특색이 다르다네. 죽림은 더더욱 말할 바가 아닌 것이, 죽림이 생겨난 것은 무천향이 생기고 나서 백 년이 훨씬 지난 후의 일이었으니 기실 애초 무천향을 연 십이조사의 유훈을 이어받은 곳이라 말하기에는 무리가 있을 것이네. 그건 결과로도 증명되는 일이지. 무천향 삼백 년 역사에서 무선의 경지에 오른 인물이 십이조사를 제외하자면 정확히 열네 분이었는데 그중 을씨 가문의 사람이 여덟, 검산 출신이 다섯,

그리고 죽림에서 무선이 나온 경우는 겨우 한 번에 지나지 않네. 사실 무천향의 급격한 인구 감소가 아니었다면 죽림은 생겨나지도 않았을 것이네."

소유거가 다시 말을 끊었다. 어느새 이괄이 물병에 물을 채워왔기 때문이다. 소유거는 이괄에게서 물병을 건네받아 술을 채웠던 잔에 물을 따르고는 마치 술을 마시듯 단번에 물을 들이켰다. 그리곤 다시 입을 열었다.

"그대들도 무천향에 들 때는 무극의 경지를 꿈꾸었을 것이네. 그러나 천하 무성들의 고향인 무천향에서도 무극의 경지를 넘보긴 쉬운 일이 아니고, 무천향의 근기도 세월이 지나면서 많이 훼손되어 작금에 이르러서는 수십 년 동안 무선의 경지에 오른 인물이 배출되지 못하고 있는 실정이라네. 그러니 이런 때일수록 무선에 도전하려는 사람들은 자신의 거취를 신중하게 결정해야 할 것이네. 내가 생각할 때 그대들이 진정 무극에 도전하려는 마음이 있다면 이 검산에 들어오는 것이 옳은 선택일 것이네."

소유거의 말에 남독마군이 뭔가를 묻고 싶은 표정이었지만 입을 열지는 않았다.

"아마 왜 검산에 들라고 하는지 그 이유가 궁금할 거네."

소유거는 단번에 남독마군의 마음을 읽어낸 모양이었다. 남독마군이 자신도 모르게 고개를 끄덕였다.

"물론 정종이 가장 많은 무선을 배출한 것을 부인치는 않겠네. 하지만 정종에서 배출한 무선은 모두 을씨 성을 이어받은 사람들이었네, 그들이 타성의 인물을 배척하는 것은 아니지만 그들의 무공은 아주 오래전부터 을씨의 피를 이어받은 사람들에게 특화되어 있어서 타성을 가진 사람들로서는 그 진전을 얻기가 거의 불가능하네. 그러니 무천향의 무인들에 정종 을씨가의 무공은 그야말로 그림의 떡이라고 할 수 있지. 그리고 죽림은 다양한 형태의 무공과 괴이한 고수가 산재한 곳이기는 하나 그 깊이 면에서 정종과 검산을 따를 수 없네. 죽림에서 배출한 무선이 단 한 명인 이유가 바로 그것이네. 그에 비해 검산은 무천향 십이조사 중 육조사의 진전이 살아 있는 곳이고, 또한 정종 을씨 가문처럼 혈통을 중요시하는 곳도 아니네. 물론 검산에도 명문의 혈통이 있긴 하지만… 그러니 비록 정종에 비해 조금 미치지 못하는 바가 있더라도 을씨가 아니라면 무극에 도전하기 위해서는 당연히 검산을 선택하는 것이 옳다는 것이 내 생각이네.”

소유거의 말은 여러 면에서 볼 때 지극히 타당한 것이었다. 남독마군은 이미 소유거의 말에 마음이 흔들렸는지 연신 고개를 끄덕이고 있었다.

“검산에 들면 누구나 육조사의 진전을 접할 수 있는 건가요?”

석청이 날카로운 시선을 흘려내며 물었다.

“물론 누구나 육조사의 진전을 접할 수 있는 것은 아닐세. 그대들이 검산에 들면 검산 육종성께서 그대들의 무공과 재질을 살필 것이네. 이후 육조사의 진전을 이을 만하다고 판단되

면 각자의 성정에 따라 그 배움이 허락될 것이고, 부족하다면
그야 어쩔 수 없는 일이지.”

결국 각자의 능력에 달렸다는 이야기. 질문을 던진 것은 석
청이었는데 오히려 곁에 있던 남독마군의 얼굴에 긴장감이 생
겨났다. 파소는 무심한 표정으로 소유거의 말을 듣고 있을 뿐,
어떤 말도 입 밖으로 내지 않았다.

이후 소유거는 검산에 대해 약간의 이야기를 덧붙였다. 주
로 검산의 위치와 지형들을 설명했는데, 그 와중에도 소유거
는 줄곧 세 사람을 검산으로 끌어들이려는 듯 검산의 장점을
은연중에 드러내는 것이었다. 특히나 무심한 표정의 파소에
대해 공공연히 관심을 보이는 소유거였다.

검산이 배출한 대성사 소유거와의 만남은 두 시진 정도 흘
러 끝이 났다. 해가 뉘엿하게 넘어갈 때 소유거가 작별의 말을
전했다.

“앞서 말했지만 몇 마디 말을 듣는 것으로 검산을 모두 알
수는 없을 것이네. 하지만 내가 말한 것들을 잘 생각해 보시기
바라네. 아마도 그대들처럼 은하의 계곡을 통해 무천향에 들
어온 사람들에게는 검산만큼 좋은 선택이 없을 것이네. 물론
지금까지는 대부분 죽림을 선택했지만 그건 이곳의 사정을 너
무 모르는 상황에서 선택이 강요되었기 때문이지. 자, 이제 오
늘 내가 할 말은 모두 다한 것 같군. 달리 궁금한 게 있으신
가?”

소유거가 세 사람을 둘러보며 물었다. 그러나 파소 등 삼 인 누구도 입을 열지 않았다. 이미 소유거로부터 많은 이야기를 들은 이후였다.

"그럼 오늘 만남은 이것으로 끝내기로 하지."

소유거가 무유를 바라보자 무유가 고개를 끄덕인 후 파소 등을 보며 말했다.

"오늘 검산 방문은 이것으로 끝내겠습니다. 조금 있으면 날이 어두워질 테니 그만 하산하기로 하지요."

무유의 말에 파소 등이 소유거에게 정중하게 고개를 숙여 인사를 하고는 서둘러 소유거의 오두막을 벗어났다.

"조금 지나치셨던 듯싶습니다. 정종이나 죽림에서 들으면……."

파소 일행이 멀어지자 이괄이 조심스런 목소리로 말했다.

"알면 알라지."

소유거가 대수롭지 않은 듯 말했다.

"그토록 욕심나는 인재들이었는지요?"

"좋은 재목들이었어."

"세 사람 모두 말인가요?"

"음… 파소라는 그 청년이 특히 마음에 들었지만 나머지 두 사람도 나름대로 쓸모가 있어 보였다."

"세 사람의 쓰임새가 다르단 말이군요."

"파소란 아이는… 글쎄, 만약 정종이나 죽림에 가면 필히 너의 적수가 될 만한 아이였다."

순간 이괄의 눈에서 기광이 번쩍였다.

"아직 어린 듯 보였습니다만……."

"후후, 왜? 기분이 상하는 거냐? 그런 애송이를 너와 비교해서?"

"그 나이에 은하의 계곡을 통과했으니 보통 인물은 아니겠지요. 하지만……."

"하지만 뭐냐?"

"무천향에서조차 후기지수 중에선 상대를 찾지 못한 접니다."

"그러니 무천향 밖에서 들어온 자의 실력이 얼마나 대단하겠냐는 것이냐?"

이괄은 소유거의 질문에 대답하지 않았다. 하지만 무언이 곧 긍정이란 사실을 소유거는 알고 있었다. 또한 이괄이 그런 자신감을 가질 만한 제자란 것 역시 부정하고 싶은 생각은 없었다.

"넌 수십 년래 무천향에서 배출한 최고의 기재다. 널 배출한 곳이 검산이란 것이 검산의 무인들에게 얼마나 큰 의미가 있는지는 너도 잘 알 것이다. 그러나 그것이 자만으로 이어져선 안 된다. 무인에게 있어 자만이 가장 큰 적이란 걸 너도 잘 알고 있지 않느냐. 자신감은 좋지만 자만은 좋지 않다. 더군다나 너에겐 평생의 경쟁자이자 동지인 탁발무도 있다. 그 아이가 향으로 돌아왔을 때 어떻게 변해 있을지는 아마도 모르는 일이다. 그는 적어도 검산 최고의 가문이라는 탁발가의 적통이니까. 그리고 파소라는 그 아이… 실력도 실력이지만 기운이 너무 특이해. 난 마치 정종의 무학을 대성한 사람을 보는 줄 알았다."

"그렇게까지……."

"해서 내가 무리를 하면서까지 그 아이를 검산에 불러들이려고 했던 것이다. 그 아이를 무천향으로 안내한 경독도 그 아이의 비범함을 여러 번 언급했었다. 지금 이 시기에 그런 아이가 정종으로 들어간다면… 검산은 꿈을 접어야 할지도 모른다."

소유거의 눈에서 한줄기 서늘한 빛이 흘러나왔다. 숨길 수 없는 야망의 빛, 그건 무공을 선에 도달하기 위한 수련으로 생각한다는 무천향의 무인이 보이기엔 너무나 어울리지 않는 눈빛이었다.

"하면 미리 제거하는……."

"쉿!"

이괄의 말을 소유거가 급히 가로막았다. 그리곤 노한 눈으로 이괄을 바라봤다.

"입을 조심하거라."

"하지만……."

"향주를 무시하지 마라. 무천향뿐 아니라 천하에 그 눈이 있는 사람이다. 그리고 같은 검산이라도 다른 마음을 가진 사람이 있다는 걸 너도 알고 있지 않느냐?"

"죄송합니다."

“조심하고 또 조심해라. 한 번 실수가 수십 년 적공을 한순간에 무너뜨릴 수 있느니……."
“명심하겠습니다.”

第三章

죽림(竹林)의 남창

"생각해 봤는가?"

낙엽을 밟으며 걷다가 불쑥 남독마군이 물었다.

"……?"

파소가 뭘 묻는지 몰라 남독마군을 돌아봤다.

"어디에 거처를 정할지 말일세."

아마도 남독마군은 며칠 전 검산에 들러 대성사 소유거를 만난 후 줄곧 초성관을 나선 이후의 생활에 대해 고민하고 있었던 모양이다.

"아직……."

"난 아무래도 검산이 좋을 것 같네만……."

함께한 시간이 길어지자 파소와 석청은 남독마군과 제법 친

분이 쌓여 근자에 들어서는 서로 속에 있는 말을 나눌 정도가 되어 있었다.

"검산… 좋지요."

"자네도 그리 생각하는가?"

"어르신의 성정과 잘 맞는 곳인 듯합니다."

"마치 자네완 어울리지 않는다는 말로 들리는군."

"제겐 너무 강하더군요."

"강하다고……?"

남독마군이 파소의 말을 듣고는 잠시 생각에 잠겼다가 고개를 끄덕였다.

"생각해 보니 자네의 말이 맞는 것도 같군. 하긴 검산은 그 지형부터가 무척 강한 곳이었지. 그리고 대성사 소유거나 그 밑에서 수련하고 있는 이괄이라는 사람 모두 무척 날카로운 기운을 소유한 사람들이었어. 반면에 자넨 유한 편이지. 그럼 정종을 생각하는 건가?"

"글쎄요. 아직은……."

"설마 죽림은 아니겠지?"

"안 되나요?"

"죽림은 좋지 않아. 생각해 보게. 우리가 그 고생을 하며 은하의 계곡을 통과한 것은 무의 끝을 보기 위해서야. 그런데 죽림에선 무선이 단 한 명만 배출되었다고 하지 않는가? 애초에 무천향을 연 사람들의 후예는 정종과 검산이니 죽림에는 십이조사의 진전이 없는 걸세. 십이조사의 진전을 접할 수 없다면 무천향에 들어온 의미가 없지 않은가?”

“하지만 죽림에도 기인이사가 많다지 않습니까?”

“기인이사야 강호에도 널려 있다네. 내가 볼 때 죽림의 고수들은 강호의 고수들과 별반 다를 바가 없을 것 같아.”

“그런가요? 오늘 만나보면 알겠죠.”

파소 등 삼 인을 이끌고 있는 사람은 여전히 무유였다. 세 사람은 무유을 따라 죽림을 보기 위해 이동하고 있었다.

“이곳부터가 죽림의 경계예요. 뭐, 새삼스레 말씀드리지 않아도 아시죠? 무천향 사람들은 시도 때도 없이 곳곳에서 무공을 수련하니 어디서든 조심해서 행동해야 해요. 소란스럽지 않게.”

“그야 이미 잘 알고 있는 일일세.”

남독마군의 대답에 무유가 미소를 짓고는 다시 걸음을 옮기기 시작했다.

무유가 죽림의 경계라고 말한 지점을 지나면서도부터 파소 등 삼 인은 왜 이곳이 죽림이라고 불리는지 금세 깨달았다. 네 사람이 걷고 있는 길 주변으로 서서히 대나무가 많아지더니, 어느 순간부터 네 사람은 온전히 푸른 대나무 숲 안에 들어와 있었던 것이다.

좌르르르!

한줄기 바람이 불어오자 일행의 머리 위로 우거진 대나무 숲이 맑은 울음소리를 만들어냈다.

“신기하군. 남쪽에서나 보던 대나무를 이곳에서 보게 되다니.”

남독마군이 고개를 들어 바람에 흔들리는 대나무 잎들을 보며 중얼거렸다.

“원래 무천향에는 대나무가 없었어요.”

문득 무유가 말했다.

“응, 그게 무슨 말인가?”

“외부에서 가지고 들어와 길렀단 말이지요.”

“허, 그럼 외부에서 가지고 들어온 대나무로 이렇게 울창한 대숲을 만들었단 말인가?”

“무천향에 대나무가 처음 등장한 것은 죽검(竹劍) 남옥이란 분이 은하의 계곡을 통과해 무천향에 들어왔을 때였지요.”

“죽검 남옥? 들어본 것 같은데…….”

남독마군이 고개를 갸웃거렸다. 그러다 뭔가 떠오른 듯 무릎을 치며 입을 열었다.

“아, 생각났다. 백오십 년 전 천하제일인으로 추앙되던 사람이 아닌가? 그는 당시 의문의 실종을 당한 것으로 알려졌었는데… 무천향에 들어와 있었던 거군.”

백오십 년 전 사람의 이름을 기억하는 것은 힘든 일이다. 하지만 죽검 남옥이란 이름을 기억할 수 있는 사람은 강호에 제법 많다고 할 수 있었다. 왜냐하면 죽검 남옥은 그가 강호에서 활동하던 시절 천하제일인으로 여겨졌던 인물이기 때문이었다. 더군다나 그가 무림에서 자취를 감춘 것은 너무 급작스럽게 일어난 일이었기에 그의 이름을 좀 더 많은 강호인들이 기억하고 있었던 것이다.

"맞아요. 그분은 무천향에 들어왔을 뿐 아니라 죽림을 세우고 무선의 경지에 오른 분이지요."

"아, 죽림에서 배출한 유일한 무선이 바로 죽검 남옥이었군."

"맞아요. 그분이 무천향에 들어왔을 때만 해도 죽림이 지금처럼 무천향을 삼분하는 구역으로 자리 잡지 못했었지요. 그런데 그분이 들어온 이후 그분 주위로 외부에서 들어온 사람들이 모여들어 죽림이 서게 된 것이에요. 당시 그분이 애용하시던 죽검을 땅에 꽂은 후 그 검에서 싹이 자라나 이렇게 대단한 죽림을 이루게 되었다고 해요."

"그건 그야말로 전설 같은 이야기군."

"뭐, 그게 사실인지 아닌지는 저도 몰라요. 마른 죽검에서 싹이 났다는 것은 누구도 믿기 어려운 일이니까요. 하지만 어쨌든 그분에 의해 무천향의 죽림은 시작된 것은 분명해요."

죽검 남옥이 죽림을 세운 이야기는 무척 흥미진진한 것이었다. 강호에 떠도는 기담에 속할 만큼 재미있는 이야기였으므로 파소 등은 무유의 말에 정신을 쏟느라 그들이 어느새 울창한 대숲을 빠져나와 초옥들이 늘어선 마을로 진입해 들어가고 있다는 사실을 미처 깨닫지 못했다.

"소관주, 어서 오시게."

파소 등의 정신을 본래의 상태로 돌려놓은 것은 누군가의 목소리가 그들의 귀에 들려왔을 때였다.

"안녕하세요. 별일없으시죠?"

무유가 자신에게 말을 건넨 육십대 초로의 사내에게 꾸벅 인사를 했다.

"이 죽림이야 무천향에서 가장 한가한 곳인데 무슨 일이 있겠나. 그나저나 오랜만에 소관주를 보는군."

"자꾸 소관주 소관주 하지 마세요. 누가 다음대 초성관을 맡을지는 아직 정해지지 않았다고요."

"겸양이 지나치군. 초성관이야 대대로 십이종사 중 풍왕 선선(扇仙)의 진전을 이은 사람의 차지가 아니었던가. 그러니 당연히 무유 자네 차지가 되겠지."

"풍왕 조사의 진전을 이은 사람이 어디 저 하난가요?"

"하지만 무천향의 모든 사람들이 알고 있는 한 가지는 자네만이 유일하게 초성관주님의 인정을 받았다는 것이지. 그러니 결국 초성관은 자네의 차지가 될 거야."

"초성관이 뭐 별건가요?"

"허허, 그게 왜 대단치 않은 자리란 말인가? 초성관주가 대대로 십이종회에 참석하는 열두 명 중 한 사람이란 사실을 자네도 모르지 않겠지?"

"무천향에서 감투야 짐일 뿐이죠."

"흠, 무유 자네는 역시 무천향의 토박이답구만. 권세를 따르지 않고 무도를 중시하는 그 성품이 말이야."

그러자 갑자기 무유의 표정이 변했다.

"지금 비꼬시는 건가요?"

“그리 들었으면 할 수 없고…….”

“제가 언제…….”

무유가 막 반발을 하려는 순간 노인이 손을 들어 무유의 말을 막았다.

“아, 되었네. 자네와 말씨름하고 싶지 않으이. 하지만 자네도 부인하진 못할 거야. 근자에 들어 검산이 정종의 권위를 지나치게 훼손하고 있다는 사실을 말이야. 십이종회가 아직도 이어지는 건 아마도 그 때문일 걸세. 아니라고 말할 건가?”

“전 모르는 일이에요.”

“물론 자네가 비난받을 문제는 아니지. 하지만 자넨 어쨌든 검산에 속해 있지 않은가?”

노인의 말에 무유가 얼굴색이 변했지만 더 이상 언쟁을 벌이지는 않았다.

“기분이 상했다면 미안하이.”

“병 주고 약 주시네요.”

“뭐, 자네에게 악감정은 없네. 그나저나 대성사께 오는 길이지?”

노인의 말에 무유가 고개를 끄덕였다.

“따라오게. 기다리고 계시네.”

노인이 파소 등을 한 번 훑어본 후 신형을 돌려 마을로 이어지는 길을 따라 내려가기 시작했다.

“누군가?”

노인과의 거리가 조금 멀어지자 남독마군이 나직한 목소리로 무유에게 물었다.

"초한이라고, 죽림 출신의 대성사 남창 어른 곁에 있는 사람이에요."

"기도가 보통이 아닌데?"

"당연하죠. 삼단계 수련을 모두 마친 사람이니까요."

"그런데 검산에 대해 좋지 않은 감정이 있는 모양이지?"

"그게… 사실 죽림은 좀 이상한 곳이에요."

"뭐가 말인가?"

"죽림에 든 사람들은 외부에서 들어온 사람들과 그 후손들이지요. 다시 말해 무천향에 뿌리가 없다는 말이지요. 그래서 생각하는 것이나 행동하는 것 모두 자유분방한 사람들이에요. 무천향을 대하는 태도도 마찬가지예요. 아예 신경을 꺼버린 사람부터 을씨 가문을 철저하게 따르는 사람도 있고, 또 검산의 비중이 좀 더 커져야 한다고 생각하는 사람도 있죠. 저 양반은 그중에서 을씨 가문을 추종하는 사람이에요."

"그럼 정종에 들지 않고?"

"좀 다른 의미예요. 무공의 수련에 대한 문제가 아니라 무천향의 운명에 관한 문제니까요. 죽림에 든 사람들 모두 각자의 생각이 있는 것이죠."

"그런 건가? 복잡하군."

"본래 무천향이라는 곳이 좀 분방한 구석이 있어요. 향주가 있긴 하지만 향주라고 해도 개개인의 의사를 무시할 수 없는 곳이 무천향이죠. 천률이 지켜지는 한에서는요."

“천률이라······.”

“이런 식으로 무천향의 각 지역을 한 순배 돌고 나면 천률에 대해 배우게 될 거예요. 초성관에 있을 때야 천률에서 자유롭지만 일단 초성관을 벗어나면 자유롭게 생활하는 와중에도 반드시 천률을 지켜야 해요. 만약 천률을 어기면······.”

“어떻게 되나?”

“최악의 경우 무공을 폐하고 무천향에서 추방될 수 있지요.”

“죽는 게 낫겠군.”

“무천향은 무혈의 땅이에요.”

“그건 또 무슨 말인가?”

“피를 보지 않는단 말이지요. 사람을 살상하는 것은 무천향의 선기를 크게 훼손시키는 일이라 어떤 형태로든 도검에 의해 사람이 죽지는 않아요.”

“어떤 죄인이라도?”

“죽을죄를 지은 사람은 무천향 밖으로 나가 스스로 자결하는 것이 관례죠. 뭐, 결과만 놓고 보면 사형과 마찬가지지만요.”

“허, 그것참, 요상한 율법이군.”

무유와 남독마군이 대화를 나누는 사이 초한이라 불린 노인이 일행을 대나무 울타리로 둘러싸인 초옥으로 이끌었다.

“대성사, 초성관에서 손님들이 왔습니다.”

초옥에 도착한 초한이 일행의 도착을 알리자 초옥 문이 열리며 청초한 모습의 백발노인이 모습을 드러냈다. 백발노인은 마치 한 마리 학처럼 고고해서 인세의 사람이라고 믿기 어려운 풍모를 지니고 있었다.

"왔느냐?"

백발노인이 무유에게 미소를 지어 보였다.

"말학 무유가 대성사님을 뵙습니다."

"초성관주께서 십이종회에 참석하시느라 네가 고생이구나."

"늘 해오던 일인걸요."

"수련은 좀 어떠하냐?"

"요즘은 분주해서……."

"저런, 아무리 바빠도 수련을 게을리해서는 안 된다. 무인, 특히 무천향 무인의 본분이 무엇인지 알고 있지?"

"명심하겠습니다, 대성사님!"

"좋아. 그럼 손님들을 안으로 들이거라."

죽림의 대성사 남창의 말이 끝나자 무유가 파소 등 삼 인을 남창의 초옥 안으로 인도했다. 반면 노인 초한은 초옥 안으로 들어오지 않았다.

남창의 초옥은 단출했다. 실내에는 그 흔한 족자 한 점 없어 휑한 느낌마저 들었다.

"볼품없는 방일세."

남창은 그리 말했지만 파소는 남창의 방이 무척 마음에 들었다. 창을 통해 들어오는 햇빛만이 유일한 장식이랄 수 있는 텅 빈 공간, 파소는 왠지 그 텅 빈 공간에 들어서자 오히려 마음이 푸근해지는 것을 느꼈다.

"앉게들!"

남창이 자리를 권하자 파소 등이 남창의 맞은편에 자리를 잡고 앉았다. 의자나 방석이 없어서 네 사람은 그저 맨바닥에 엉덩이를 붙이고 앉아야 했다.

"뭐라도 대접을 해야겠으나 내 살림이 워낙 빈곤해서 말이야."

남창이 변명하듯 말했다. 그러자 무유가 얼른 파소 등에게 설명하듯 입을 열었다.

"대성사께서는 무천향에서 가장 청빈한 분으로 알려진 분이세요."

"후후, 그런 헛된 명성이야말로 가장 먼저 버려야 할 것이다."

"하지만 사실은 사실이죠."

"녀석, 제법 컸구나. 말대꾸도 다 하고."

남창의 말에 무유가 얼른 고개를 숙였다.

"죄송합니다, 대성사님!"

"탓하고자 한 말이 아니다. 대견해서 하는 말이지. 그나저나 알고 왔겠지만 난 남창이라는 늙은이라오. 과분하게도 대성사의 직을 맡고 있소이다. 만나서 반갑구려."

남창의 목소리는 격하지도, 그렇다고 부드럽지도 않아서 묘한 느낌을 흘려냈다. 그의 목소리는 마치 파소 등이 지나온 대숲의 바람 소리같이 간결하면서도 맑았다.

"기신이라고 합니다. 강호에선 남독마군이라 불렸지요."

"파소라고 합니다."

"석청이에요. 대성사님을 만나뵙게 되어 영광입니다."

파소 등 삼 인이 조심스럽게 자신들을 소개하자 남창이 한 사람 한 사람을 눈여겨보며 고개를 끄덕였다.

"그대들에 대한 소식은 이미 듣고 있었소. 은하의 계곡을 통과한 사람들이 한꺼번에 세 명이나 되는 것도 처음 있는 일이고, 이렇게 젊은 사람들이 들어온 것도 처음인 듯하고… 부부가 들어온 것은 아마 두 번째일 듯하군."

"봉옹과 화화께서 처음이셨지요."

"그렇게 되는군. 어쨌든 그대들의 입향은 여러모로 특이한 점이 많아 이미 향 내에 제법 소문이 났다오. 그래서 이 늙은이도 그대들에 대해 약간의 소문을 듣게 된 것이고 말이오. 흠… 보자. 정종과 검산은 이미 들렀겠지?"

"첫날 향주님을 뵈었고, 며칠 전 검산에 들렀었습니다."

무유가 대답했다.

"입향한 지 얼마나 되었지?"

"오늘로 스무 날째입니다."

"스무 날이라… 그럼 대충 이 죽림이 어떤 곳인지는 알고들 있겠구려?"

남창이 세 사람을 보며 묻자 남독마군이 재빨리 대답했다.

“대충은 들었습니다.”

“그럼 지금 죽림이 어떻게 생겨난 곳인지 다시 설명할 필요
는 없겠구려.”

“그래도 한 말씀 해주시지요.”

무유가 청하자 남창이 잠시 생각에 잠겼다가 천천히 입을
열었다.

“여기까지 와서 대숲과 늙은이 얼굴만 보고 갈 수는 없겠지.
그럼 내 이 죽림이란 곳에 대해 몇 마디 하겠소. 쓸데없는 말
이니 귀담아들을 필요는 없는 말들이라오.’”

빙긋 미소를 지은 남창이 잠시 뜸을 들였다가 천천히 입을
열었다.

“들었겠지만 죽림에선 오직 한 명의 무선만을 배출했소이
다. 그분조차도 죽림에서 태어난 분이 아니라 외부에서 은하
의 계곡을 통해 들어와 죽림을 처음 세우신 분이라오.”

죽림을 세운 죽검 남옥에 대한 이야기는 이미 파소 등이 알
고 있는 이야기였다.

“그분 이후로는 죽림의 그 누구도 무선의 경지에 이르지 못
했소이다. 그러니 무극의 경지에 도전하는 사람들에게 죽림은
사실 머물기를 꺼려할 수밖에 없는 곳이라고 할 수 있소. 더구
나 정종과 검산의 무공이 죽림보다 현묘로운 것은 누구나 인
정하는 사실이라오.”

죽림의 부족함을 말하면서도 대성사 남창의 표정에는 전혀
불편한 기색이 없었다.

"어쩌면 당연한 일이라고 할 수 있소. 무천향을 세운 십이조사의 유산은 정종과 검산을 통해서만 접할 수 있으니까 말이오. 죽림의 무공은 사실 무천향 본래의 무공이라기보단 강호의 무공이라는 편이 맞을 거요. 죽림은 은하의 계곡을 통해 강호에서 들어온 사람들과 그 후손들에 의해 만들어진 곳이니 말이오. 그런데 그럼에도 불구하고 외부에서 들어온 사람이든 무천향에서 태어난 사람이든 정종과 검산이 아닌 이 죽림에 자리를 잡는 사람이 적지 않다오. 그래서 지금 무천향의 식구들 중 가장 많은 수가 죽림에 머물러 있소. 이상하지 않소? 무선에 오르기 가장 힘든 죽림에 가장 많은 인원이 살아간다는 것이?"

듣고 보니 확실히 이상한 일이었다. 무천향의 무인들은 하나같이 무극의 경지에 올라 무선이 되기를 꿈꾼다. 그런데 무선이 될 가능성이 가장 적은 죽림에 거처를 정하는 사람이 가장 많다는 것은 이상한 일일 수밖에 없었다.

"그 이유가 뭘 거 같소?"

남창이 파소 등 삼 인을 보며 물었다. 그러나 그중 누구도 답을 하는 사람이 없었다.

"유, 넌 어찌 생각하느냐?"

남창이 이번엔 파소 등과 마찬가지로 고개를 갸웃거리고 있는 무유에게 물었다.

"글쎄요. 그 문제는 생각해 본 적이 없어서… 하지만 대성사님의 말씀을 듣고 보니 과연 이상하군요. 왜 그럴까요?"

무유가 되묻자 남창이 가만히 미소를 지었다.

"이 답을 한마디로 정리하긴 힘들 것이오. 정종과 검산이 아닌 죽림에 드는 사람들의 사정이야 저마다 다를 테니까. 하지만 전체적으로 보자면 두 가지 이유를 들 수 있소. 하나는 외부에서 들어온 고수들의 경우 이미 자신만의 독특한 무공 체계를 완성한 사람들이라 무천향 전통의 무공을 새롭게 전수받는 것에 대한 두려움이 있기 때문일 것이오. 모두 무공에는 일가견이 있는 사람들이니 나이 오륙십에 새로운 무공을 수련하는 것이 얼마나 어려운 일인지는 잘 알고 있을 것이오. 더군다나 무천향의 무공은 일반 강호의 무공과는 그 근본이 달라서 자신만의 무공을 완성한 사람들이 익히기는 결코 쉽지 않다오. 석 달의 초성관 생활을 거치고 나면 무천향에 든 외인은 자신의 무공과 십이조사의 무공 사이에 존재하는 간극을 깨닫게 되고 그래서 정종과 검산이 아닌 죽림에 거처를 정하게 되는 경우가 대부분인 것이오."

"두 번째 이유는 무엇입니까?"

남독마군이 조금 침울한 목소리로 물었다. 검산에 들 생각을 하고 있던 남독마군에겐 결코 좋은 소리가 아니었기 때문이었다. 그 역시 이미 자신만의 무공을 완성한 사람이 아니던가.

"두 번째 이유는 인간의 본성 때문이라고 할 수 있소이다."

"무슨 말씀이에요?"

무유가 고개를 갸웃하며 물었다.

"말인즉슨 인간에겐 누구나 자유롭고 싶어하는 욕망이 있
기 때문이란 것이다."

"죽림에 드는 게 자유롭고 싶어서란 말인가요?"

"정종과 검산의 수련이 고된 것은 잘 알고 있겠지?"

"그야……."

"정종과 검산의 수련법은 모두 십이조사로부터 시작된 것
이다. 십이조사는 모두 무선의 경지에 오른 사람들, 그들이 운
이 좋아 무선이 된 것은 아니다. 타고난 재능도 있었겠지만 무
선에 오르기 위한 수련의 고단함이야 이루 말할 것이 있겠는
가? 무유, 너야 검산에서 태어났으니 그런 생활에 자연스럽게
익숙해졌겠지만 외부에서 들어온 사람들에겐 그런 고련을 견
디는 것이 결코 쉬운 일이 아닌 것이다. 더군다나 정종과 검산
에는 수백 년간 이어온 전통이란 것이 있다. 본래 강호인들, 특
히나 이렇게 무천향까지 들어올 정도로 강하고 독특한 성정을
지닌 사람들은 권위니 전통이니 하는 것에 얽매이는 것을 좋
아하지 않지. 안 그렇소?"

남창이 남독마군을 보며 묻자 남독마군이 심각한 표정으로
대답했다.

"그렇지요. 명문 출신의 고수가 아닌 다음에야 강호의 고수
들은 뭔가에 얽매이는 것을 무척 싫어하지요."

남독마군은 남창의 말을 들으며 애초에 검산에 들겠다던 결
심이 흔들리는 모양이었다.

"굳이 따지자면 난 이 두 가지 이유가 거처를 결정해야 하는

무천향 무인들이 절대경지에 오를 수 있는 무학이 존재하는 정종과 검산보다 이 죽림을 선택하는 가장 큰 이유라는 보오이다. 어쨌든 그런저런 이유로 작금의 무천향에선 죽림에 가장 많은 사람들이 모여 있소. 세 분도 얼마 있으면 각자 거처를 정해야 할 터인데 만약 스스로 생각하기에 꼭 무극의 경지에 도달하는 것이 아닌 무공의 세계에서 자유롭게 살아가길 원한다면 정종과 검산보단 이 죽림이 거처하기 나을 것이오. 물론 선택은 자유지만……."

남창의 말이 끝났을 때 파소와 석청의 표정은 처음과 크게 달라지지 않았지만 남독마군은 매우 심각해 보였다.

"한 가지 말해둘 수 있는 건 이 죽림은 무척 재미있는 곳이란 사실이오. 외인들이 많고, 다양한 출신의 고수들이 많은 관계로 잡다한 무공이 산재한 곳이 이 죽림이오. 사람들도 그렇고… 아마 무극(武極)은 몰라도 무해(武海)는 접할 수 있을 것이오."

무극은 몰라도 무해는 접하리란 남창의 말은 제법 유혹적인 말이었다. 본래 무림인이라 새롭고 신기한 무공에 본능적인 관심을 보이는 법이었다.

"자, 이 두 가지를 말하는 것으로 죽림에 대한 설명을 마치겠소. 사실 모든 말은 다 필요 없고, 그저 좀 편하게 살자는 게 으른 사람들이 모여 있는 곳이 죽림이라고 생각하면 되는 거요."

"죽림에서도 십이종회에 사람을 보내는지요?"

문득 파소가 의외의 질문을 던졌다. 순간 남창과 무유 모두 살짝 표정이 변했다.

"그건 왜 묻나?"

"십이종회가 십이조사의 유훈을 이어받은 사람들의 집회라면 죽림에선 단 한 사람도 십이종회에 참석치 못하는 것 아닌가 해서 말입니다. 십이조사의 여섯 분은 정종 을씨 가문 사람이고 나머지 여섯 분은 검산의 선조들이니… 결국 죽림은 무천향에서 가장 많은 사람이 거처하면서도 정작 무천향의 향방에는 어떤 의견도 내세울 수 없는 것 아닌지 해서……."

"흠, 그런 걸 궁금해할 줄은 몰랐군."

"죽림의 위치를 알고 싶었을 뿐입니다. 문간방 문지기 노릇은 하기 싫은 터라……."

파소의 말에 남창의 눈에서 한줄기 한광이 번뜩였다. 그동안 한 마리 학처럼 고고해 보이던 남창과는 사뭇 다른 모습이었다. 그러나 다음 순간 남창의 표정에 감탄의 기색이 드러났다. 한줄기 미소를 머금고 있는 파소의 표정을 보았기 때문이었다.

"선재로다. 자네는 정종이나 검산에 들게."

"전 죽림을 생각하고 있었습니다만……."

"알고 있네. 그러니 그런 질문을 던졌겠지. 자네가 그런 불손한 질문을 던진 이유는 두 가지겠지? 하나는 이 남창의 반응을 엿보기 위해서일 것이고, 다른 하나는 질문한 대로 무천향에서 죽림의 위치를 알아보기 위한 것."

"어르신의 혜안을 벗어날 수가 없군요."

"끌끌, 이미 자네의 질문에 내 감정을 드러냈으니 내가 당했다고 할 수 있지. 답을 해주겠네. 두 가지로 답해주지. 난 이 죽림에 대해 무한한 애정을 가지고 있네. 정종과 검산의 전통에는 미치지 못하나 이 죽림의 무인들은 과거의 유물이 아닌 스스로의 힘으로 무극을 향해 나아가고 있다네. 그것이 거의 불가능한 일이라는 것을 알면서도 말일세. 그러니 어찌 이들의 재질이 정종과 검산의 무인들에 미치지 못한다 하여 이들을 무시할 수 있을 것인가? 내 자네의 말에 흥분한 이유를 알겠지?"

"무간방 문지기란 말은 취소하지요."

"후후, 상관없네. 또 사실 어느 정도 맞는 말이기도 하고……."

"대성사님, 어찌 그런 ……!"

무유가 얼른 입을 열었다.

"아니라고 할 수도 없지 않느냐? 무천향의 궂은일은 대부분 죽림의 식구들이 맡고 있으니……."

"그건……."

"정종과 검산의 무인들이 수련에 몰두해서 그렇다고 말하고 싶은 게냐? 후후, 무천향에 든 자치고 어찌 무공에 매진하고 싶지 않은 사람이 있을까? 아니다. 너와 손님들을 앞에 두고 할 이야기는 아니지. 어쨌든 자네의 말이 맞네. 이유야 어떻든 무천향에서 죽림은 외부 활동을 하는 고수가 가장 많은 곳이라네. 자네들을 이곳으로 이끈 사람들이 누군지는 알고 있겠지?"

"천안성이라 불린다고 알고 있습니다."

"맞네. 무천향에는 서른 명의 천안성이 있어 향 밖에서 활동하게 하지. 그런데 그 서른 명의 천안성 중 스물한 명이 바로 이 죽림 출신일세. 정종이 셋, 검산에서 여섯… 이렇게 서른이지. 그리고 천안성이 무천향 외부에서 활동하는 향원들이라면 무천향 내부의 일을 처리하는 사람들도 있네. 그들에 대해 설명했나?"

남창이 무유에게 묻자 무유가 고개를 저었다.

"뭐, 차차 알겠지만 무천향에는 율사와 위사의 두 직위를 지닌 무인들이 있네. 이중 율사는 향원들이 천률을 제대로 지키고 있나를 살피는 일을 하고 위사는 무천향 내외부의 경비를 담당하지. 이중 위사의 대부분이 바로 죽림 출신일세. 반면 율사의 대부분은 정종과 검산 출신이지. 후후후, 이제 죽림이 무천향의 궂은일을 도맡고 있다는 말의 의미를 알겠는가?"

남창의 말에 파소가 고개를 끄덕였다.

"하지만 그렇다고 죽림의 고수들이 향에 불만을 갖고 있지는 않네. 향에서도 충분히 그에 대한 대우를 해주고 있으니까. 자넨 내게 십이종회에 죽림의 인물도 참여하냐고 물었지?"

"그렇습니다."

"거두절미하고 죽림에선 두 명의 종성(種星)이 십이종회에 참가하네. 본래 무천향 십이종성은 십이조사의 후계를 잇는 사람들이네. 그들 십이종성에 의해 무천향의 행보가 결정되지. 그러니 십이종성은 무천향에서 가장 중요한 인물들이라고 할 수 있네. 십이종성의 자리를 십이조사의 후계가 잇다 보니 자연히 정종에 여섯, 검산에 여섯 이렇게 십이종성이 있었네. 그런데 시간이 지나면서 죽림의 역할이 커지다 보니 향에서도 죽림을 온전히 배제하고 향의 일을 논의할 수가 없게 되었네. 그래서 결국 일백 년 전에 한 명, 그리고 전전대 향주이신 을송 어른 시대에 한 명, 그렇게 정종 을씨 가문에서 잇고 있는 여섯 자리의 종성 중 두 자리가 죽림에 양도됐네. 그렇게 해서 죽림에서도 두 명의 종성이 탄생하게 된 것일세."

"큰 소란이 있었겠군요."

"뭐, 워낙 전통을 중시하는 정종과 검산이라 이런저런 이야기가 있긴 했다고 하더군. 하지만 결국 두 분 조사의 위패를 종성의 자리를 인계한 죽림에 모시고, 그분들의 제를 죽림에서 받드는 것으로 일은 종결되었다네. 그러니 자네 말처럼 죽림이 무천향의 문지기 노릇만 하는 것은 아닌 것일세. 문지기라면 무척 대단한 문지기지."

남창이 가벼운 미소를 지으며 말했다.

"무례한 질문, 죄송합니다."

파소가 정중하게 고개를 숙여 보였다.

"미안할 것 없네. 그런 질문을 던진 목적을 모르지 않으니……."

순간 파소의 눈빛이 반짝였다.

“좀 전에도 말했지만 결국 그런 질문을 던진다는 건 그대가 정종과 검산보단 죽림에 관심이 있다는 말이 아니겠나?”

남창의 말에 파소가 빙긋 미소를 지었다.

“생각해 보지요.”

“그거 아나?”

남창이 뜬금없이 물었다. 파소가 의아한 시선으로 남창을 바라봤다.

“자네 말이야. 지금 무천향에서 제법 관심을 끌고 있다는 것 말일세.”

파소에 대한 말을 하는 것이었다. 남창의 말인즉슨, 파소가 무천향의 무인들에게 제법 관심을 끌고 있다는 말이었다.

“저뿐만 아니라 은하의 계곡을 통해 외부인이 들어오면 자연 사람들의 관심을 끌지 않겠습니까?”

“후후, 그런 말이 아니란 건 알고 있겠지? 다른 두 사람이 기분 나쁘게 들을지 모르겠지만 이 죽림에서도 자네에 대한 소문이 제법 빠르게 돌고 있다네.”

“특별히 제가 한 일도 없는데…….”

“왜 한 일이 없겠나. 그 나이에 내자를 데리고 은하의 계곡을 통과했다는 것 자체가 특별한 일이지.”

“그거야…….”

파소가 뭔가 대답을 하려는 찰나, 남창이 파소의 말을 끊었다.

“어쨌든 자넨 제법 사람들의 관심을 끌고 있네. 그리고 오늘 자넬 만나보니 그럴 만도 하겠단 생각이야. 이런 기도… 자네 나이 또래라면 무천향에서도 보기 힘든 기도군. 특이하기도 하고… 어찌 보면… 음, 아닐세. 하여튼 거처를 정할 때 잘 선택하게나. 어쩌면 누군가는 좋은 조건을 내걸고 자네에게 접근을 할지도 모르겠어. 하지만……."

이번에는 파소가 남창의 말을 끊었다.

"그건 걱정하지 않으셔도 됩니다. 제 행보는 항상 제가 결정해 왔으니까요. 굳이 제게 영향을 미칠 수 있는 사람이라면……."

파소가 석청을 돌아봤다.

"후후, 알았네. 하긴 자네가 누군가의 유혹에 넘어갈 정도로 허술해 보이지는 않는군. 자… 더 물어보고 싶은 것이 있으신가들?"

남창이 파소와 석청, 그리고 남독마군을 한 명씩 돌아보며 물었다. 그러나 파소 등 삼 인에게선 더 이상 질문이 나오지 않았다.

"그럼 오늘 만남은 이것으로 마치기로 하세. 만약 그대들이 죽림에 들어온다면 그때 다시 보세나."

남창의 말이 끝나자 무유가 눈짓을 했다.

"그럼 다시 뵙겠습니다."

파소 등 삼 인이 무유의 눈짓에 남창에게 인사를 하고는 남창의 모옥을 벗어났다.

“끝났나?”

파소 등이 남창의 처소에서 물러나자 초한이 무유를 보며 물었다.

“네. 계속 이곳에 계셨나요?”

“뭐, 달리 할 일도 없고 해서…….”

“그럼 우린 그만 돌아가 볼게요. 다시 뵙지요.”

“그리하게. 다음에 보세.”

초한이 고개를 끄덕이자 무유가 밀듯이 파소 등을 데리고 남창의 모옥을 떠났다.

“풋, 녀석, 성질 급하기는… 이곳에 오래 머물다가는 저들이 죽림에 머물겠다고 할까 봐 걱정이 됐나 보지?”

파소 등을 재촉해 죽림을 떠나는 무유를 보며 초한이 실소를 흘려냈다. 그런데 그때 초옥의 문이 열리며 대성사 남창이 얼굴을 내밀었다.

“계속 있었나?”

“예, 대성사님!”

“어찌 보았나?”

“누굴 말씀하시는 건지?”

“당연히 파소라는 그 청년이지.”

“범상치 않아 보이더군요. 향에 도는 소문처럼 선기가 있어 보였습니다. 더군다나 그 나이에 내자를 데리고 은하의 계곡을 통과했으니 어쩌면 무선의 재질을 지닌 것일지도…….”

“욕심낼 만하지?”

"대성사께서도 욕심이 나십니까?"

"나라고 어찌 좋은 인재에 대한 욕심이 없겠나. 명색이 무천향의 대성사인데. 나도 무선 한 명 키워보고 싶은 욕망이 있다네. 죽림을 위해서도 말이야."

"그 청년이 과연 죽림에 들겠습니까?"

"기색을 보니 가능성은 있을 것 같던데?"

"하지만 정종과 검산에서 본격적으로 설득에 나서면……."

"후후, 유혹에 쉽게 현혹될 아이가 아니야. 사람의 성향이란 쉽게 변할 수 없는 걸세. 저 아이는… 아마도 결국 죽림으로 오게 될 거야."

"왜 그렇게 확신하시는지요?"

"보면 모르나? 애초에 자유롭게 살던 아이야. 그건 변할 수가 없는 거라고… 정종과 검산의 그 무거운 전통과는 어울리지가 않는 아이란 말일세."

"욕심이 많이 나시나 보군요?"

"글쎄, 그렇기 한데 죽림에 든다고 내가 가르칠 것이 있을까 싶기도 하고……."

"예?"

"겉으로 보이는 게 전부가 아닐세. 내 눈이 틀리지 않다면 저 아이는 내 가르침이 필요한 아이가 아닐세."

"설마……."

"이것 봐, 초한. 자네, 여인 한 명을 데리고 은하의 계곡을 통과할 수 있겠나? 비록 그 여인도 제법 뛰어난 무공을 지니고 있긴 하지만……."

"그… 그건……."

"물론 어찌 통과할 수도 있겠지. 하지만 그렇다 해도 결국 저 아이의 경지는 무천향 대성사의 가르침을 모두 마친 고수의 수준이란 말일세. 알겠나? 그래서 정종과 검산에서도 저 아이에게 눈독을 들이는 것이고. 저 나이에 저 능력이면 무선의 경지가 보인다고 할 수 있을 걸세. 어느 곳에서라도 무선을 배출하게 되면 그땐……."

남창이 말꼬리를 흐렸다.

"지금 같아선 그땐 무천향의 역사가 바뀌겠지요."

초한이 남창의 말을 마무리했다.

*　　*　　*

죽림에서 대성사 남창을 만나고 돌아온 파소와 석청은 줄곧 초성관에 머물렀다. 그사이 향주전을 밝히던 열두 개의 거대한 횃불은 꺼졌다. 정확하게 한 달 보름을 타오른 횃불이었다.

그리고 횃불이 꺼지는 순간 수천 년을 침묵한 호수처럼 잔잔하던 무천향에 알 수 없는 기운들이 움직이기 시작했다. 성시에 나가지 않고 초성관 안에 머무르면서도 느낄 수 있는 변화의 기운들, 어쩌면 파소 등이 그 변화의 기운을 느낄 수 있었던 것은 무유의 행동이 변했기 때문일지도 몰랐다.

십이종회가 끝나고 초성관주 여상이 돌아온 날부터 무유는 누가 보아도 들떠 있음이 분명했다. 나이답지 않던 침착함은 사라지고 열여덟 젊은이의 흥분이 그의 얼굴에 가득했던 것이다.

"분명 무슨 일이 있는 거예요."

늦은 저녁 파소와 마주 앉은 석청이 고개를 갸웃하며 말했다. 파소는 달리 답을 하지 않았다.

"도대체 무슨 일이 벌어진 걸까요?"

"지금으로선 짐작할 수 있는 게 없네요. 하지만 결국은 무천향의 후계에 대해서 어떤 결론을 내린 게 아닐까요?"

"현재의 후계자인 소천을 포기한다는 건가요?"

"애초에 소천의 죽음 이후를 대비하기 위해 소집된 십이종회였잖아요."

"어떤 결론이 내려진 걸까요?"

"알 수 없지만 어쩌면 수백 년간 무천향을 지배해 온 을씨 가문이 더 이상 무천향의 향주 자리를 지킬 수 없을지도 모르겠다는 생각이 드네요."

"왜요?"

"초성관주나 무 소협은 검산 사람이에요. 십이종회 이후 그들의 표정이 변한 건 알고 있죠?"

"무척 흥분한 표정들이잖아요. 초성관주조차도……."

"더군다나 생기가 넘치고 있지요. 그 이야기는 그들에게 뭔가 기대할 만한 일이 생겼다는 것이겠고, 그게 십이종회 이후의 일이라면 아마도 무천향주의 후계자 자리를 정하는 데 있어 검산에도 기회가 생겼다는 의미가 아닐까요?”

“검산의 인물에게도 향주의 자리에 도전할 기회를 주겠다는 건가요?”

“아마도……..”

“하지만 수백 년을 이어온 을씨가의 전통이 있는데…….”

“문제는 지금의 소천이 죽으면 현 가주의 뒤를 이을 핏줄이 존재하지 않는다는 거지요.”

“아니죠. 그 따님도 계시고, 또 현 가주의 혈족이 아니라도 정종에는 다른 을씨 성을 가진 인물들이 많잖아요?”

“그 사람들 중 향주의 자리에 앉을 만한 인물이 없다면 어떻게 될까요? 아니, 그런 인물의 유무를 떠나 검산과 죽림이 후계자를 세우는 일에 새로운 방식을 제안할 만큼 힘이 커졌다면……?”

“검산과 죽림의 종성들이 더 이상 을씨 가문의 핏줄이 무조건 향주 직을 승계하는 걸 용납하지 않겠다고 했을 거란 말인가요?”

“그렇게까지는 아니더라도 적어도 동등한 기회를 요구했을 수는 있겠지요.”

“그래서 그 제안이 받아들여졌고요?”

“그럴 가능성이 많겠지요. 무천향에 일고 있는 이 기운의 변화는… 무천향과 어울리지 않는 기운이에요.”

“어울리지 않다뇨?”

“이미 무천향은 끝장이 난 건지도 모르겠어요.”

"도대체 무슨 말이에요?"

"이 기운은 분명 욕망의 기운이에요. 무천향은 강호의 끊임없는 은원에서 벗어나 무도를 통해 선에 도달하기 위한 사람들을 위해 만들어진 곳이죠. 그런데 그런 무천향에 욕망의 기운이 돈다는 건 결국 이미 무천향은 그 의미에선 끝장난 것이라고 봐야겠지요. 대신……."

"대신 뭐죠?"

"이제 십이조사의 무천향은 사라지고 대신 강호를 통째로 집어삼킬 만한 힘을 지닌 거대한 야망덩어리의 무천향이 탄생하게 된 것이죠."

"너무 극단적이에요."

"그럴까요? 하지만 검산과 죽림의 종성들이 무천향주의 후계를 거론하는 순간 이미 그들은 무극을 향한 수련자가 아닌 권력을 노리는 야심가들이 된 것 아니겠어요? 무천향을 이끄는 십이종성이 야심가가 되었다면 무천향은 결국 패자(覇者)의 길을 가게 될 거예요."

파소의 눈에 깊은 두려움이 깃들고 있었다.

第四章

재회(再會)

　무도의 땅, 선을 이루기 위한 수도자들의 땅이었던 무천향
에 야심의 불꽃이 피어오르기 시작한 그때 파소와 석청은 초
성관의 생활을 마무리 짓고 있었다.

　시간이 흘러가면서 십이종회에서 벌어진 일들이 하나둘 파
소와 석청의 귀에도 들려오기 시작했다. 물론 그 비밀스런 소
식을 들을 수 있었던 것은 어린 나이에 비해 침착하기 이를 데
없던 무유가 평상심을 잃은 덕분이었다.

　십이종회에서 여섯 명의 검산 종성은 예상대로 향주 을도산
에게 소천 을몽검이 잘못될 경우 무천향의 후계를 정하는 문
제에 대해 새로운 제안을 내놓았다.

　물론 그렇다고 검산 육종성이 대놓고 을씨 가문에게 향주의

자리를 요구한 것은 아니었다. 대신 검산 육종성은 지난 수십 년간 쇠잔해진 무천향의 무풍을 거론하면 향후 무천향의 소천이 되기 위해선 적어도 검산무벽에 한줄기 검흔을 남길 수 있어야 할 것이란 말을 했다고 한다. 다시 말해 무천향의 무인들로부터 향주의 후계자로 인정받으려면 검산무벽에 모두가 인정할 만한 무공의 흔적을 남겨야 한다는 것이었다.

지금까지 무천향의 역사에서 무천향주의 후계자를 정하는 것은 언제나 향주의 고유 권한이었던 것을 생각하면 검산 육종성의 제안은 정종 을씨 가문에 대한 강력한 반발이라고 할 수 있었다.

더군다나 더 중요한 문제는 검산 육종성의 제안 중에 을씨 가문 이외의 사람에게도 검산무벽에 도전할 수 있는 기회를 주어야 한다는 내용이 포함되어 있다는 것이었다.

특히 무천향 소천의 지위는 언제나 나이 오십 이전의 인물에게만 허락된 것이었기에 을씨 가문이 무천향의 향주 자리를 유지하려면 오십 이전 나이의 후손들 중 검산무벽에 모두가 인정할 만한 검흔을 남길 인물을 찾아야 했다.

그러나 검산무벽이 어떤 곳인가? 무천향을 세운 십이조사 중 육 인의 조사에 의해 만들어진 곳이 아니던가. 그런 곳에 그들과 비견될 만한 무흔을 남길 만한 인물이, 그것도 오십 이전의 나이를 지닌 사람을 찾기란 현재의 정종에선 힘든 일이었다. 그리고 한발 더 나아가 설혹 그런 인물이 나온다 하더라도 검산과 죽림에서 그보다 더 강렬한 인상을 줄 수 있는 무흔

을 남긴 사람이 나타난다면 향주의 후계자 자리에 대한 논란
은 불을 뿜듯 일어날 터였다.

"향주께서 그 제안을 받아들이셨단 말이오?"
"당연하죠. 그러니까 향이 이렇게 흥분하고 있는 거죠."
파소가 물었을 때 무유는 마치 자신이 무벽에 도전해 소천
의 자리를 따낼 것처럼 흥분해서 말했다.
"그런데 왜 그런 이야기가 공식적으로 발표되지 않는 것이
오?"
"그야 아직 소천께서 살아 계시니까요. 비록 위중하시지만
살아 계신 소천을 두고 다음 대 소천을 정하는 문제를 공식적
으로 발표할 순 없는 일이지요."
무유의 말에 파소가 고개를 끄덕였다. 검산 육종성의 요구
는 이미 무천향을 돌아올 수 없는 강을 건너게 만들었지만 그
렇다고 드러내 놓고 권력 투쟁을 벌일 수는 없는 일이었다. 표
면적으로 무천향은 여전히 무극에 도전하는 수련자들의 땅이
었으므로.
"그런데 검산 육종성이 그런 제안을 했다는 것은 정종엔 그
런 후인이 없어도 검산엔 있다는 말이 되는 건가요?"
석청이 묻자 무유가 잠시 생각에 잠겼다가 입을 열었다.
"제가 알기에 지금까지 드러난 바로는 그럴 만한 인물이 현
재는 검산에도 없어요."
"그럼 왜 그런……?"

“지금까지는 없지만 조만간, 아니, 어쩌면 이미 암암리에 그럴 만한 능력을 지닌 인물들이 탄생했을 수가 있어요. 바로 검산이목으로 불리는 두 사람인데, 물론 정종에도 기재라 불리는 인물들이 있기는 하지만 검산이목에는 미치지 못하죠.”

“검산이목(劍山二木)은 누굴 말하는 거죠?”

“한 분은 이미 석 여협도 만난 사람이에요. 소유거 대성사님을 만나 뵈러 갔을 때…….”

“그 이괄이란 사람 말이오?”

파소가 중간에 무유의 말을 끊었다.

“네. 바로 이괄 형님이 그중 한 명이지요.”

“다른 한 명은 누구요?”

“탁발무라는 사람인데 지금 무천향에 없어요.”

“천안성이란 말이오?”

“아니요. 천안성은 아니에요.”

“천안성이 아닌데 어떻게 무천향을 벗어났단 말이오?”

“아, 제가 그 말씀을 드리지 않았나요? 본래 천안성 말고도 향을 벗어날 수 있는 사람들이 있어요.”

“어떤 사람들이죠?”

석청이 호기심 어린 표정으로 물었다.

“대성사의 가르침을 받는 수련자들 중 대성사께서 필요하다고 인정한 사람들은 향 외부로 나가서 수련할 수 있어요. 뭐, 물론 이 경우에는 대성사께서 이들의 행보에 대한 책임을 지셔야 하지만요. 또한 외부인들과의 접촉 역시 금지되지요. 그래서 대부분은 무천향을 둘러싼 혹독한 사막에서 수련하기 위해 향을 벗어나요."

그러고 보니 파소의 부모와 단보 등도 과거 대성사 을지행의 가르침을 받는 동안 사막의 계곡에 거처를 정하고 폐관수련을 했다고 하지 않았던가. 그러니 무유가 전하는 말들은 이미 파소 등도 알고 있는 사실이었던 것이다.

"그렇다면 그 탁발무라는 사람은 지금 무천향 밖에서 수련 중이란 말이구려?"

"맞아요. 탁발무와 이괄, 이 두 사람을 향에서는 검산이목이라 불러요. 그리고 두 사람 모두 언젠가는 무선의 경지에 오를 사람들이란 평가를 받는 이들이지요."

"검산 육성종은 그들에 대한 기대로 향주에게 그런 제안을 한 모양이구려?"

"아마도 그럴 거예요. 제가 알기로 정종과 죽림에는 두 사람과 비견될 만한 후기지수가 없어요. 만약 오십 전의 후기지수 중 누군가 검산무벽에 검흔을 남길 수 있다면 그건 두 사람 중 한 명이 될 거예요."

말을 하는 무유의 얼굴이 다시금 기대감으로 가득 찼다.

'하지만 그 순간 무천향은 무너지게 될 거요.'

파소는 이 말을 하고 싶었지만 입 밖으로 낼 수는 없었다.

"참, 오늘 손님이 한 분 오실 거예요."

"손님……?"

"대단한 분이죠."

“누굽니까?”

“대성사 을지행이란 분이에요.”

순간 파소의 눈빛이 번뜩였다.

‘드디어 향으로 돌아오셨나?

“정종 출신의 대성사시죠. 무천향에 세 분의 대성사가 계시다고 했지요? 그중 두 분은 이미 만나보셨고, 오늘 마지막 한 분을 만나시게 될 거예요.”

“우리가 가지 않고 그분이 초성관으로 오시나요?”

석청이 의아한 얼굴로 물었다.

“그렇게 연락이 왔어요.”

“어떤 사람이죠?”

을지행에 대한 무천향 무인들의 평가를 알고 싶은 석청이었다.

“말했지만 대단한 분이세요. 무공은 그리 대단치 않다고 알려지셨는데 인재를 키우는 데는 탁월한 능력이 있다고 알려진 분이세요. 다시 말해 무척 현명한 분이란 말씀이지요. 대성사가 되신 지 벌써 수십 년이 지났고요. 아마 무천향 역사에서 가장 어린 나이에 대성사가 되신 분일 거예요. 하지만……”

무유가 말꼬리를 흐렸다.

“하지만 웬일인지 최근 몇십 년 사이에는 거의 제자를 살피시지 않고 있지요. 뭐, 사람들의 말로는 정종에 대성사님의 눈에 차는 인재가 나오지 않기 때문이란 말도 있고, 혹은 반대로 을 대성사님이 후인을 돌보지 않아 정종에서 탁월한 인물이

나오지 않는다는 말도 있고 그래요. 어쨌든 그분은 대부분의 시간을 향 외부에서 보내고 계세요.”

“대성사는 향의 출입이 자유로운 건가요?”

“거의 그렇다고 봐야죠. 수련 삼단계에 이른 사람 중 거의 대부분은 향 외부로 나가 수련을 하니까요. 사실 이 무천향은 수련을 하기엔 너무 안락한 조건이잖아요. 그런 수련자들을 관리하는 것도 대성사님들의 책임이라 일단 삼단계 수련자들이 향 외부에서 수련을 하게 되면 대성사님들도 거의 향에 머물지 못하게 되는 것이지요.”

대성사 을지행이 파소와 석청을 사막의 계곡에서 팔 년 동안 지도할 수 있었던 것도 바로 이런 이유 때문이었으리라.

“그중에서도 을지행 대성사님은 자신의 밑에서 수련하는 삼단계 수련자들을 거의 모두 향 외부로 내보내시는 분이지요. 혹독한 자기 수련을 가장 중시하는 분이니까요.”

무유가 을지행에 대한 설명을 마치고는 망설이는 듯한 표정으로 파소를 바라봤다.

“하고 싶은 말이 있소이까?”

파소가 무유의 표정을 살피며 묻자 무유가 조심스런 표정으로 말을 꺼냈다.

“을지행 대성사께서 대협을 만나시면 아마도 한 가지 제안을 할 거예요.”

“제안?”

“네, 아마 대협께 정종으로 오라는 말을 하실 거예요. 물론

정종의 특출난 무공들과 대성사님의 지도가 조건이 되겠지
요."

"어째서 그렇게 생각하시는 거요?"

"생각해 보면 대성사께서 초성관에 직접 걸음을 하신다는
것은 역시 어울리지 않는 일이지요. 그것도 검산이나 죽림 출
신의 대성사가 아니라 정종 출신의 대성사라면요. 그렇다면
이유는 단 하나지요. 대협을 정종에 끌어들이려는 것. 대성사
께 직접 방문을 받는다는 건 사실 대단한 영광이니까요."

"왜 날 정종에 들게 하려 한단 말이오?"

"그야 당연히 대협의 능력 때문이지요."

"무슨 말인지 모르겠구려. 이곳은 대무천향이오. 이곳에서
나의 재주는 비천할 따름인데……?"

파소의 말에 무유가 얼른 고개를 저었다.

"그렇지가 않습니다. 저도 처음엔 몰랐는데 관주님이나 소
유거 대성사님, 그리고 죽림의 남창 대성사님의 말씀을 듣고
는 대협께서 얼마나 대단한 분인지 깨달았어요."

무유의 말에 파소가 빙그레 미소를 지으며 대답했다.

"그래도 대무천향에서 십이조사의 진전을 이은 분들만 하
겠소이까?"

"글쎄, 그렇지가 않다니까요. 대협을 만나 본 대성사님과 향
의 어른들이 하나같이 대협의 능력에 탄복했다고 해요. 모두
의 평가대로라면 대협의 나이 또래에 대협과 견줄 만한 후기
지수가 무천향에는 없다고 봐야 한다고요."

"그것참, 이상한 일이구려. 난 은하의 계곡을 통과한 이후 단 한 번도 내 무공을 드러낸 적이 없는데 그런 내게 그렇게 대단한 평가가 내려지다니 말이오."

"그야 뭐, 저도 그 이유는 모르죠. 하지만 사람을 보는 눈에서는 천하에 따를 사람이 없다는 무천향의 대성사님들이에요. 그런 분들이 같은 평가를 내렸다면 그건 정확한 거라고 봐야죠."

"하하, 나중에 크게 실망들 하시지 않을까 걱정되는구려."

파소의 말에 무유가 이상한 표정으로 파소를 바라보다 파소의 웃음이 잦아들자 다시 입을 열었다.

"저도 처음엔 이상들 하다 싶었는데 요즘에는 대협이 보통 사람 같아 보이지 않네요."

"그건 또 왜 그렇소이까?"

"본래 처음 무천향에 들어와 초성관에 머물게 되는 강호의 고수들은 대부분 무천향의 고수들을 만나고 무천향에 대해 하나둘 알아가면서 강호에서 자신들이 누렸던 그 대단했던 명성들이 무천향에선 보잘것없다는 것을 깨닫게 되지요. 그래서 시간이 지나면 의기소침해지거나 아니면 적어도 무척 겸손해지게 마련이에요. 그런데 대협은 초성관에 처음 들어올 때나 지금이나 변하신 게 없는 것 같아요. 특히 대성사님들을 만나면서도 전혀 긴장이라는 걸 하시지 않더라구요. 남독마군 그 양반은 이미 순한 양이 되어 있는데 말이죠."

"그야 내 천성이 그렇게 생겨 먹었기 때문일 것이오."

“전 그게 대협의 천성 때문이 아니라 자신감 때문이라고 생각되네요. 스스로에 대한 자신감… 아닌가요?”

무유가 마치 파소의 속을 들여다보기라도 하려는 듯 날카로운 눈빛으로 파소를 응시했다. 그러나 파소는 도검처럼 날카로운 무유의 눈빛을 가볍게 받아넘겼다.

“글쎄… 딱히 겁을 먹을 일이나 상대는 없었던 것 같구려…….”

파소의 대답에 무유의 눈이 번쩍였다.

“역시 그렇군요. 대성사님들은 물론 향주까지 만나신 분이…….”

무유가 고개를 끄덕였다. 한편으론 파소의 지나친 자신감에 기분이 상한 듯도 보였다.

“하지만 그렇다고 해도 무천향의 각 세력에는 나보다 뛰어난 인재가 많을 거요. 무 소협 그대만 해도 말이오.”

파소의 말에 무유가 피식 실소를 흘려냈다.

“저야 어디 대협 같은 분과 비교나 할 수 있나요. 아직 애송인데요. 하지만 이상하게 대협께 칭찬을 들으니 기분이 좋군요. 헤헤… 에, 그야 뭐, 어쨌든 전 대협께서 대협의 거처를 신중하게 결정했으면 해요.”

“정종에 들지 말라는 말이오?”

파소의 물음에 무유가 황급히 고개를 저었다.

“제가 어찌 감히 그런 말씀을 드릴 수 있겠어요. 그런 말을 했다가는 전 큰 벌을 받을 거예요.”

"하하, 걱정 마시구려. 소협이 한 말을 타인에게 전할 사람은 아니니까."

파소의 말에 무유가 적이 안심이 되는 표정을 지으며 신중하게 입을 열었다.

"제 말은 대협께서 정종의 제안만 듣고 행보를 약속하지는 말라는 말이에요. 이제 초성관에 머무실 날이 멀지 않았으니 아마도 검산과 죽림에서도 사람이 올 거예요."

"정말 그럴 것 같소?"

"분명히 그럴 거예요. 특히 지금 같은 시기는… 각 세력에서 최고의 인재를 찾을 때죠. 정종에 특출난 인재가 없는 한은……."

뒷말은 듣지 않아도 짐작할 수 있었다.

"내가 검산무벽에 검흔을 남길 만한 사람이라고 보시오?"

"평가는 제가 하는 것이 아니지요."

무유가 담담하게 말했다. 하지만 파소에 대한 어떤 확신 같은 것이 있는 모양이었다.

"알겠소이다. 충고 고맙소. 내 거처는 아마도 초성관에서의 마지막 날 결정될 것이오."

파소의 말에 무유가 만족한 듯한 표정을 지으며 고개를 끄덕였다.

"잘 생각하셨어요. 부디……."

뭔가 말을 하려다 무유가 급히 입을 닫았다. 하지만 파소는 무유가 하고자 하는 말을 이미 알고 있었다. 무유는 아마도 파소가 검산을 택하길 바라고 있을 터였다.

그날 오후, 과연 무유의 말대로 을지행이 파소와 석청을 찾아왔다. 을지행은 오랜만에 보는 파소를 대하고도 어떤 표정의 변화도 일으키지 않았다. 파소 역시 마찬가지였다. 무천향의 무인들은 워낙 뛰어난 사람들이라 작은 표정의 변화만으로도 파소와 을지행의 관계를 의심할 수 있었다.

초성관주 여상의 안내를 받으며 파소를 마주한 을지행은 여상에게 양해를 구한 후 파소를 데리고 초성관을 벗어나 초성관이 있는 능선의 오른쪽 언덕으로 이동했다.

"어떠냐?"

초성관에서 멀어지자 그때서야 을지행이 동그란 얼굴에 미소를 지으며 과거의 모습을 드러냈다.

"좋더군요. 단 어르신께서 항시 그리워할 만큼… 하지만……."

"하지만?"

"사람들만큼은 듣던 것과 다르더군요."

파소의 말에 을지행이 씁쓸한 표정을 지었다.

"십이종회의 결과에 대해선 나도 들었다."

"더 이상 예전의 무천향이 아닌 거지요?"

"아마도… 세월이 흐르면 고인물은 결국 썩게 마련인 모양이다."

"향주님의 생각은 뭔가요?"

"그걸 왜 내게 묻느냐?"

"정종의 어른이시잖아요?"

파소의 말에 을지행이 고개를 돌려 멀리 보이는 성해 넘어 동쪽, 향주전과 향주전을 둘러싼 정종의 군락을 바라봤다.

"글쎄다. 그렇게들 말하지만 사실 내가 정종의 대소사에서 손을 놓은 지는 꽤 오래된 일이다. 이유는… 너도 알겠지?"

"제 부모님 일 때문인가요?"

파소의 물음에 을지행이 고개를 끄덕였다. 무언의 대답을 들은 파소가 잠시 침묵을 지켰다. 그리고 잠시 후 다시 입을 열었다.

"전 어찌할까요?"

"네 생각은?"

"절 이곳으로 데려온 사람은 대성사님과 단 어른이시죠."

"그러니까 대책도 내가 세워야 한다?"

"솔직히 전 제 부모님의 죽음에 얽힌 사실을 알아내는 것 말고 제가 이곳에서 뭘 해야 할지도 정확히 모르고 있는 실정입니다. 그러니 그런 제가 앞으로의 일을 생각할 수 있겠습니까?"

"그런가? 생각해 보니 그렇구나. 그럼 이건 어떠냐? 네가 새로운 소천(小天)이 되어보는 것은?"

을지행은 마치 떨어진 물건이라도 줍는 것인 양 아무렇지도 않게 파소에게 소천이 될 의향이 없냐고 물었다. 하지만 그가 뱉어낸 말은 그렇게 가볍게 언급할 일이 아니었다.

"설마, 애초에 그런 목적이 있었습니까?"

파소가 싸늘한 목소리로 물었다. 을지행의 제안을 듣는 순간 파소는 애초부터 을지행과 단보가 파소를 무천향의 후계자로 만들기 위해 불러들인 게 아닌가 하는 의심이 불쑥 솟구쳤던 것이다.

생각해 보면 충분히 짐작할 만한 일이었다. 현재의 소천이 죽은 이후 정종에 향주의 후계를 이을 만한 적통의 후인이 없다면 을씨 가문으로선 그 대책을 마련해야 했을 터였다. 그리고 그 대책에는 과거 그들에게 최고의 기재로 평가받았던 을몽학의 아들이 포함되지 말란 법이 없었다. 그 아들에게 탁월한 재질이 있다면… 그리고 지난 팔 년 동안 을지행은 파소에게서 소천이 되기에 충분한 재질을 발견했을 것이다.

"아니라고는 말할 순 없다."

순간 파소의 눈에서 분노의 불꽃이 피어올랐다.

"수백 년 이어온 권력을 유지하기 위해 버린 아이를 찾아왔던 겁니까?"

"그건 아니다. 네 존재는 나와 단보, 그 사람만이 알고 있다. 우린… 만약 네 부모의 죽음이 음모에서 비롯된 것이라면 무천향의 향주 자리는 당연히 네 것이 되어야 한다고 생각했던 거다. 정종의 권력 유지와는 전혀 상관없는 일이다. 우린 몽학과 효명의 것을 네가 되찾기를 바랐을 뿐이야."

을지행의 말에서 거짓이 엿보이지는 않았다. 그러나 그렇다고 을지행의 말을 곧이곧대로 믿을 수도 없었다. 강호란 본래 웃음 뒤에 비수를 숨기고 살아가는 곳이 아니던가.

파소는 한참 동안 을지행을 응시했다. 을지행은 파소의 시선을 느끼면서도 줄곧 무천향 중앙에서 눈부시게 반짝이고 있는 성해를 바라보고 있었다. 그렇게 얼마의 시간이 흘렀을까. 파소가 불쑥 입을 열었다.

"나에게 소천이 될 능력이 있습니까?"

파소가 입을 여는 순간 을지행의 눈에서 불꽃이 번쩍였다.

"충분히! 넌 내가 본 그 어떤 사람보다 뛰어난 재질을 지니고 있다. 또한 지금은 그 재질을 능력으로 변화시켰지. 넌 무천향 최고의 기재라던 몽학과 효명의 피를 이어받았다. 우리가 기대를 걸었던 것은 바로 그 부분이었다. 호부에 견자없다는 그 기대… 그런데 거기에 더해 넌 수십 년 동안 선검을 수련하고 있었다. 그것도 거의 원형 그대로 말이다. 선검은… 너도 알다시피 정종에서조차 거의 사장된 무공. 하지만 선검이 사장된 것은 그 무공의 결함 때문이 아니라 수련자의 게으름 때문이었다. 그런데 넌 그런 선검을 수십 년 넘게 수련했다. 더군다나 그로 인해 우릴 만났을 때 넌 선검이 본래 가지고 있던 효능을 막 꽃피우려 하고 있었지. 솔직히 말해 네가 사막의 계곡에 들었을 때 단보와 난 흥분하지 않을 수 없었다. 네가 선검을 그토록 온전히 수련했을 거라곤 전혀 기대치 않았기 때문이다. 그리고 우린 확신했다. 네가 십 년을 더 수련한다면 분명 무천향의 주인이 될 수 있을 거라고… 넌 그것조차 팔 년으로 줄였지만……"

"하지만 전 아직 심검의 경지에 온전히 들지 못했습니다. 무선이 된다는 것은 망검의 경지에 드는 것. 그렇다면 난 아직 무벽에 검흔을 남길 능력이 없는 것 아닙니까?"

파소의 말에 을지행이 고개를 저었다.

"틀리지 않다. 하지만 네가 잘못 생각하고 있는 것이 있다. 사실 선검 육단계 중 무천향의 무인들이 말하는 무선의 경지에 해당하는 단계는 마지막 단계인 망검이 아니라 심검의 완성이다."

"그러나……."

파소가 뭔가를 말하려는 순간 을지행이 고개를 저으며 파소의 말을 막았다.

"들어보거라. 애초에 무천향 십이조사가 무천향을 세운 것은 그중 한 분의 뜻을 나머지 열한 명이 따랐기 때문이다. 다시 말해 우리가 십이조사라 부르는 분 중 한 분은 나머지 열한 명의 조사님보다 훨씬 뛰어난 분이었단 말이지. 그분이 바로 을조인이라는 분으로, 무천향에선 태조사라 불린다. 선검은 바로 그분이 대성한 무공이다. 그리고 그분께서 선검 육단계 중 마지막 단계인 망검에 이르신 것은 내가 알기로 무천향이 생긴 이후의 일로 알고 있구나."

"그럼……?"

"그래. 그분은 심검의 경지를 이루신 후 무천향을 여셨던 것이다. 무천향은 십이조사를 모시지만 결국 태조사 을조인 어른만큼은 다른 열한 분의 조사보다 한 단계 앞서 있었던 분인 것이다. 그런데 십이조사 이후 배출된 열네 명의 무천향 무선은 십이조사만큼의 경지에도 도달하지 못했다. 그럼에도 그들은 무선의 칭호를 얻었던 것이다. 그러니 네가 선검 육단계 중 심검의 경지를 완성한다면 너 또한 무선의 칭호를 받게 될 것이다. 하물며 지금 내가 지금 말하는 것은 무선이 아니라 소천의 위(位)를 얻어내라는 것 아니냐. 오십 이전의 무천향 후기 지수 누구도 검산무벽에 검산 육조사가 남긴 무흔을 그대로 재현할 인재는 없다. 그런 일은 소위 말하는 무선의 경지가 되어도 장담키 어려운 일이다."

"하지만 검산 육종성은 소천의 자격으로 무벽에 검흔을 새기길 원하지 않았습니까?"

"물론 그렇게 요구했고 향주께선 그것을 승낙하셨지. 하지만 검산 육종성이나 향주님이나 정말 누군가 검산 육조사께서 남긴 무흔을 그대로 재현할 거라 기대하신 것은 아닐 것이다. 다만 그 경지에 오를 수 있다는 가능성만 보여준다면 아마도 그 인물을 새로운 소천으로 인정하게 될 것이다. 내 생각에 말이다, 너라면 십이종성의 인정을 받아낼 수 있을 거 같구나."

"무유 소협은 검산이목이라는 사람들을 거론하더군요."

"물론 뛰어난 아이들이다. 아쉽게도 내가 아는 한 정종에는 그들을 따라갈 만한 아이들이 없지. 물론 단보 그 사람이 누군가를 주목하고 있기는 한 것 같지만… 어쨌든 난 적어도 네가 그들보다는 앞서 있다고 생각한다."

"그들은 어려서부터 검산 육조사의 무공을 익힌 사람들이에요.”

“물론 그렇다. 하지만 너 또한 어려서부터 태조사의 선검을 익힌 아이다. 순수하게 그 무공의 가치로 보자면 검산 육조사의 무공은 태조사의 선검을 따라올 수 없다. 더군다나 넌 이미 탈검을 완성하지 않았느냐? 탈검을 끝은 곧 심검의 시작, 만약 네가 한 걸음만 더 나간다면 넌 심검의 경지에 들어 무선의 칭호를 받을 수도 있을 것이다. 이곳에 오니 은연중에 너에 대한 소문이 자자하더구나. 그건 곧 무천향의 고수들이 네 가치를 알아봤다는 것이다. 그들도 네게서 무선(武仙)의 가능성을 본 것이다. 물론 네 가치를 정확하게 알고 있지는 못할 테지만…….”

“팔 년의 수련 기간 동안 그렇게 칭찬에 인색하시더니…….”

파소가 피식 실소를 흘려냈다.

“후후, 그게 내가 가르치는 방법이다. 난 제자들을 혹독하게 다루기로 유명한 사람이지.”

“그러더군요. 제자들을 모두 향 밖 거친 사막으로 내모는 대성사님이라고…….”

“맞는 말이다. 어쨌든 난 네가 향의 새로운 소천이 되는 것도 좋겠다는 생각이다.”

“어떤 이득이 있을까요?”

파소의 질문에 을지행이 잠시 망설이더니 이내 무거운 음성으로 말했다.

"네 아비가 죽은 이유가 그가 지닌 재능과 차기 향주가 될 사람이었었다면… 만약 그렇다면 네가 소천이 되는 순간 너 또한 그들의 노림을 받게 되겠지."

을지행의 눈에서 한줄기 한광이 번뜩였다. 그건 마치 먹이를 노리는 맹수의 눈빛과 비슷했다.

"함정을 파자는 말이군요."

"함정이라면 함정이고 미끼라면 미끼인데… 어쨌거나 내가 생각하기엔 과거의 은원을 해결하고 무천향에 드리운 이 암운들을 걷어낼 가장 빠른 방법인 것 같구나. 그리고……."

"또 다른 이득이 있나요?"

"너에게는 아니지만 적어도 내게는 을씨로서 무천향의 향주를 이어간다는 의미도 적지 않다."

"뭐, 효과로 보자면 최고의 수군요. 위험하긴 하지만요."

"아마… 목숨을 걸어야 할 거다."

"생각해 보죠. 하지만 일단은 거처부터 정해야겠지요?"

"만약 소천이 될 생각이 있다면 애초의 계획을 바꿔 정종에 드는 것도 좋다. 네 진정한 신분이야 영원히 묻힐 수도 있고, 또 네 부모의 죽음에 대한 의혹이 밝혀지면 드러낼 수도 있다만 무천향의 소천이 되기 위해선 죽림보단 정종이 안전할 게다."

그러나 파소는 을지행의 말에 동의하지 않았다.

"제 생각은 달라요. 역시 전 죽림으로 가는 게 좋겠어요."

"이유는?"

“제 아버지는 정종에서 죽었어요. 그것도 대무천향주의 아들임에도 말이죠. 그것이 음모라면 정종이라고 안전할 수는 없지요. 그것보단 오히려 제가 죽림에 머물면 무천향의 향주 자리를 노리는 사람들의 관심에서 조금은 멀어질 수 있을 거예요. 죽림에서 무선의 자리에 오를 사람이 키워질 것이라곤 누구도 생각지 않을 테니까요. 그리고 나중엔 죽림이라는 배경을 얻을 수도 있겠지요.”

“이미 네 재능을 눈여겨보는 사람이 많다.”

“그들조차도 제가 죽림을 선택하게 되면 제 선택을 비웃을지언정 절 견제하지는 않을 거예요. 이성으론 몰라도 감정적으론 죽림에서 절 무선의 재목으로 키울 수 없다고 생각할 테니까요.”

“듣고 보니 네 말이 맞는 듯하구나. 하지만 그리되면 나와 만나는 시간은 무척 줄어들 것이다. 심검은 어찌할 생각이냐?”

“한 말씀 일러주시지요.”

“망할 녀석… 보자, 심검이란 결국 마음이 이는 곳에 검이 가는 경지라 할 수 있다. 결국 마음의 문제일 터, 심검을 터득하면 검이 가지고 있는 공간의 제약에서 벗어날 것이다. 이미 넌 탈검을 완성했으니 심검의 초입에 있다 볼 수 있다. 문제는 과연 심검을 완성할 수 있느냐는 거겠지. 깨달음이 필요하고 깨달음 뒤에는 검이 자유를 얻게 될 것이다.”

“이기어검 같은 건가요?”

"어쩌면 그것도 가능하겠지. 이렇게 해라. 죽림에 머물되 매일 선검십이식을 수련하고 열흘에 한 번은 성해를 거닐고, 검산무벽을 구경하거라. 뭔가 깨닫게 된다면 그땐 아마 검산무벽에 너만의 검혼을 남길 수 있을 것이다. 따지고 보면 선검 역시 하나의 무공 구결, 심검은 구결을 벗어난 경지니 오직 네 운이 닿아야 완성할 수 있을 것이다."

"그리하지요."

"좋아. 그럼 내려가자. 너무 오래 있었던 것 같구나. 초성관주가 밖으로 나온 것을 보니……."

을지행의 말에 파소가 슬쩍 시선을 돌려 초성관 쪽을 바라봤다. 과연 초성관주 여상이 초성관 앞뜰에 나와 있었다.

"괜찮은 사람 같던데……."

"초성관주 말이냐?"

파소가 고개를 끄덕였다.

"좋은 사람이다. 하지만 그도 역시 검산 육종성의 한 명이라는 건 변함없는 사실이지. 가자."

을지행이 말을 마치고는 짧은 다리를 바삐 움직여 언덕을 내려가기 시작했다. 파소가 그런 을지행의 일 장 뒤에서 성큼성큼 걸음을 옮겼다.

"좋은 이야기 많이들 나누셨소이까?"

을지행과 파소가 다가오자 여상이 웃는 얼굴로 물었다.

"좋은 인재란 소리를 듣고 찾아와 봤는데 역시 좋더군요."

을지행이 고개를 끄덕였다. 그러자 여상이 슬쩍 떠보듯 말했다.

“대성사께서 가르침을 주신다면 큰 나무가 될 듯싶습니다만…….”

“하하하, 나도 그러고 싶습니다만… 인연이 아닌가 보군요.”

순간 여상의 얼굴에 작은 미소가 떠올랐다.

“그런가요? 자넨 아마 오늘의 결정을 후회할지도 모르네.”

여상이 파소를 보며 말했다.

“그럴지도 모르지요.”

파소가 가볍게 미소를 지었다.

“하하, 후회할 것이 뭐 있겠소. 이 늙은이야 아직 제대로 된 재목 하나 기르지 못한 늙은인데…….”

“무슨 말씀을! 대성사께서야말로 무천향 최고의 스승이란 사실을 부인할 사람이 누가 있겠소이까?”

“다 듣기 좋은 허명일 뿐이오. 자, 볼 사람 보고 나눌 이야기 나눴으니 난 그만 가보겠소이다. 수고하시구려.”

을지행이 작별을 고하자 여상이 재빨리 물었다.

“다시 향을 떠나실 생각이시오?”

“제자들이 밖에 있으니 오래 머물진 못하겠지요. 하지만…….”

을지행이 말꼬리를 흐리다 입을 열었다.

“얼마간은 머물러야지 않겠소이까? 큰일이 있을지도 모르니…….”

그 한마디를 남겨 두고 을지행이 파소를 한 번 바라본 후 이내 초성관을 벗어나 성시로 이어진 길을 따라 내려갔다.

"뭐라고 하시던가?"

을지행이 멀어지자 여상이 파소를 보며 물었다.

"정종에 드는 것이 어떻겠냐고 하시더군요."

"자네의 대답은?"

"정종은… 어울리지 않을 듯해서……."

"거절했다는 말이군. 허허, 참으로 대단한 배포일세. 무천향에서 을지행 대성사의 제안을 거절하는 젊은이가 있을 줄이야."

말은 그렇게 했지만 여상의 표정에는 만족스런 빛이 흘렀다.

"오르지 못할 나무는 쳐다보지 않는 게 좋지요."

"그건 또 무슨 말인가?"

"정종에 들어 당신의 가르침을 받으면 무선의 경지에 이를 수 있을 거라 하시더군요. 하지만 제 그릇이 어디 무선에 어울리는 그릇이던가요. 괜히 허황된 욕심에 사로잡혀 심신을 피곤하게 할 생각은 애초부터 없었지요."

"허참, 그럼 왜 은하의 계곡에 도전한 것인가?"

"그저 무의 끝을 보여주겠다기에 그것을 보러 왔지요. 설마 제게 무의 끝에 도전하라고 할 줄이야 누가 알았겠습니까?"

파소의 심드렁한 대답에 여상이 눈을 가늘게 뜨며 물었다.

"정말 무선의 경지에 도전하고 싶은 생각이 없는가?"

여상의 물음에 파소가 정색을 하며 대답했다.

"전 언제나 눈에 보이는 목표만 추구하지요."

그렇게 대답을 던져 놓은 파소가 초성관 안으로 들어가 버렸다. 그러자 여상이 그런 파소를 지그시 바라보다 혼잣말로 중얼거렸다.

"정말 욕심이 없는 사람이었던가? 그렇다면… 검산에 들기도 힘들겠군. 결국 죽림행이란 말인데… 아까운 일이야, 저런 재능을 지니고 죽림에 묻혀 살겠다는 것은. 하지만 검산으로선 손해 볼 것도 없는 행보군."

"가셨어요?"

파소가 방문을 열고 들어서자 석청이 급하게 물었다.

"가셨어요."

파소가 고개를 끄덕였다.

"뭐라세요?"

"음… 나에게 무천향의 주인이 되라고 하시더군요."

"네?"

"소천의 자리를 노려보라고요."

파소의 말에 석청이 걱정스런 눈으로 파소를 보며 물었다.

"당신의 대답은요?"

"내가 어찌했으면 좋겠어요?"

파소가 되물었다.

"물론 무천향의 소천이 된다면 당신 부모님의 사건을 해결하는 데 도움이 될 수도 있겠지요. 하지만 제 생각에 그건 너무 위험한 선택인 것 같아요.”

“그런가요?”

파소가 석청을 보며 빙그레 미소를 지었다. 그러자 석청이 좀 더 어두워진 표정으로 입을 열었다.

“이제 보니 당신은 이미 결정을 내렸군요.”

“당신은 이제 내 표정만 보고도 내 속을 들여다보는군요.”

“걱정이 되요.”

“알아요. 하지만… 아마 이게 가장 빠른 방법일 거예요. 오히려 생각지도 않게 좋은 기회가 찾아온 거죠.”

“자신있어요? 검산무벽에 검흔을 남길…….”

“그거야 해봐야 알겠죠.”

“당신은 분명 멋진 검흔을 남길 수 있을 거예요.”

석청이 얼굴에서 두려움을 떨쳐 버리곤 밝은 표정으로 파소의 손을 잡았다.

을지행이 파소를 만나고 돌아간 다음날 검산의 대성사 소유거가 초성관을 찾았다. 그리고 그는 예상대로 파소를 만나기를 원했다. 파소와 소유거의 만남은 초성관 안에서 이루어졌다. 같은 검산 출신인 여상이 소유거에게 자신의 집무실을 내줬기 때문이다.

파소와 소유거에게 집무실을 내준 여상은 두 사람과 동석하지 않았다. 비록 그가 검산 출신의 종성이기는 하지만 공식적으로 초성관의 관주였으므로 함부로 검산을 위해 움직일 수 없었기 때문이다. 여상의 집무실에 남은 파소와 소유거는 잠시 동안 말없이 앉아 여상이 내놓은 차를 마셨다.

"춥, 차는 영 입에 맞지 않아."

탁, 소리를 내며 찻잔을 탁자에 내려놓은 소유거가 차에 대한 불평으로 입을 열었다.

"그렇다고 이곳에서 곡차를 달라고 할 수도 없고… 자넨 어떤가?"

소유거가 넌지시 파소를 보며 묻자 파소가 입가에 미소를 지으며 대답했다.

"저야 주는 대로 마실 나이지요."

파소의 대답에 소유거가 물끄러미 파소를 바라보다 고개를 저었다.

"나이 이야기를 해서 그런데, 난 자네 나이를 종잡을 수가 없군."

"스물여덟입니다만."

"아니, 아니, 그 나이야 나도 알고 있네. 그런데 자넨 도통 스물여덟 살 청년 같지가 않단 말이야. 마치 육십 넘은 노인네 같아."

"칭찬인지 험담인지 모르겠군요."

"칭찬도, 험담도 아니고 그저 특이하단 말일세."

"그런가요?"

파소가 고개를 갸웃했다. 그리고 이후 다시 약간의 침묵이 두 사람 사이를 가로막았다.

"어제 정종의 을지행 대성사를 뵈었다고?"

"그렇습니다."

"흠, 대단하신 양반이지. 비록 나 또한 대성사의 칭호를 받고 있지만 그분과 비교하자면 하늘과 땅 차이라고 할 수 있지. 그분이 대성사가 된 것이 벌써 수십 년 전이니까. 아마 무천향 역사상 가장 어린 나이에 대성사가 되신 분일 거야."

"그렇다고 들었습니다."

"아마… 자넬 가르치고 싶다고 하셨겠지?"

"짐작하신 대로입니다."

"자네의 대답은……?"

"정종은… 좀 답답할 것 같더군요."

파소의 대답에 소유거가 호탕한 웃음을 터뜨렸다.

"핫하하! 맞아, 맞는 말이야. 정종은 따분하지. 자넨 차보다 술이 어울리는 사람인가 보군."

말인즉슨, 검산에 들어 자신의 지도를 받아보는 것이 어떻겠냐는 의미가 담긴 말이었다. 소유거의 말에 파소가 빙그레 미소를 지으며 대답했다.

"술 역시 몸에 맞지는 않는 것 같습니다."

순간 소유거의 얼굴에서 웃음이 사라졌다.

"차도 싫고 술도 싫다?"

"그저 주는 대로 먹고, 없으면 물을 마시면 그만이지요."

"이것저것 가리는 것이 없단 말인가? 설마… 자네 죽림을 생각하고 있는 것인가?"

"외부에서 은하의 계곡을 통해 들어온 사람에겐 결국 죽림이 그 거처가 아니겠습니까?"

파소가 정색을 하며 말했다. 소유거 역시 파소의 말을 바로 부인하지는 못했다. 무천향의 역사에서 은하의 계곡을 통해 무천향에 들어온 외인의 거의 대부분은 죽림에 정착하는 것이 사실이었다. 정종과 검산은 외인에겐 무형의 벽으로 막혀 있는 세계였다.

"언제나 예외라는 게 있네."

"전 별나게 살고 싶진 않습니다."

"후후, 자넨 이미 별난 존재가 되어버렸다네."

"그렇다면 좀 더 조용한 곳을 찾아가야겠지요."

"음… 결국 죽림으로 가겠단 말이군. 자네의 생각이 그렇게 확고하다면 어쩔 수 없는 일이지. 하지만 아직 시간이 조금 남아 있으니 잘 생각해 보시게. 기회란 언제나 오는 것이 아닐세. 죽림에서의 삶은… 자넬 절망에 빠뜨릴 수도 있을 걸세. 자네가 무극을 꿈꾸고 있다면 말일세."

"그런 일로 절망할 일을 없을 겁니다. 이루지 못할 일에 미련을 두는 성격은 아니지요."

"하하하, 참으로 좋은 성정이로세. 알겠네. 차 잘 마셨네."

소유거는 더 이상 파소를 설득할 생각이 없는지 아직 찻잔에 차가 남아 있음에도 불구하고 자리를 털고 일어났다. 그로서는 파소가 정종으로 가지만 않는다면 검산행을 거부해도 그리 나쁜 결과는 아닌 모양이었다.

"이렇게 찾아주셔서 고맙습니다."

"뭘, 좋은 제자를 구하는 일이야 스승의 즐거움이지. 물론 오늘의 결과는 만족스럽지 못하지만 말일세. 그러나 자네가 죽림에 거처를 정한다 해도 역시 무천향의 식구, 언제라도 도움이 필요하면 검산으로 날 찾아오시게나."

"알겠습니다."

파소가 정중히 고개를 숙여 보이자 소유거가 번개처럼 날카로운 눈빛으로 파소를 본 후 이내 여상의 집무실을 벗어났다.

그렇게 을지행과 소유거의 방문을 차례로 받은 파소에게 더 이상의 손님은 찾아오지 않았다. 웬일인지 죽림에선 누구도 초성관에 사람을 보내지 않았다.

어쩌면 정종과 검산에서 눈독을 들이는 파소를 죽림으로 끌어들일 가능성이 애초부터 없다고 생각해서일지도 몰랐다. 어쨌든 그렇게 파소와 석청의 초성관 생활은 마무리되어 가고 있었다.

"결국 죽림인가?"

초성관에서의 마지막 날 초성관을 나서는 파소와 석청, 그리고 남독마군을 보며 여상이 아쉬운 표정으로 물었다. 무유 역시 실망한 표정이 역력한 기색으로 파소 등을 전송하고 있었다.

“사람은 분수를 알아야지요.”

“맞는 말이긴 하네. 본분에 맞는 행보야말로 몸을 편하게 하는 법이지.”

남독마군이 파소의 말을 거들었다.

“허허, 그렇게들 생각한다면 어쩔 수 없는 일이지. 그럼 그만 떠나시게들. 가는 길이야 잘 알 것이고. 가면 죽림에서 사람이 나와 있을 걸세. 그동안 즐거웠네.”

“그동안 고마웠습니다. 다시 찾아뵙지요.”

“그러시게. 자주 들르게.”

“그럼……!”

초성관주 여상에게 작별을 고한 삼 인은 천천히 초성관을 벗어나 죽림이 있는 서쪽 길로 걸어가기 시작했다. 여상과 무유는 세 사람의 모습이 사라질 때까지 줄곧 초성관 앞에 서 있었다. 그리고 세 사람의 모습이 사라지자 무유가 입을 열었다.

“정말 이상한 사람이죠?”

그러자 여상이 대답했다.

“그래, 그는 아주 특별한 사람이구나.”

第五章

죽림이성(竹林二星)

　"어서들 오시게."

　대성사 남창은 무천향 서쪽에 위치한 죽림의 입구에서 파소 등을 기다리고 있었다. 이미 초성관주로부터 파소 등이 죽림에 들 것이란 전갈을 받았기 때문에 마중을 나온 것이다. 그러나 무천향의 사정을 조금이라도 아는 사람이라면 대성사 남창의 오늘 행동은 모두를 놀라게 할 만한 행동이었다.

　역대로 죽림에 든 무인 중 그 누구도 죽림 대성사의 마중을 받은 인물이 없었던 것이다.

　"대성사께서 직접 나오시다니……."

　이미 무천향에 흠뻑 빠져든 남독마군 기신이 황송하다는 듯 고개를 숙여 보였다. 파소와 석청 역시 남창을 보고 예의를 차렸다.

"귀한 식구들을 맞이하는데 어찌 앉아서 기다리겠소이까? 더군다나 한 사람도 아니고 이렇게 세 명이 한꺼번에 죽림에 드는 경우는 죽림이 생긴 이래 처음이라오. 그러니 이런 경사에 어찌 늙었다고 앉아만 있겠소. 자 가십시다."

남창이 은근한 목소리로 세 사람을 대숲 사이로 난 오솔길로 인도했다. 남창의 몇 걸음 뒤에 파소도 얼굴이 익은 검객 초한이 서 있었다가 파소 등이 다가오자 가벼운 미소와 함께 세 사람에게 고개를 끄덕였다.

"죽림에 드신 것을 환영하오."

"반갑게 맞아주시니 고맙습니다."

이번엔 파소가 초한의 인사를 받았다.

"자자, 인사는 나중에 나누기로 하고, 어서들 갑시다. 어른들을 기다리게 할 수는 없지 않겠소?"

남창이 일행을 재촉하며 먼저 걸음을 옮겼다.

"누가 기다리고 있소이까?"

황급히 남창의 뒤를 따라 움직이며 남독마군이 초한에게 물었다.

"죽림의 두 분 종성께서 세 사람을 만나려 기다리고 계시오이다."

"종성이시라면……?"

"향의 십이종성 중 죽림에 거하시는 분들 말이오. 향의 최고 어른들이시니 최대한 예를 갖춰주시기 바라오. 음… 대성사께

서 이렇게 죽림에 드는 사람을 마중하는 일도 처음이려니와,
죽림이성께서 첫날 죽림에 든 사람들을 만나는 것도 아주 이
례적인 일이라오."
　"무슨 연유로 이렇게 환대를 하시는 건지⋯⋯?"
　파소가 의아한 표정을 지으며 물었다.
　"그야 세 사람이 특별한 사람들이기 때문 아니겠소?"
　초한이 한줄기 미소와 함께 대답했다.
　"무슨 의민지요? 저흰 이제 갓 무천향에 입향한 초심자들일
뿐인데⋯⋯."
　"후후, 이유야 어찌 됐든 지난 한 달여간 정종과 검산, 그리
고 우리 죽림조차도 그대들을 각파로 끌어들이려 경쟁했던 건
이미 무천향에 널리 알려진 사실이오. 그러니 그 자체만으로
도 이미 그대들은 특별한 사람이 된 것이라오. 그 삼 파의 경
쟁에서 그대들이 죽림의 손을 들어주었으니 죽림으로선 그대
들을 환대하지 않을 수 없는 상황이라오."
　초한의 표정이나 말투로 보건대, 파소 등 삼 인에 대한 죽림
의 환대가 그의 말과는 달리 스스로는 지나친 면이 있다고 생
각하는 모양이었다. 어쩌면 파소 등 삼 인의 능력이 지나치게
과대평가되고 있다고 생각하는지도 몰랐다.
　그도 그럴 것이, 사실 파소 등 삼 인은 무천향에 들어온 이
후 단 한 번도 자신들의 무공을 내보이지 않은 상태였다. 그런
삼 인의 실력에 대해 무천향의 수뇌들이야 어찌 보았든 강호
의 무공을 발밑으로 보는 무천향의 일반 무사들로서는 의문을

품을 수밖에 없었다. 파소는 금세 초한의 내심을 눈치챘다.

'그로서는 당연한 생각이겠지. 그런데 만약 죽림의 모든 무인이 그와 같은 마음이라면 처음엔 약간 힘들지도 모르겠군.'

죽림의 무인들이 초한과 마찬가지로 세 사람에 대해 불편한 선입견을 가지고 있다면 그들과 가까워지는 데는 적지 않은 시간이 필요할지도 몰랐다.

'무천향의 무인들 중 죽림에 사는 사람들이 제일 개방적이라고 했으니 그런 그들의 성격에 기대를 걸어볼 수밖에……'

파소가 내심 죽림에 정착할 일을 걱정하는 사이 일행은 죽림의 경계를 이루는 거대한 대나무 숲을 지나 초가와 오두막이 옹기종기 들어서 있는 죽림의 마을로 들어섰다.

죽림에 도착한 남창은 곳곳에 우거진 대숲과 그 대숲을 등지고, 혹은 그 안쪽에 파묻힌 가옥들을 따라 난 길을 통과해 죽림의 북쪽으로 이동했다. 그렇게 이각여를 이동한 끝에 일행은 죽림 북쪽에 당도했다. 죽림의 북쪽은 이십여 장 높이의 절벽과 그 위로 무성하게 우거진 숲이 병풍처럼 둘러서 있었다.

북쪽 절벽이 있는 곳의 위치는 죽림을 한눈에 내려다볼 수 있는 지형이어서 죽림에서는 가장 풍광이 좋은 곳인 듯싶었다. 더군다나 병풍처럼 둘러서 있는 높다란 절벽 사이에서는 맑은 소리를 내며 몇 줄기 물줄기가 흘러나와 절벽 아래서 하나로 합쳐져 작은 개울을 이루며 죽림의 외곽을 돌아 흘러내려 가고 있었다. 아마도 이 개울물은 죽림을 통과해 무천향의 중심에 펼쳐진 성해에 이르게 될 터였다.

“다 왔네. 저곳에서 죽림이성께서 기다리고 계신다네.”

절벽 아래 도착한 남창이 잠시 걸음을 멈추고 손을 들어 절벽 사이에 파묻히듯 서 있는 두 채의 낡은 초옥을 가리켰다. 대나무를 엮어 만든 울타리 안에 다소곳이 들어앉은 초옥은 낡았지만 왠지 모를 신선한 향기가 흘러나오는 것 같았다.

“두 분에 대해선 따로 설명하지 않아도 알고 있으시겠지?”

남창이 재차 묻자 파소 등 삼 인이 고개를 끄덕였다.

지난 삼 개월간 초성관에서 생활하는 와중에 파소 등은 무천향의 주요 인물들에 대해서도 전해 들었다. 무천향에서 무천향주 을도산을 제외하고 가장 중요한 인물들이라면 무천향 십이종성이었으므로 당연히 죽림에 속해 있는 두 명의 종성은 누구보다 먼저 그 내력을 알게 된 사람들이었다.

‘임하(林河)와 소법(嘯法)이라고 했지?’

파소가 초성관에서 전해 들은 죽림이성의 이름을 떠올렸다.

“그럼 그분들을 만나보세나.”

남창은 두 개의 초옥으로 세 사람을 이끌었다.

“어서 오세요, 대성사님!”

초옥 앞에 도착하자 두 명의 십대 초반의 소동이 나와 남창에게 고개를 숙였다.

“오냐. 잘들 있었느냐?”

“저희야 언제나 이성 할아버님들 덕분에 잘 지내지요.”

너그러운 물음에 맹랑한 대답이다. 하지만 남창은 맹랑한 대답을 내놓는 소년들이 사뭇 귀여운지 얼굴에 웃음을 띠며 말했다.

"하지만 이성 어른께서 귀여워해 주신다고 수련을 게을리 하면 안 된다. 어서 수련에 정진해 날 찾아와야지?"

"수련은 열심히 하고 있어요. 하지만 걱정이에요."

"뭐가 말이냐?"

"우리가 아무리 수련을 열심히 한다 해도 대성사님을 찾아뵈려면 십 년은 훨씬 더 걸릴 텐데, 그때까지 대성사님이 살아 계실까요?"

순간 대성사 남창의 뒤에 서 있던 초한의 입에서 호통이 터져 나왔다.

"요런 맹랑한 녀석들을 보았나. 네 녀석들이 이성 어른의 귀여움을 한껏 받더니 버릇이 나빠졌구나. 감히 대성사께 그런 불경한 말을 하다니. 안 되겠다. 어르신들께 말씀드려 네 녀석들을 이곳에서 내보내야겠구나."

순간 두 소년의 얼굴이 파랗게 질렸다. 남창 앞에서는 맹랑하던 두 소년이 초한이 나서자 금세 기가 죽는 것이었다.

"자, 잘못했어요. 초 대협님… 저희는 그저……."

"됐다, 됐어. 초한, 그만두시게. 어린애들이 아닌가?"

"하지만 이 녀석들을 이대로 두었다가는 사람 노릇이나 제대로 하겠습니까?"

초한은 여전히 분기가 풀리지 않는 모양이었다.

"그런 걱정은 마시게. 이성께서 이 아이들을 돌보고 계시는데 어찌 그런 걱정을 하시나?"

"그렇긴 합니다만… 너무 귀여워만 하시는 것이 아닌지……."

"그래 봐야 몇 년일세."

"하긴, 열다섯이 되면 이 녀석들도 이성 어른의 그늘을 벗어나겠지요. 이놈들아, 나중에 고생하지 않으려면 지금부터라도 존장에 대한 예의를 배워두도록 하여라."

초한이 목소리를 조금 부드럽게 하여 훈계를 하고 있는데, 그때 초옥 안에서는 나직한 목소리가 들려왔다.

"왔으면 어서들 들어오시구려. 어린애들 훈계야 그쯤 하면 되지 않겠소? 새로운 식구도 있는데……."

초옥 안에서 들려온 목소리에 초한의 표정이 급히 변했다. 하지만 남창은 담담한 표정으로 입을 열었다.

"종성께서 재촉하시니 어서 들어갑시다. 문을 열어라."

남창의 말에 초한의 꾸지람에 기가 죽어 있던 두 소년이 나는 듯 달려가 두 개의 초옥 중 오른쪽에 위치한 초옥의 방문을 열었다.

"들어갑시다."

남창이 파소 등을 문이 열린 초옥으로 이끌었다.

'도대체 나이가 얼마나 될까?'

파소는 무천향 최고의 배분을 자랑하는 죽림이성을 앞에 두고 문득 이런 의문을 떠올렸다.

죽림이성은 파소가 예상했던 것과는 너무 다른 모습으로 파소의 눈앞에 있었다. 굽은 등은 턱이 땅에 닿을까 걱정될 정도였고, 온몸은 가느다란 주름으로 덮여 있었다. 그중 한 명의 허리춤에는 중간 크기의 검이 매달려 있었고, 다른 한 노인의 손에는 대나무 피리가 들려 있었다.

'검을 든 쪽이 임하, 피리를 든 쪽이 소법이겠군.'

파소는 두 사람의 모습을 보는 순간 신분을 구분할 수 있었다. 임하는 검의 대가로 알려져 있었고, 소법은 무천향 제일의 음공 고수였다. 그러니 당연히 검을 든 자가 임하, 피리를 든 자가 소법일 터였다.

하지만 두 사람이 어떤 이름을 가지고 있든 파소의 눈에는 둘 모두 곧 관에 들어갈 사람들로 보였다.

"흘흘, 추한 모습에 놀란 모양이군."

검을 든 노인이 파소 등 삼 인의 표정을 살피더니 나직한 웃음을 흘려냈다.

"인사드리시구려. 죽림의 가장 큰 어른들이신 두 분 종성님이시라오."

남창이 파소 등에게 뒤늦게 죽림이성을 소개했다.

"기신이라고 합니다. 죽림에 적을 두고자 합니다."

"파소라고 합니다."

"석청입니다. 두 분 종성을 뵙게 되어 영광입니다."

겉모습이야 어떠하든 무천향 십이종성에 올라 있는 인물

들이었으므로 파소 등 삼 인이 공손한 태도로 인사를 올렸
다.

"흘흘, 그리 어려워하실 필요없으시네. 본래 이 무천향이라
는 곳은 지위 고하가 없는 곳이네. 향주니 십이종성이니 하는
것도 그저 향을 제 방향으로 이끌기 위해 만든 자리지 누가 누
구 위에 군림하기 위해 만든 자리가 아닐세. 그러니 우리 두
사람이 비록 종성의 자리에 있다 해도 우린 그저 무도(武道),
한 길을 동행하는 동반자일 뿐이라네."

죽림 최고의 검객이라는 임하가 여전히 허리를 굽힌 채 세
사람을 돌아보며 말했다.

"그런데 왜 죽림을 선택했는가? 듣기로 정종과 검산에서 세
사람을 무척이나 탐냈다고 하던데……?"

임하가 넌지시 물었다. 임하의 시선은 어느새 파소에게 고
정되어 있었다. 파소의 답을 원하는 모양이었다. 그러자 파소
가 망설이지 않고 대답했다.

"사람이란 몸에 맞는 옷을 입어야 한다고 하더군요. 정종과
검산이란 옷은 질 좋은 옷감으로 만든 상품의 옷이긴 하나 외
부에서 들어온 사람에겐 어울리지 않는 옷 같았습니다. 무천
향에 든 것은 속세의 인연을 버리고 무도에 전념해 무극에 달
하기 위함인데 맞지 않은 옷을 입고 불편해할 수는 없었습니
다."

파소의 대답에 임하와 소법의 눈빛이 한순간 반짝였다. 두
사람의 입가엔 거의 동시에 가느다란 미소가 지어졌다. 아마

도 파소의 대답이 흡족했던 모양이다.

"뭐 하느냐? 손님이 들었는데 차를 내오지 않고!"

파소 등이 방에 들어온 이후 말이 없던 소법이 나직한 호통으로 문밖 소동들을 재촉했다. 그런 그의 행동으로 보건대, 그 역시 파소의 대답이 무척 마음에 든 모양이었다.

소법의 재촉 때문일까. 금세 문이 열리며 앞서 초한에게 꾸중을 들었던 두 소년이 차를 가지고 들어와 조심스럽게 사람들 사이에 찻잔을 내려놓았다.

파소는 소년들이 내려놓은 찻잔을 들어 한 모금 차를 입에 머금었다.

'역시 쓰군.'

예상한 대로 최하품의 차가 파소의 목을 타고 넘어갔다. 하지만 장내의 누구도 얼굴을 찡그리는 사람이 없었다. 파소 등 삼 인도 이미 이 떫고 쓴 무천향의 차 맛에 익숙해져 있었다.

"쓸 만한 빈집이 있소?"

차를 한 모금 마신 소법이 문득 초한에게 물었다.

"오 노제가 이미 서너 개의 집을 수리해 놓았다고 합니다."

초한이 공손하게 대답했다.

"허허 그렇소이까? 역시 의범 그 사람은 부지런해. 벌써 준비를 하고 있었구만……."

"그가 아니면 죽림이 어찌 돌아가겠소이까?"

임하가 소법의 말에 맞장구를 쳤다.

"그런데 왜 이 자리에 동석하지 않은 것이오?"

문득 임하가 의아한 표정을 지으며 물었다. 아마도 초한이 오 노제라 부르고 소법이 의범이라 부른 사람은 파소 등을 맞이하는 데 꼭 참석해야 하는 사람인 모양이었다. 임하의 물음에 초한이 얼른 대답을 했다.

"아침에 단 노형께서 입향하셨답니다. 해서……."

"오! 단보 그 사람이 돌아왔다고?"

임하와 소법의 얼굴이 한순간 밝아졌다. 순간 파소와 석청의 눈빛 역시 사람들이 눈치채지 못하게 반짝였다.

'단 어른께서 돌아오셨구나. 역시 때를 맞추신 것인가?'

단보가 돌아왔다는 말을 듣자 파소는 왠지 모르게 마음 한쪽이 편안해지는 것을 느꼈다. 이미 을지행을 만난 파소였지만 을지행은 정종에 속해 있어 쉽게 만날 수 있는 상황이 아니었다. 하지만 단보는 달랐다. 단보는 파소와 함께 죽림에 머물 것이기 때문이었다.

"지금은 향주전에서 향주님을 뵙고 계시지요. 해서……."

"끌끌, 알겠네. 자네들 세 사람은 한 형제와 같은 사람들이지. 그러니 단보 그 사람이 돌아왔다면 의범은 당연히 향주전으로 향했을 것이고. 자네도 얼른 나가고 싶겠군."

임하가 초한을 보며 물었다.

"오시면 뵙지요."

"저런 말은 그렇게 하면서도 좀이 쑤시는 모양인데? 하지만 곡차는 너무 많이 마시지 말게!"

"여부가 있겠습니까? 무천향에 취할 정도로 마실 곡차나 있나요?”

“후후, 말은 그렇게 해도 의범 그 친구의 수단이면 곧차 여러 병은 쉽게 구한다는 걸 누구나 알고 있지. 하하하!”

임하가 갑자기 허리를 펴며 호탕한 웃음을 터뜨렸다. 순간 파소의 등줄기를 타고 한줄기 냉기가 차갑게 흘러내렸다. 곧이라도 무덤에 들어갈 것 같던 임하가 허리를 펴고 웃음을 토해내는 순간 마치 그의 모습이 거대한 산악처럼 느껴졌기 때문이다.

‘역시 십이종성인가!’

파소가 내심 임하의 기세에 탄복하는 사이 임하는 어느새 다시 등이 구부러진 자세로 돌아왔다. 그 한순간의 변화는 마치 일어나지 않았었던 일처럼 순식간에 스쳐 지나고 말았던 것이다.

‘놀랍구나. 이미 진기의 진퇴가 의식하지 않은 순간 이루어지는 경지에 도달한 것인가.’

파소가 새삼 놀라는 사이 남창의 목소리가 들려왔다.

“단보 그 사람이 돌아왔으니 한시름 놓아도 될 것 같습니다만…….”

“흠, 그렇긴 하오만, 워낙 바람 같은 사람이라 언제 떠날지 모르니…….”

임하가 고개를 저으며 말했다. 그러자 소법이 정색을 하며 입을 열었다.

“그렇긴 합니다만 때가 때이니만큼 이번만큼은 단보 그 사람을 쉽게 내보내서는 안 될 것이오만……."

"하지만 천안성의 행보야 어디 우리 마음대로 되는 일이랍니까? 향주전의 의중도 있고……."

"대성사께서 잘 좀 설득해 보시구려."

소법이 남창을 보며 말하자 남창이 미소를 지었다.

"저라고 그 사람 마음을 잡을 수 있겠습니까?"

"그래도 그가 대성사의 말씀은 귀담아듣지 않습니까?"

"글쎄요……."

"어렵더라도 이번에는 잡아두도록 해야지요. 최소한 새로운 소천이 세워질 때까지는……."

소법이 대성사 남창에게 다짐이라도 받으려는 듯 정색을 하며 말했다.

"말은 해보겠습니다. 하지만 크게 기대치 마십시오. 그 사람은 이미 수십 년 전 향에서 마음이 떠난 사람이니……."

"허어, 언제까지 과거의 일에 얽매여 있을 거란 말입니까? 안타까운 일이에요. 그는 죽림 출신으로는 죽검 이후 처음으로 무선의 경지를 기대케 하는 기재였어요. 그런 그가… 어허허!"

소법이 안타까운 듯 연신 헛기침을 해댔다.

"그럴 수밖에요. 그가 전대 소천과 보통 가까웠습니까? 그러니 그의 방황도 당연한 일이겠지요."

임하가 소법의 말을 받았다.

"반면 무천향에 대한 애정 역시 누구보다도 강한 사람이었지요. 그러니 대성사께서 설득을 한다면……."

"글쎄요. 솔직히 말하면 자신이 없습니다. 오히려 이번 일
이 무천향에 대한 그의 마음을 더욱 얼어붙게 할지도 모르겠
습니다만……."

남창의 말에 임하와 소법 두 노고수가 어두운 얼굴로 고개
를 끄덕였다.

"그렇구려. 그가 사랑한 무천향은 이런 무천향이 아님이 분
명하니… 어허, 이것참……."

소법이 다시 탄식을 자아냈다. 세 사람의 대화를 들으면서
파소는 마음속의 동요를 숨기느라 적지 않은 기력을 소모해야
했다. 세 사람의 대화에 등장하는 사건이 뭘 말하는지 능히 짐
작할 수 있었기 때문이기도 하고, 또 자신의 부모에 대한 단보
의 정이 그가 짐작했던 것보다 훨씬 깊다는 걸 깨달았기 때문
이었다.

'그랬구나. 단 어른은 무선의 경지를 바라보던 기재였구나.
그럼에도 날 위해 무천향을 떠난 것이었어. 무선의 경지를 포
기하고. 아! 뵙고 싶구나.'

갑자기 단보에 대한 그리움이 솟구쳤다. 단보가 자신의 어
머니 심효명과의 약속을 지키기 위해 뭘 포기했는지 이제야
분명하게 알게 된 파소였다. 그리고 단보는 사건이 있은 지 수
십 년이 지난 지금까지도 그때의 사건에 얽힌 내막을 파헤치
기 위해 여전히 무선의 길을 걷지 않고 있는 것이었다.

'얼마 후면 뵙게 되겠지. 향주전에 머무시고 계시다

니…….'

파소가 애써 마음을 진정시켰다. 그런데 그때 문득 문밖에서 인기척이 느껴지더니 굵직한 사내의 음성이 들려왔다.

"어르신들, 단 대형이 오셨습니다."

순간 방 안에 있던 사람들의 얼굴빛이 제각기 변했다. 그리고 잠시 후 누가 먼저랄 것도 없이 두 명의 종성과 남창, 그리고 초한이 자리에서 일어났다. 덕분에 파소 등 삼 인도 엉거주춤 자리에서 몸을 일으켰다.

방문을 연 것은 가장 문과 가까이 있던 초한이었다. 초한은 재빨리 방문을 열고 문밖으로 고개를 내밀었다.

"대형, 정말 오셨구려!"

초한의 입에서 반가운 목소리가 흘러나왔다. 그리고 그 순간 두 사람의 신형이 초한의 목소리를 밀어내며 방 안으로 들어섰다.

'오셨군요.'

파소의 시선은 빛을 등지고 방 안으로 들어서는 단보에게 고정되어 있었다. 그러나 단보는 그저 지나가듯 파소를 스쳐 보고는 이내 임하와 소법 두 정종 앞으로 다가갔다.

"돌아왔습니다. 건강하신 모습을 뵈니 마음이 놓이는군요."

단보의 인사에 임하와 소법이 연신 고개를 끄덕였다.

"클클, 돌아왔구만. 죽지 않고 또 보게 되어 우리도 기분이 좋다네."

임하가 나직한 웃음을 웃어냈다. 비록 두 사람이 죽림이성으로 추앙되는 신분이었지만 단보에 대한 그들의 태도는 무척 조심스런 면이 있었다.

'단 어른이 죽림에서 이 정도 위치에 있을 줄은 몰랐군.'

파소가 새삼스런 눈으로 단보를 바라봤다.

"앉지들!"

소법의 말에 단보의 등장으로 부산하게 일어섰던 사람들이 다시 자리에 엉덩이를 붙이고 앉았다.

"보자… 이야기는 들었나?"

임하가 눈으로 파소 등 삼 인을 가리키며 단보에게 물었다.

"좋은 사람들이 죽림에 들었다는 이야기는 들었습니다. 잠시 무천향이 술렁였다는 것도……."

단보가 시선을 돌려 파소 등을 바라보며 말했다. 단보의 눈빛에선 파소와 석청에 대한 어떤 감정도 드러나지 않았다. 단보에게 지금 파소와 석청은 생면부지의 인물들이었던 것이다.

'무서운 분, 한 올의 틈도 보이지 않으시는구나.'

파소는 한편으로는 서운한 감정이 들기도 했다. 그러나 서운함으로 대사를 그르칠 수는 없는 일. 그사이 초한이 나서 세 사람을 단보에게 소개했다.

"이쪽은 강호에서 남독마군이라 불리시던 기신이란 분입니다. 그리고 여기 두 젊은이는 부부인데 파소와 석청이란 이름을 가지고 있답니다."

초한의 소개에 단보가 고개를 끄덕이며 자신을 소개했다.

"반갑소이다. 난 단보라는 사람이외다."

단보의 태도는 세 사람에 대해 별반 관심이 없는 듯한 모습
이었다.

"기신이라 하오."

기신은 자신과 단보의 나이가 얼추 비슷하다고 생각했는지
죽림이성이나 대성사 남창을 대하는 것보다는 편하게 단보를
대했다.

"파소라고 합니다."

"석청이라고 해요."

파소와 석청은 공손하게 자신들을 소개하며 고개를 숙여 보
였다.

"죽림의 식구가 되었으니 잘 지내보도록 합시다."

단보가 가볍게 고개를 끄덕이며 말했다. 그리곤 더 이상 세
사람에게 관심이 없다는 듯 죽림이성을 향해 돌아앉았다.

"그래, 강호의 사정은 좀 어떤가?"

죽림이성 역시 파소 등 삼 인보다는 단보가 가져왔을 외부
의 소식이 더 궁금한 모양이었다. 그러자 단보가 잠시 망설이
다 입을 열었다.

"이야기가 길어질 것 같습니다만… 향의 사정도 다시 듣고
싶고……."

단보의 말에 임하와 소법이 반색을 했다.

"그러신가? 자네가 향의 사정을 묻다니, 정말 반가운 일일
세. 보자… 오늘은 이만 물러들 가시는 것이 좋을 것 같구려. 시
간은 많으니 나중에라도 천천히 서로를 알아가도록 합시다."

단보와의 이야기가 급했는지 임하가 급히 파소 등에게 축객령을 내렸다. 남독마군은 조금 실망한 표정이었지만 파소는 담담하게 고개를 숙여 보였다.

"보자. 의범 자네가 이들에게 숙소를 안내해 주겠는가?"

임하가 단보와 함께 들어온 오십대 중반의 사내에게 말을 건넸다.

"그야 언제나 제 일이지요."

"끌끌, 자네가 있어 우리 두 늙은이가 점점 게을러지는 것 같으이……."

"그런 말씀 마십시오. 허드렛일일랑 제게 맡겨두시고 건강하게 오래오래 사십시오."

"클, 이제 보니 욕을 하는구만! 늙은이 보고 오래 살라니……."

"무슨 그런 말씀을……?"

"후후, 됐네. 그럼 나가보게들!"

임하의 말에 파소 등 삼 인이 자리에서 일어나 죽림이성과 대성사 남창에게 공손히 인사를 한 후 조심스런 발걸음으로 방문을 벗어났다. 그 뒤를 따라 세 사람의 안내를 맡은 의범이라 불린 사내가 역시 죽림이성의 초옥을 벗어났다.

"인사나 합시다. 난 오의범이라고 하외다."

초옥을 벗어나자 사내가 호탕한 목소리로 자신을 소개했다.

"나이가 어려 모르는 것이 많습니다. 앞으로 잘 부탁드립니다."

　본시 어느 곳엘 가든지 살림을 맡고 있는 사람과 친해져야 여러모로 편한 법. 파소가 얼른 오의범의 말을 받았다. 그러자 오의범이 사람 좋은 얼굴로 대답했다.

　"부탁씩이나 받을 위인은 못 되네. 모두들 무극을 향해 정진하는 무천향에서 재질이 부족해 애초에 무선이 되는 것을 포기하고 밥값이나 하려고 죽림의 허드렛일을 도맡아 하는 위인일세. 잘 지내보세."

　비록 말로는 자신을 비하했지만 오의범의 얼굴에는 스스로에 대한 자괴감 같은 것을 찾아볼 수 없었다. 오히려 파소가 보기에 무천향에 들어와 만난 사람들 중 가장 밝은 얼굴을 하고 있는 사람이 바로 오의범이었다.

　"반갑소이다. 기신이라 하오."

　남독마군 기신도 무천향의 다른 무인들과 달리 호탕한 성격을 지닌 오의범이 마음에 들었는지 얼른 자신을 소개했다.

　"세 분에 대한 이야기는 이미 듣고 있었소이다. 반갑소이다. 자, 그럼 날 따라오시구려. 내 몇 채의 집을 보여줄 테니 그중 마음에 드는 곳을 골라 거처로 정하시구려."

　오의범이 성큼성큼 걸음을 옮겨 죽림이성의 모옥에서 벗어났다.

　오의범은 파소 등 삼 인을 북쪽 절벽 아래를 따라 난 작은 길로 이끌었다. 북쪽 절벽은 병풍처럼 죽림을 에워싸고 있었으므로 파소 등은 오의범을 따라 걸으면서 죽림 전체를 한눈에 바라볼 수 있었다.

"이 길이 우리가 가려는 곳과 가장 빠른 길은 아니오. 그런데도 내가 이 길로 세 분을 안내하는 것은 이 길에서는 죽림 전체가 한눈에 들어오기 때문이라오. 가시면서 죽림의 지리를 잘 봐두시기 바라오. 이 무천향이라는 곳은 무도를 수련하는 사람들이 모여 있는 곳이라 사람들끼리의 왕래가 극히 적소이다. 길을 몰라도 물어볼 사람이 마땅치 않다는 말이외다. 그러니 기회가 될 때 길을 알아두는 것이 도움이 될 게요."

오의범이 일행을 절벽 아랫길로 이끈 이유를 설명했다. 파소 등은 오의범을 말을 듣고는 서둘러 남쪽으로 펼쳐진 죽림의 지리를 머릿속에 심어 넣기 시작했다.

그렇게 죽림의 지리를 파악하는 동안 어느새 일행은 절벽의 서쪽에서 동쪽으로 이동해 있었다. 죽림의 동북쪽 끝에 해당하는 지점에 이르자 오의범이 방향을 남쪽으로 틀었다.

이제 길은 절벽에서 멀어져 무성한 대나무 숲을 왼편에 두고 있었고, 오른쪽으론 여러 모양의 초옥들이 어우러진 죽림의 마을이 펼쳐졌다. 그렇게 일각여를 이동한 끝에 오의범은 세 사람을 한 채의 모옥 앞으로 이끌었다.

'오랫동안 비어 있었나 보군.'

파소는 한눈에 눈앞의 모옥이 꽤 오랫동안 비어 있었다는 것을 알아챘다. 마당에는 작은 풀들이 무성하게 자라 있었고, 지붕에 얹은 이엉은 곰삭아서 비가 오기라도 하면 필시 집 안으로 물이 새어 들어올 듯싶었다.

　"이곳이 첫 번째 집이오. 치우느라 치웠지만 오랫동안 비어 있던 곳이라 집 꼴이 이 모양이라오. 십 년 전에 승명이란 분이 마지막으로 거처했었는데 보다시피 좀 외진 곳이라 이후 사람이 들지 않았소이다. 하지만 외진 만큼 수련을 위해선 좋은 곳이라고 할 수 있소이다. 누구 머무실 분 있으시오?"

　오의범의 질문에 파소 등 삼 인은 쉽게 대답하지 못했다. 오의범의 말대로 이 모옥은 죽림의 마을 중심에서 너무 떨어져 있었던 것이다.

　"뭐, 지금 결정하실 필요는 없소이다. 앞으로 네 채의 모옥을 더 보여 드릴 테니 그중 마음에 드는 모옥을 고르시면 될 것이오. 자, 또 가봅시다."

　오의범이 파소 등의 대답을 기다리지 않고 서둘러 다시 걸음을 옮기기 시작했다. 그렇게 오의범은 동쪽 대숲을 따라 내려오며 차례로 세 채의 모옥을 더 보여준 후, 방향을 틀어 죽림의 중심부로 이어지는 길을 따라 이십여 장을 이동했다. 그리고 다시 한 채의 모옥 앞에서 걸음을 멈춰 섰다.

　"이곳이 마지막이오. 이 집은 지금까지 보았던 집들보다는 좀 큰 편이라오. 혼자 살기에는 지나치게 크다고 할 수 있을 것이오."

　오의범이 마지막 집을 설명하고는 세 사람을 돌아봤다. 이젠 결정할 시간이 됐다는 의미였다.

　파소가 마지막 집을 둘러보고는 석청을 바라봤다. 석청은 걸음을 옮겨 집 안 이곳저곳을 꼼꼼히 살펴보고 있었다.

'훗, 저럴 땐 제법 아녀자 같군.'

파소가 평소와 다른 석청의 모습에 빙그레 미소를 짓는 사이 석청이 초옥을 모두 살펴보고는 파소 곁으로 다가왔다.

"어때요?"

석청이 파소에게 물었다.

"집을 살펴본 건 내가 아니잖아요?"

파소가 웃으며 되물었다.

"제 말은 지금까지 봐왔던 집들 중 어느 곳이 마음에 드느냔 말이에요?"

"나야 뭐… 당신이 좋다는 곳이면 좋아요. 본래 이런 일은 여자가 결정권을 가지고 있잖아요."

파소의 말에 석청이 만족한 미소를 지으며 입을 열었다.

"좋아요. 역시 당신은 편하게 사는 법을 아는군요. 본래 여자 말을 들어 손해날 일이 없지요. 전 이곳이 마음에 들어요."

석청이 모옥을 돌아보며 말했다.

"왜죠?"

"뭐, 일단은 우리 두 사람이 살 수 있을 만큼 넓은 것이 마음에 들고요. 두 번째는 마을 안쪽에 들어와 있으니 여러모로 편리할 것 같아요."

"하지만 조금 시끄러울 수도 있소이다. 그리고……."

오의범이 잠시 말꼬리를 흐렸다.

“다른 문제가 있나요?”

석청이 눈빛을 빛내며 물었다.

“뭐, 문제랄 건 없지만 가급적 행동을 조심해야 할 지역이라는 걸 말해두고 싶구려.”

“행동을 조심해야 하다뇨?”

“에… 그러니까. 이 모옥 주변에는 좀 괴팍한 사람들이 살고 있다는 말이외다.”

“어떤 사람들이죠?”

“뭐, 차차 알게 될 거요. 음… 그러고 보니 그중 한 사람은 이미 만났던 사람이구려.”

“누구죠?”

“이곳에 오기 전 이성 어른의 초옥에서 보았던 단 노형님의 모옥이 바로 저곳이라오.”

오의범이 손을 들어 그들이 있는 모옥에서 서쪽 편으로 보이는 작은 모옥을 가리켰다. 대략 삼십여 장 거리의 모옥은 너무 작아서 과연 사람이 살 수 있을까 의문이 생길 정도였다.

“저곳에 사람이 산다고요?”

“글쎄, 그렇다오. 워낙 향에 머무는 시간이 짧은 양반이라 큰 집이 필요없다면서…….”

“그 사람이라면 그리 괴팍해 보이지는 않더이다만……?”

남독마군이 고개를 갸웃하며 물었다. 그러자 오의범이 고개를 끄덕였다.

“물론 겉으로 보기엔 그렇소이다. 그리고 실제로도 비위를 거스르지 않으면 아무런 문제가 없는 양반이지요. 하지만 워낙 자존심이 강한데다 향 내에서도 반골 기질로 유명한 양반이라 조심해야 합니다. 그 무공은 죽림 내 손에 꼽을 정도고 말이오. 그래서 죽림, 아니, 무천향의 모든 무인들이 단 노형님 앞에서는 행동을 조심하지요. 그 칼 같은 성격 때문에 죽림이성 어른들뿐 아니라 향주님조차도 함부로 대하지 못하는 분이라오.”

“그렇게 대단한 분이셨나요? 향주님조차 어려워할 만큼?”

이번에는 파소가 물었다.

“뭐, 향주님이 단 노형님을 어려워하는 것은 다른 이유도 있긴 하네.”

“다른 이유라면?”

“그게… 음, 뭐, 나중에 말해주겠네.”

오의범이 뭔가를 말하려다 입을 다물었다. 파소도 더 이상 그 문제에 대해선 질문을 던지지 않았다. 하지만 내심으로는 자신의 부모 일 때문일 거란 생각이 들었다. 그러고 보면 단보는 죽림의 사람이면서 정종의 일에 무척 깊이 관여되어 있었다.

‘참으로 복잡하게 사는 양반이군.’

파소가 단보에 대한 오의범의 평가에 내심 실소를 흘리고 있을 때 석청이 입을 열었다.

“괜찮겠어요?”

파소에게 묻는 질문이었다.

"이곳 말이에요?"

파소가 되묻자 석청이 고개를 끄덕였다.

"좋아요. 뭐, 다른 사람들과 특별히 섞일 일도 없을 것 같고⋯⋯."

단보가 곁에 있다면 당연히 이 모옥을 거처로 정해야 한다. 앞으로 무천향에서의 일은 단보와의 상의가 필수적이기 때문이었다.

"그럼 이곳으로 해요."

석청이 고개를 끄덕였다. 파소와 석청이 거처를 정하자 남독마군은 고개를 돌려 멀찍이 떨어져 있는 동쪽 대나무 숲의 모옥을 가리켰다.

"두 사람이 이곳에 거처를 정하겠다면 난 저곳으로 해야겠군. 어차피 이 죽림에서 그나마 아는 사람이라고는 두 사람밖에 없으니 가까운 곳에 자리를 잡는 게 좋겠지."

남독마군까지 거처를 정하자 오의범이 손뼉을 치며 말했다.

"자, 그럼 거처들을 정했으니 이제 각자 거처에서 살아갈 준비들을 하시구려. 대충 필요한 물건과 식량은 오늘 안에 가져다주겠소이다. 그리고⋯⋯."

오의범이 잠시 말꼬리를 흐리다가 이내 다시 입을 열었다.

"모두들 아시겠지만 이 무천향이란 곳은 물자가 그리 풍부한 곳이 아니오. 또한 누구라도 놀고먹을 수 있는 곳도 아니라오. 그러니 며칠 쉬면서 각자 할 일을 찾아야 할 게요.”

이 또한 초성관에서 익히 들어 알고 있는 사실이었다. 그러나 막상 먹고살 일을 찾아야 한다니 파소 등에게는 난감하기 이를 데 없는 일이었다.

“평생 검만 잡아온 사람이 무슨 일을 해서 먹고살 수 있을까?”

남독마군이 두 손을 들어 올리며 중얼거렸다. 그러자 오의범이 웃으며 말했다.

“내가 내일이라도 다시 들러 무천향에서 할 수 있는 일들을 말해주겠소이다. 그중 마음에 드는 것을 택하면 되오.”

“아, 그래 준다면야……”

남독마군의 얼굴에 안심한 듯 화색이 돌았다.

“그럼 난 그만 가보겠소이다. 물건들은 내 밑에서 일을 보는 아이들이 가져올 것이오. 난 내일 다시 오겠소이다. 그럼 수고들 하시구려.”

오의범이 작별을 고한 후 서둘러 걸음을 옮겼다. 아마도 파소 등에게 거처할 곳을 안내하면서도 마음은 죽림이성의 모옥으로 가 있었던 모양이었다.

“거참, 급하기도 하지. 그나저나 이제 이곳에서 평생을 지내야 하는 것인가?”

남독마군이 감개가 무량한 듯 시선을 돌려 죽림을 돌아봤다. 여전히 맑은 바람이 불어와 무성한 댓잎을 흔들고 있었고, 바람에 젖은 댓잎들은 듣는 사람으로 하여금 가슴이 시원해지게 하는 투명한 바람을 만들어내고 있었다.

"지낼 만할 것 같아요."

석청은 죽림이 마음에 드는 모양이었다.

"뭐, 사람 살기에 나쁜 곳은 아니구려. 물론 답답은 하겠지만… 제길, 이리된 것, 정말 무의 끝에 도전해 봐야 되겠군. 두 사람, 그럼 나중에 보세나."

남독마군이 파소와 석청에게 작별을 고하고는 서둘러 자신이 거처할 모옥을 향해 떠나갔다.

"드디어 온 건가요?"

남독마군이 멀어지자 석청이 의미심장한 표정으로 파소를 보며 물었다.

"그래요. 드디어 왔군요."

"이제부턴 어떤 일이 기다리고 있을까요?"

석청의 목소리에서 약간의 긴장감이 묻어났다. 아마도 이곳에서 단보를 만났다는 것이 오히려 석청을 더 긴장시키는 모양이었다.

"어차피 시작된 일이니 너무 걱정하지 말아요. 그것보다는 이곳에서 살 준비를 하는 게 더 급한 일인 것 같아요."

파소의 말에 석청이 두 사람이 앞으로 함께 지낼 모옥을 바라보며 한숨을 쉬었다.

"그래요. 대궐 같은 집을 기대한 건 아니지만… 휴, 제대로 손질하려면 여러 날 걸리겠어요."

"시작할까요?"

“좋아요.”
　석청이 대답을 하고는 소매를 걷어붙이며 낡은 모옥을 향해
다가갔다.

第六章

소천(小天) 을몽검

집수리는 생각보다 쉬운 일이 아니었다. 파소와 석청이 거처로 정한 모옥은 대청을 사이에 두고 한쪽에는 방 두 개가 다른 한쪽은 부엌이 마주하고 있었는데 손볼 곳이 한두 곳이 아니었다.

그렇다고 누가 와서 도와주는 것도 아니어서 모옥을 수리하는 일은 오로지 파소와 석청 두 사람의 몫이었다. 다행인 것은 가까운 곳에 무성한 대숲이 있다는 것 정도. 집을 수리하는 데 드는 재료 대부분은 대숲에서 잘라온 대나무로 충당했다.

대나무로 수리할 수 없는 것은 오의범에게 부탁해 자재를 구해 손을 봤는데 그렇게 오 일 정도가 지나자 드디어 모옥은 사람이 거처할 만한 곳으로 변했다.

두 사람에 비하면 남독마군은 훨씬 빨리 자신의 초옥을 손봤다. 그건 그가 선택한 초옥이 작기 때문이기도 했지만 그가 자신의 거처를 손보는 데 큰 공을 들이지 않았기 때문이기도 했다. 남독마군은 그저 비가 새지 않고 바람이나 막을 정도로 집을 손보고는 더 이상 집수리하는 일에 관심을 기울이지 않았다.

어찌 보면 그런 남독마군의 행동이야말로 강호 무인에게 어울리는 행동이라고 할 수 있었다. 파소도 만약 홀로 무천향에 들어왔다면 남독마군과 같이 행동을 했을 터이지만 파소는 혼자가 아니었다. 그의 곁에는 석청이 있었고, 석청은 비록 호탕한 성정의 무림인이었지만 또한 한 명의 여인이라는 사실도 분명했다.

여인에게 자신의 집을 꾸미는 일만큼 중요한 일이 있을까. 석청은 집 안 곳곳을 돌아다니며 수리할 곳을 찾아냈고, 그때마다 파소는 군말없이 석청이 시키는 대로 집을 수리했던 것이다.

"어때요?"

집을 수리하기 시작한 지 오 일째, 어느 정도 집수리가 마무리되자 석청이 마당 중간에 서서 허리에 손을 턱 얹고는 만족스런 표정으로 지으며 파소에게 물었다.

"새집이 된 것 같군요."

"뭐, 썩 마음에 드는 것은 아니지만 이 정도에서 만족하도록 하죠. 이 무천향은 모든 것이 부족해서 이 이상 집을 고치는 것은 무리겠어요."

파소의 대답과 달리 석청은 아직도 아쉬운 부분이 있는 모양이었다.

"시간도 없지요."

"정말 그렇군요. 벌써 오 일이 지났으니, 이틀 뒤에는 일을 해야겠군요."

"맞아요. 마냥 집만 고치고 있을 수는 없어요."

파소가 고개를 끄덕였다. 그러자 석청이 파소가 앉아 있는 모옥 앞마루로 다가와 파소 곁에 앉으며 입을 열었다.

"위험하지 않을까요?"

"제 일이요?"

파소의 물음에 석청이 고개를 끄덕였다.

"걱정할 필요없어요. 위사라고 해봐야 그저 무천향 주변을 경계하는 일이 전부라고 하더군요. 더군다나 이 무천향은 외부와 철저히 격리되어 있으니 말이 경계지 사실 위사가 있을 필요도 없는 곳이지요."

파소는 오의범이 제시한 여러 가지 일 중 무천향의 경계를 맡는 위사 일을 택했다. 세속에서는 어떨지 몰라도 무도의 수련에 몰두하는 무천향에서 위사는 누구나 맡기를 꺼리는 일 중 하나였다. 그래서 처음 파소가 위사의 일을 선택한다고 했을 때 오의범은 별로 좋은 선택이 아니라면서 몇 가지 다른 일을 권하기까지 했던 것이다.

그러나 파소는 위사가 되기를 고집했다. 그건 파소의 뜻 이

전에 단보의 생각이기도 했다.

"위사는 무천향의 무인들이 꺼려하는 일이다. 비록 삼 교대로 일을 하기는 하지만 어쨌든 다른 일들에 비해 수련 시간을 확보하기가 쉽지 않기 때문이다. 하지만 난 네가 위사의 일을 택하길 바란다. 그 이유는 너도 짐작하고 있겠지?"

파소가 단보를 다시 만난 것은 모옥을 수리하기 시작한 지 이틀이 지났을 때였다. 파소의 모옥과 그리 멀지 않은 곳에 자신의 거처를 가지고 있던 단보는 마치 지나가는 길에 잠시 들른 것처럼 파소의 모옥을 찾은 후 파소가 선택할 일에 대해 이런 조언을 했다. 물론 그건 조언이라기보단 결정에 가까운 말이었지만.

파소는 망설이지 않고 단보의 결정을 받아들였다. 단보의 말처럼 그는 자신이 위사 일을 선택해야 하는 이유를 분명히 알고 있었다.

자신이 무천향에서 하고자 하는 일, 부모의 죽음에 얽힌 비밀들, 그리고 단보와 을지행이 그가 무천향에서 해주길 바라는 일, 다시 말해 무천향에 드리운 암운을 걷어내는 일을 하기 위해선 다른 어떤 직업보다도 위사라는 일이 그에게 적당했다.

위사는 무천향 곳곳을 살필 수 있다. 대부분 무천향 외곽을 도는 것이 위사들의 일이었지만 향의 내부를 살핀다 해서 이상할 것도 없었다.

물론 위사보다 율사가 되면 좀 더 무천향의 내밀한 곳을 살필 수 있을 테지만 율사는 정종과 검산, 무천향의 정통 맥을 이은 사람들이 아니면 택하기 힘든 직업이었다. 죽림, 그것도 이제 갓 무천향에 들어온 파소가 무천향의 천률을 감시하는 율사가 되는 것은 불가능한 일이었던 것이다.

"향주전에도 들어간다고 했나요?"

석청이 문득 파소의 상념을 깨며 물었다.

"운이 좋으면요. 보통의 경우 향주전에는 겨우 십여 명의 위사만 들어갈 수 있다고 해요."

"기회가 없는 것은 아니겠네요?"

"글쎄요. 쉽지는 않을 거예요. 어쨌든 전 지금으로선 위사로서도 애송이일 뿐이니까."

"그렇게 따지면 저야말로 걱정이에요."

석청이 한숨을 쉬며 말하자 파소가 걱정스런 표정으로 석청에게 말했다.

"부담되면 하지 않아도 되는 일이에요."

"아뇨. 크게 위험할 일도 아닌데요, 뭐."

"그렇지 않을 수도 있어요. 만약 정말 의방에 음모의 그림자가 드리워져 있다면 위험할 수도 있을 거예요. 물론 그 실체에 다가갈 기회를 잡기도 힘들 거고요."

"조심할게요."

"절대… 절대 무리하지 말아요. 이곳에서 하고자 하는 일, 그것들보다는 당신이 내 곁에 있는 것이 더 중요해요. 알죠?"

파소의 말에 석청이 빙그레 미소를 지었다.

"당신도 조심해야 해요."

"약속하죠."

석청은 의방에서 일하기로 결정했다. 무천향도 사람 사는 곳이라 다치거나 병이 드는 사람들이 존재했다. 당연히 그들을 치료할 의원들이 필요했고, 무천향의 고수들 중 의술에 뛰어난 사람들이 그 일을 맡게 되었다.

처음에는 그저 필요할 때 의술을 지닌 무인들이 치료가 필요한 사람들을 돌봤으나 시간이 흐르면서 의술을 지닌 무인들도 하나의 집단을 이루기 시작했고, 그렇게 만들어진 것이 의방이었다.

"아마도 강호천하에 무천향의 의방만큼 뛰어난 의술을 지닌 의가는 없을 것이다."

과거 무천향에 대한 지식을 전하던 중 의방을 소개하던 을지행의 말이었다.

석청이 의방에서 일을 하는 것으로 정한 것에는 두 가지 이유가 있었다. 하나는 과거 파소의 아버지, 을몽학이 손에 피를 묻힐 때 정체가 드러나지 않은 독약이 사용되었다는 소문이 있었기 때문이다. 물론 당시 그 일은 무천향주 을도산의 명에 의해 거의 조사되지 않고 덮어졌기에 자세히 알려진 것은 없었으나 당시 사건에 어떤 식으로든 독이 사용되어졌다는 것은 거의 믿을 만한 소문이라고 했다. 만약 당시 독이 사용되었다면 그에 대한 정보가 분명 의방에는 남아 있을 거란 게 단보와 을지행의 생각이었다.

석청이 의방을 택한 두 번째 이유는 사색사혼의 일 때문이었다. 모용세가와 북삼룡 간의 전쟁을 유발했던 사색사혼은 무천향에서 추방된 자들. 무천향에서 추방된 자들의 무공은 철저하게 폐쇄되기 때문에 그들은 강호에 나가서도 절대 무림인으로 활동할 수 없었다.

그런데 사색사혼은 무공 폐쇄라는 징벌에서 벗어나 무천향에서의 무공, 아니, 단보의 말에 의하면, 어쩌면 당시의 무공보다도 더 고강한 무공을 지니고 있었다.

단보와 을지행은 오직 한 가지 방법만이 그들에게 본래의 무공을 되돌려줄 수 있다고 말했다. 의방 천보암에 보관 중인 영약, 회정단. 무천향 최고의 영약으로 꼽히는 을밀선단에 버금가는 영약으로 알려진 회정단만이 무인으로선 최악의 독약으로 알려진 무천향 흑정단에 의해 폐쇄된 무공을 다시 살릴 수 있다고 했다.

흑정단과 회정단은 그 성분이 각기 하나의 씨줄처럼 연결되어 있어서 다른 어떤 영약을 복용해도 흑정단에 의해 폐쇄된 무공은 되살릴 수 없었다. 오직 회정단만이 흑정단에 의한 무공 폐쇄를 치료할 수 있었다.

석청이 무천향 의방에 들어가는 이유 중 하나는 바로 그 회정단을 누가 외부로 발출했는지, 아니, 과거의 일을 알 수 없다면 지금도 의방의 영약들이 외부로 흘러나가고 있는지를 확인하기 위해서였다.

그러니 어쩌면 위사의 일을 하게 된 파소보다도 의방을 살피게 된 석청이 더 중요한 일일지도 몰랐다.

"의서(醫書)는 어때요?"

파소가 문득 석청에게 물었다.

"사막의 석동에 있을 때부터 이 일을 위해 대성사께서 전해주신 의서는 거의 다 익혔어요."

"명의 한 명 탄생했네요."

"의원이 어디 책만 읽어서 되나요? 실제로 환자를 보지 않았으니 의원이라 부를 수도 없죠. 더군다나 제가 익힌 것은 침이나 뜸 같은 치료법이 아니라구요. 그저 약재에 대한 지식을 쌓은 것뿐이에요."

"그럼 이 기회에 의방에 들어가 침이나 뜸도 익혀봐요. 혹시 알아요? 나중에 의원이라도 내게 될지."

"저런, 벌써 늙었을 때를 생각하는 거예요?"

"후후, 말이 그렇다는 거예요. 더군다나 무천향 의방의 의술은 천하제일이라잖아요. 익혀둬서 나쁠 것은 없겠지요."

"알았어요. 어차피 의방에 들면 싫어도 익히게 될 거예요."

"자, 그럼 남은 이틀을 푹 쉬자고요."

"그래요. 그런데 단 어르신께선 언제 오신다고 했죠?"

"모레요. 밤에 만나는 것은 아무래도 사람들의 이목이 신경 쓰인다고 낮에 온다고 하시더군요."

"역시 시간이 필요하겠군요."

"그렇죠. 시간이 지나면 자연스럽게 밤낮을 가리지 않고 서로의 모옥을 오갈 수 있을 거예요."

단보는 파소가 위사로, 석청이 의방의 의녀로 나서기 하루 전 두 사람의 모옥을 찾아왔다. 역시 이번에도 지나가는 길에 들른 것처럼 우연을 가장해서였다.

파소는 죽림의 수뇌로 인정받는 단보를 공손한 태도로 맞아 들여 모옥의 앞마루에 마주 앉았다. 두 사람이 자리를 잡고 앉자 석청이 재빨리 떫은 차를 다려 내왔다.

"흐흠, 대접이 좋구나."

파소와 석청의 태도는 사막의 석동에서 무공을 익힐 때 단보를 대하던 것과는 천양지차였다. 사람들의 이목을 신경 쓰지 않을 수 없는 상황에서 석동에서처럼 단보를 편하게 대할 수는 없는 일이었다.

"불편하세요?"

"좀 어색하긴 하구나."

"어쩔 수 없죠."

"오냐. 그나저나 내일이지?"

"네."

파소가 얼굴을 굳히며 고개를 끄덕였다.

"조심하거라. 무천향에 야망의 바람이 불기 시작했으니 아마도 수많은 야심가들이 사람을 움직일 거다."

"그 말씀은……?"

“아마도 위사들 상당수는 따르는 자가 따로 있을 거란 말이다. 그들은 자신들이 따르는 자의 눈과 귀가 되어 무천향을 살피고 있을 게다.”

“전 그들을 살피면 되겠군요.”

파소의 말에 단보가 눈빛을 반짝였다.

“흠, 그러고 보니 그렇구나. 하지만 언제든 조심하거라. 그리고 노파심에서 하는 말이다만, 네 능력의 삼 할은 숨겨야 한다. 네게 이미 소천의 사후 무벽에 도전할 만한 능력이 있다는 것을 드러내면 안 된다. 알겠느냐?”

“그런데 제게 그런 능력이 있긴 할까요?”

파소가 의구심 어린 표정으로 물었다.

“아직도 네 자신에 대해 확신이 서지 않느냐?”

단보의 물음에 파소가 잠시 뜸을 들이다가 대답했다.

“이곳은 무천향이잖아요.”

파소의 대답에 이번에는 단보가 잠시 침묵했다. 그리곤 잠시 후 단호한 표정으로 입을 열었다.

“물론 이곳은 무천향이다. 그러나 이곳이 무천향인 것은 나나 이곳에서 자란 사람들, 아니면 외부에서 들어왔더라도 이미 무천향의 향기에 젖은 사람에게나 중요한 문제다. 넌 그저 이 무천향을 강호의 한 곳이라고 생각하면 된다. 이곳에서 만나는 사람들을 무슨 특별한 능력을 지닌 사람들처럼 생각하지 않아도 된다는 말이다. 물론 무천향의 무인들은 강하다. 선기(仙氣)는 제쳐 두고… 뭐, 이제는 선기를 지닌 자들보다

야망에 물든 자들이 더 많은 상황이지만… 어쨌든 선기를 제쳐두고 무공만으로 봐도 넌 이미 이 무천향에서조차 쉽게 적수를 찾을 수 없는 경지에 올라 있다. 넌 무천향 최고의 무공, 선검을 수련하지 않았더냐. 너 자신을 믿어도 될 게다.”

그간 단보가 파소를 이렇게 높게 평가한 경우는 없었다. 오늘 그가 이렇게 많은 말을 쏟아낸 파소에게 용기를 주는 것은 아주 특별한 일이었다.

“알겠어요. 나 자신을 믿어보지요.”

“넌 충분히 강하다. 시간이 지나면 네 스스로 그것을 깨닫게 될 게다.”

단보가 다시 한 번 파소에게 용기를 준 후 잠시 뜸을 들였다가 나직한 목소리로 입을 열었다.

“혹 기회가 된다면 말이다, 쉽지 않겠지만 소천의 주변을 한 번 살펴보도록 하거라.”

“예?”

“현재의 소천 말이다. 을몽검이라고… 네게는 숙부가 되는 거겠지?”

“무슨 이유라도 있나요?”

“글쎄, 특별한 이유가 있다기보다 일단 다른 문제는 차치하고라도 네 아버지의 동생 아니냐? 더군다나 생명이 위독한 사람이고… 그리고……”

단보가 말꼬리를 흐렸다. 뭔가를 망설이는 듯한 모습이었다.

“다른 이유가 있나요?”

“그의 주화입마가 과연 어떻게 시작된 것인지… 그게 의문스럽구나.”

“네?”

“그의 주화입마와 네 아버지에게 일어난 일… 난 이 두 가지 일이 아무 관계가 없다고 말할 수가 없구나.”

“그 말씀은……?”

“두 사람은 모두 무천향의 소천이었다. 무천향의 소천은 핏줄만으로 결정되는 것은 아니다. 그 능력이 뒷받침되어야 한다는 말이지. 현 소천 역시 네 아버지에게는 미치지 못하지만 무천향의 후기지수 중에서는 짝을 찾기 어려운 기재였다. 물론 성정의 편협함이 있는 사람이기는 하지만… 그런 사람이 주화입마라니. 만약 정말 네 아버지의 죽음과 현 소천의 주화입마가 우연히 겹친 일이라면 그건 을씨 가문에게 있어 너무 가혹한 운명이 아니겠느냐?”

단보의 말은 거기에서 끝났다. 현 소천의 주화입마에 대한 의문, 그 의문을 던져 놓고 단보는 파소의 모옥을 떠났다. 멀어지는 단보를 보며 파소는 한 번쯤 자신의 숙부인 현재의 소천을 만나봐야겠다고 생각했다. 물론 이제 갓 무천향의 위사가 된 그에게 그런 기회가 올지 확신할 수는 없었지만, 혹은 중태에 빠진 소천 을몽검이 파소가 그를 만날 때까지 살아 있을지 모르는 일이었지만……

　　　　　*　　　　　*　　　　　*

　파소와 석청은 성시를 지나 무천향 중심부의 성해를 위쪽에서 돌아 죽림과 맞은편에 위치한 정종의 구역 가장 앞쪽 중앙에 위치한 향주전을 향해 걸었다.

　향주전 주변으로는 무천향에서 흔히 보기 힘든 십여 채의 큰 건물이 들어서 있었는데, 파소가 가고자 하는 위사들의 숙소인 위관(衛館)과 의방의 의원들이 거주하는 의관(醫館)이 그 십여 채의 건물에 속해 있었다.

　"의방에 속한 의원들은 대부분 동북쪽 비탈에 함께 거주한다죠?"

　향주전으로 향하면서 파소가 긴장을 풀려는 듯 입을 열었다.

　"그렇다고 하더군요. 의관에 나와 있는 의원들은 그중 일부라고 하더라고요. 물론 지금은 소천의 병세 때문에 평소보다 많은 의원들이 의관에 나와 있기는 하지만……."

　"그럼 처음엔 조금 바쁘겠군요?"

　"그렇겠지요? 반면에 자연스럽게 의방에 섞여 들 수 있을 거예요."

　"음, 위기는 기회다?"

　"뭐, 그런 셈이죠. 이제 헤어질 때가 된 것 같은데요?"

　어느새 두 사람 앞에 두 갈래 길이 나타났다. 오른쪽 길로 가면 파소가 가고자 하는 위사들의 숙소 위관이, 왼쪽으로 가면 석청이 가야 할 의관이 나왔다.

"그럼 저녁에 봐요."

"오늘 밤에는 돌아오는 건가요?"

"첫날인데 설마하니 오늘 밤부터 경계를 맡기려구요?"

"그럴까요?"

"아마 그럴 거예요. 먼저 가요."

파소의 말에 석청이 고개를 끄덕이고는 왼쪽 길을 따라 걸음을 옮기기 시작했다. 파소는 그런 석청이 멀어질 때까지 지켜보고 있다가 석청이 건물들 사이로 사라지자 그제야 신형을 돌려 위관을 향해 걸음을 옮겼다.

"무슨 일인가?"

위사들의 숙소이자 집무실 격인 위관에 도착하자 정문 앞에 서 있던 두 명의 중년 사내가 파소의 앞을 막았다.

"이번에 새로 위사 일을 하게 된 파소라고 합니다."

파소가 공손한 태도로 자신을 소개했다. 그러자 파소를 가로막은 두 사내의 눈에 언뜻 이채가 스치고 지나갔다. 두 사람 역시 파소에 대한 소문을 들은 모양이었다.

정종과 검산, 그리고 죽림까지 나서서 자신들 쪽으로 끌어들이려고 했던 이 젊은 무인에 대한 소문은 무천향의 무인이라면 대부분 알고 있었다. 더군다나 지금 파소의 앞에 서 있는 사람들은 무천향의 경비를 맡고 있는 위사들, 향 내의 소문을 누구보다도 빨리 접하는 사람들이었다.

"그대가 바로 소문의 주인공이었군. 젊다고 하더니 생각보다 더 젊군. 만나서 반갑네. 들어가 보시게. 세 분 호천성께서 기다리고 계시네."

길을 막았던 사내들이 몸을 비켜 길을 열어주며 말했다.

'다른 곳과는 사뭇 다르군. 역시 도검을 차고 향을 지키는 일을 맡은 곳이라 그런가? 그 기운이 사뭇 날카롭구나.'

파소가 위관으로 들어서며 생각했다. 전체적으로 선가의 분위기가 풍기는 무천향의 다른 곳과는 달리 이 위관에서는 무가의 기운이 물씬 풍기고 있었다. 위관으로 들어간 파소 앞에 한 명의 사내가 모습을 드러냈다.

"어서 오시게. 날 따라오게나."

아마도 문밖에서 두 위사와 나누는 대화를 들은 모양이었다. 사내는 파소의 정체도 묻지 않고 파소를 이끌고 건물 안쪽으로 깊숙이 들어가더니 어느 순간 하늘이 트인 작은 정원을 지나 앞쪽이 훤하게 열린 제법 큰 대전으로 들어갔다.

파소가 사내를 따라 대전에 들어서자 앞쪽에 긴 서탁을 사이에 두고 세 노인이 앉아 대화를 나누고 있었다.

"새로 위사의 일을 하기로 한 사람이랍니다."

파소를 안내한 사내가 정중하게 말하자 세 명의 노인이 시선을 돌려 파소를 바라봤다. 파소는 순간 세 노인의 시선에 담긴 진득한 호기심을 느꼈다.

'훗, 내가 이렇게 사람들의 관심을 많이 끄는 존재였나? 휴, 조심해야겠구나. 사정이 이렇다면 다른 위사들도 날 유심히

주목하고 있을 것이다.'

　파소에 대한 무천향 무사들의 관심은 파소가 생각했던 것
이상으로 대단한 모양이었다. 파소가 내심 경계심을 일으키며
세 노인 앞으로 다가가 고개를 숙이며 입을 열었다.

　"이번에 새로 위사 일을 하게 된 파소라고 합니다. 호천성
세 분 어른을 뵙습니다."

　무천향의 위사들은 세 명의 호천성이 관리한다. 무천향의
경비를 맡는 일이기에 위사들을 관리하는 호천성들은 무천향
에서도 오십위 안에 들어가는 노고수들 중에서 선택됐다.

　무천향의 호천성 삼 인은 정종과 검산, 그리고 죽림에서 각
기 한 명씩 임명됐는데, 호천성을 임명하는 일이 십이종성의
동의를 필요로 하는 일은 아니지만 전통적으로 무천향주는 삼
파에서 한 명씩 호천성을 임명해 오고 있었다.

　"이리 오시게."

　세 명의 호천성 중 가장 나이가 많아 보이는 백염의 노고수
가 입을 열어 파소를 맞이했다. 파소는 노고수의 말에 따라 대
청 안으로 깊숙이 들어가 삼 인의 호천성 앞에 섰다.

　"앉으시게."

　역시 백염의 노인이 파소에게 자리를 권했다. 파소는 세 명
의 호천성을 마주 보는 자리에 엉덩이를 붙이고 앉았다.

　"이름이… 파소라고 했나?"

　"그렇습니다."

　"반갑네. 난 을아생이라는 늙은일세. 그리고 이쪽은 종천

망, 종 노사시고. 또 이쪽은 어사신, 어 노사일세. 우리 세 사람
이 무천향의 위사들을 관리하는 호천성일세.”

“세 분에 대한 말씀 많이 들었습니다. 뵙게 되어 영광입니
다.”

파소의 말에 백염노인의 오른쪽 옆에 앉아 있던 산적같이
생긴 노인이 실소를 흘려냈다. 을아생이 종천망이라고 소개한
노인이었다.

“끌끌, 무슨 영광씩이나. 그래 봐야 무천향의 문지기일 뿐인
데……”

“호천성으로 있는 것이 그리 싫으시면 그만두지 그러시
오?”

종천망의 투덜거림에 이번엔 어사신이라 불린 노인이 장난
스레 말을 건넸다.

“그러고 싶은 마음이야 굴뚝같지만 누구라도 해야 할 일이
고, 또 이 무천향에선 일하지 않은 자는 먹지도 못하게 되어 있
으니 이 짓이라도 해야지 않겠소?”

“하하, 결국 목구멍이 포도청이란 말이구려.”

“뭐, 그런 셈이올시다. 하하하!”

파소를 앞에 두고 세 노인이 너털웃음을 터뜨렸다.

‘과연 위사들을 다루는 사람들이라 그런지 성정들이 호탕
한 편이구나.’

파소가 거리낌없이 행동하는 세 노인을 보며 내심 위관의
분위기를 짐작했다.

"왜 위사가 되겠다고 했는가?"

한바탕 웃음을 뒤로하고 백염의 노인, 을아생이 정색을 한 얼굴로 파소에게 물었다.

"달리 할 줄 아는 게 없어서입니다."

"흠, 하긴 강호에서 살아가는 무인들이 달리 기술을 익히는 법은 없으니까."

을아생이 고개를 끄덕였다. 그리곤 다시 입을 열었다.

"이 무천향에서 위사 생활을 하는 건 강호의 일반 문파에서 위사 노릇을 하는 것보다는 훨씬 수월하다네. 초성관에서 무천향에 대해 배웠겠지만 무천향은 사막과 절진에 의해 외부와 단절되어 있네. 비록 위사들이 경계를 서곤 있지만 누군가 외부에서 내부로 들어오는 것은 불가능하단 말일세. 그러니 경계를 서는 것도 어쩌면 형식적인 일이라고 할 수 있을 걸세. 그럼에도 불구하고 위사를 구십 명씩이나 두어 경계의 임무를 맡긴 데에는 그만한 이유가 있네."

을아생은 일단 일에 대해 입을 열자 무척 진지한 모습으로 변했다. 그의 곁에 있는 다른 두 명의 호천성 역시 마찬가지였다.

"무천성의 위사가 구십 명이나 되는 것은 위사들이 삼 교대로 돌아가며 일을 하기 때문일세. 삼 교대로 일하는 이유는 위사들에게 개인적으로 수련할 시간을 충분히 주기 위해서 일세. 삼 일에 한 번씩만 위관에 나오면 되니 나머지 시간은 온전히 수련에 쓸 수 있다는 말이지."

　무천향이 무도 수련을 최우선으로 생각하는 곳이란 사실이 다시 한 번 확인되는 순간이었다.

　"하지만 수련 시간 확보를 위해 늘어나긴 했지만 그렇다 해도 외부의 침입을 걱정할 필요가 없는 무천향에서 구십 명의 위사를 운용하는 것은 여전히 지나친 면이 있다고 생각할 수 있네. 안 그런가?"

　을아생이 동의를 구하는 듯 파소에게 물었다. 파소는 대답 없이 을아생의 시선을 받아냈다. 그러자 을아생이 파소의 반응이 조금 의외라는 눈빛을 드러내더니 여전히 파소의 대답이 없자 이내 다시 입을 열었다.

　"거긴 나름대로 이유가 있네. 본래 무천향의 위사는 밖에서 사람이 들어오는 것을 경계하기 위함이 아니라 안에서 나가는 것을 경계하기 위해 존재하게 된 것일세."

　순간 파소가 고개를 끄덕였다. 을아생의 말이 끝나는 순간 이미 을아생이 말하고자 하는 바가 무엇인지 깨달았기 때문이 었다.

　수백 년간 외부와 고립된 생활을 하는 사람들에게 어찌 강호천하를 자유롭게 주유하고 싶은 욕망이 없을까. 특히 무천향에서 태어나고 자란 젊은이들의 경우에는 더더욱 무천향 밖의 세계가 궁금할 터였다.

　그리고 개중에는 외부의 세계에 대한 열망을 억제하지 못하고 무천향을 벗어나려 생각하는 사람도 분명 존재할 것이고, 그 일을 실행에 옮기는 사람 역시 존재할 터였다.

결국 무천향 위사들의 주 임무는 외부인이 무천향에 침입하는 것을 막는 것이 아닌, 내부인이 향의 수뇌부들 몰래 무천향을 무단으로 나가는 것을 막는 것이었다.

'생각보다 쉬운 일이 아닐지도.'

파소의 얼굴색이 살짝 변했다. 외부에서 들어오는 적에 대처하는 것은 어려운 일이 아니었다. 최악의 경우라도 도검을 들고 맞서면 그뿐. 하지만 내부에서 밖으로 나가려는 사람을 막는 일은 그리 쉬운 일이 아니었다. 어쨌든 무천향의 식솔일 것이 분명한 그들을 향해 도검을 들이대기도 쉽지 않을뿐더러, 무천향의 무인이라면 분명 만만치 않은 무공을 지니고 있을 것이 분명했기 때문이다.

"너무 걱정할 것은 없네."

파소의 걱정을 눈치챈 것일까. 을아생이 안심시키듯 말했다.

"만약 향을 빠져나가려는 누군가를 발견하게 된다 해도 굳이 자네가 나서서 그 사람 앞을 막을 필요는 없네. 위사들의 임무는 그들이 나가는 것을 막는 것이 아니라 누군가 무천향을 벗어났다는 것을 확인하는 것까질세. 향을 벗어난 사람을 추적하고 그에 합당한 죄를 추궁하는 것은 위사가 아닌 율사들의 몫일세."

'그렇다면 별문제 없겠군.'

위사의 직을 선택한 다른 사람이라면 을아생의 말에 기분이 상할 수도 있겠지만 파소는 오히려 껄끄러운 일에 휩쓸리지 않아도 된다는 생각에 안도의 마음이 들었다. 그런데 을아생은 아마도 그런 파소의 내심을 읽은 모양이었다.

"자넨… 참 특이한 사람이군. 소문은 들었지만……."

이번에도 파소는 달리 대답을 하지 않았다. 그렇게 느끼면 그뿐, 아니라고 변명하기도 이상한 상황이었다.

"좋아, 좋아. 어쨌든 위사가 된 것을 환영하네. 앞으로 잘 지내보세나. 보자, 내가 향의 위사들이 삼 교대로 일한다고 말했지?"

"그렇습니다."

"우리는 삼분된 위사들을 갑을병 삼대로 부른다네. 그리고 우리 세 사람이 그중 하나씩의 대를 관할하지. 본래는 우리 세 사람이 이렇게 한 번에 위관에 나오는 일은 없네. 각기 자신이 맡은 대가 위관에 들 때에만 이곳에 나오지. 그런데 오늘은 자네가 온다 해서 이렇게 세 사람 모두 나와본 것일세."

"감사합니다."

"감사할 것까지야 없네. 그저 호기심에 나와본 것이니. 어쨌든 오늘은 갑대가 위관에 든 날이고, 갑대는 내가 지휘하네. 을대는 여기 종 노사가, 병대는 어 노사가 맡고 있지. 자넨 내가 맡고 있는 갑대에 속하게 되네. 마침 갑대에 결원이 생겨서 말일세."

"그럼 오늘부터 일을 해야겠군요."

파소의 물음에 을아생이 고개를 저었다.

"그건 아닐세. 아무려면 처음 온 사람에게 바로 일을 시키겠

는가? 오늘은 그저 위관이나 돌아보고 돌아가도록 하게. 자네
가 일을 시작하는 것은 삼 일 후로 하지."

"알겠습니다."

"좋아. 그럼 이제 자네에게 한 사람을 소개해 주겠네. 각 대
는 서른 명으로 구성되고, 그중 다섯을 엮어서 하나의 조를 만
드네. 그러니 갑을병 삼대에는 각기 여섯 개의 조가 있는 것이
지. 내가 오늘 자네에게 소개해 줄 사람은 갑대 사조의 조장을
맡고 있는 사람일세. 비량을 불러오게."

을아생이 대청 앞에 서 있던 사내에게 명하자 사내가 고개
를 숙여 보이고는 빠르게 건물을 빠져나갔다. 그리고 잠시 후
사내는 한 명의 중년 사내를 대동하고 다시 대청에 모습을 드
러냈다.

"부르셨습니까?"

"어서 오게. 들게."

을아생이 중년 사내에게 고개를 끄덕이자 사내가 성큼성큼
걸음을 옮겨 파소와 세 호천성 앞으로 다가왔다.

"새 사람이 온다는 건 알고 있겠지?"

"예."

"이 친구가 새로 사조에 속할 사람일세. 인사하시게."

을아생이 파소를 가리키자 중년 사내의 시선이 파소에게로
향했다. 파소 역시 사내에게 시선을 주었다. 호목에 굳게 다문
입술, 한눈에 보아도 굳은 심지를 지닌 사람이 분명해 보였다.

"반갑네. 비량이라 하네. 잘 지내보세."

사내가 먼저 입을 열어 자신을 소개하자 파소가 자리에서 일어나 가볍게 포권을 해 보였다.

"파소라고 합니다. 많은 가르침 바라겠습니다."

파소의 공손한 태도가 마음에 들었을까 비량이 살짝 미소를 지으며 대답했다.

"아마 배울 게 없어서 실망할 걸세."

비량의 말에 파소 역시 가만히 미소를 지었다.

"호? 벌써 죽이 맞는 건가? 하긴 두 사람 모두 죽림에 속한 사람들이니 성격들이 맞겠군. 사조장, 데리고 가서 위사의 일에 대해 설명해 주게나. 물론 오늘은 첫날이니 오후가 되면 돌려보내고."

을아생의 말에 비량이 시선을 돌려 을아생과 다른 두 명의 호천성에게 고개를 숙여보였다.

"알겠습니다. 그럼 물러가겠습니다."

"가보게."

을아생이 고개를 끄덕이자 비량이 다시 파소에게 시선을 돌렸다.

"가세."

비량의 말에 파소가 세 호천성에게 고개를 숙여 보인 후 비량을 따라 대청을 벗어났다.

"역시 대단해. 아니, 특이하다고 해야 하나?"

파소가 물러나자 종천망이 고개를 갸웃거리며 말했다.

"그에 대한 소문은 이미 사람들의 입에 오르내린 지 오래되지 않았소이까? 무천향이 사람의 됨됨이에 관한한 헛소문이 도는 곳은 아니지요."

어사신 역시 파소에게서 비범함을 느꼈는지 나직하게 대답했다. 그런데 두 사람과 달리 을아생은 아무런 말 없이 생각에 잠겨 있었다.

"을 노사께선 어찌 보셨소이까?"

종천망이 을아생의 생각이 궁금한지 넌지시 물었다.

"과연 소문대로 좋은 재목인 듯하외다. 그런데……."

"무슨 다른 생각이라도 있으신 것이오?"

"왠지 모르게 낯이 익은 느낌이 들어서 말이외다."

"그렇소이까? 뭐, 그럴 수도 있지 않겠소? 세상엔 가끔 아무 이유 없이 친숙한 느낌이 드는 사람이 있으니 말이오. 그렇다고 을 노사께서 저 친구를 다른 곳에서 본 것도 아니시고."

"그런 것일지도 모르겠구려."

여전히 의문을 담은 눈으로 을아생이 파소가 나간 방향으로 시선을 주며 중얼거렸다.

"이곳이 일을 나왔을 때 사조가 머무는 곳이네. 가끔 쉬기도 하고, 오른쪽 문밖에는 연무장도 있어서 무공을 수련할 수도 있네. 물론 일을 하러 나와서 무공을 수련하는 사람은 거의 없지만 말일세."

삼 인의 호천성이 있는 대청을 벗어난 비량은 위관 오른쪽 끝에 있는 방으로 파소를 이끌었다.

　방은 십여 장 넓이로 제법 넓었고 여러 명이 한번에 누울 수 있는 긴 나무 침상이 방의 한쪽을 차지하고 있었다. 침상 앞에는 역시 나무로 만든 서탁과 다섯 개의 의자가 놓여 있었다. 두 사람은 자연스럽게 서탁을 가운데 두고 마주 앉았다.

　"위사 일은 그리 어렵지 않네. 다만 시간을 잡아먹을 뿐이지."

　비량이 서탁에 한 장의 지도를 펼치며 입을 열었다. 파소는 한눈에 비량이 펼친 지도가 무천향의 지형을 그린 지도란 걸 알아봤다.

　"이게 무천향일세."

　비량이 눈으로 지도를 가리키며 말했다. 지도 한가운데에는 성해가 그려져 있고 성해를 중심으로 사방으로 흩어져 있는 무천향의 마을들이 무척 세세하게 그려져 있었다.

　또한 마을과 마을, 그리고 각각의 마을 안쪽으로 가느다란 선들이 거미줄처럼 얽혀 있었는데, 아마도 무천향 내의 길들을 모두 그려놓은 듯싶었다. 그런데 길을 표시한 그 줄 중 몇 개의 줄은 붉은색으로 표시되어 있었다.

　"일은 간단하네. 이 지도에 보이는 붉은 선을 따라 다섯 개 조가 낮에는 두 시진, 밤에는 한 시진 간격으로 이동하는 것이네. 물론 가끔은 움직이는 시간의 짧아지거나 길어지기도 하지만, 보통의 경우 낮에는 두 시진 밤에는 한 시진이 규정일세. 그 간격으로 무천향 전체를 살피는 것이지."

　"나머지 한 개 조는 무슨 일을 합니까?"

"본래 위사의 일 중에는 향주전을 살피는 일도 포함되어 있다네. 물론 향주전에는 전통적으로 정종의 후기지수들이 배치되어 있기는 하지만 그들은 공식적인 위사들이 아니거든. 그러니 어쨌든 향의 공식적인 위사들이 향주전을 순찰해야 하는 걸세. 형식적인 일이긴 하지만 말일세."

"크게 어려운 일은 없겠군요."

"그렇다네. 단지 귀찮을 뿐이지. 향을 한 바퀴 도는 데만도 거의 반나절이 걸린다네. 그러니까 일을 나와선 결국 낮에는 한 번 밤에는 두 번 향을 한 바퀴 돌아야 하는 것일세. 같은 곳을 계속 반복해서 도는 일이 어떤 것인지 자네도 짐작이 갈 걸세."

"전 제법 인내심이 좋은 편이지요."

파소가 빙그레 미소를 지었다.

"그런 성정이라면 위사 일을 잘 선택한 걸세. 그리고 위사 일이 꼭 나쁜 것만은 아닐세."

"좋은 일이라도 있습니까?"

"위사 일이란 게 무천향 곳곳을 돌아다니는 일이라 아무래도 향의 여러 고수들이 수련하는 모습을 종종 보게 된다네. 가끔은 아주 드물지만 비무도 보게 되지. 그런 것들은 사실 위사가 아니면 좀체 누리기 힘든 호사라네."

"그렇군요. 그런 기회란 무인에겐 큰 선물이죠."

"그 이치를 알고 있다니, 소문대로 뛰어난 재목인 모양일세."

"소문은 항상 과장되기 마련이지요."

"하하하, 겸손함까지. 좋아. 잘 지내보세."

비량이 새삼스럽게 파소에게 손을 내밀었다.

"잘 부탁드리겠습니다."

파소가 비량을 향해 마주 손을 내밀어 가볍게 비량의 손을 잡았다.

파소는 오후가 되자 위관을 벗어났다. 을아생의 말처럼 비량은 파소에게 다른 일을 맡기지는 않았다. 그저 몇 가지 무천향의 위사로서 알아야 할 것들을 전하고는 이내 파소를 죽림의 거처로 돌려보냈던 것이다.

파소가 다시 위관을 찾은 것은 삼 일 후 아침 일찍이었다. 실질적으로 위사로서 일을 하는 첫 번째 날이니 게으름을 피울 수 없었다. 그런데 서둘러 위관으로 향한 것이 무색하게 갑대 사조의 숙소에 들어서자 비량을 포함한 네 명의 사조 고수는 이미 숙소에서 파소를 기다리고 있었다.

"어서 오게."

"제가 늦은 건가요?"

파소가 걱정스런 표정으로 묻자 비량이 고개를 저었다.

"아닐세. 우리가 조금 서둘러 모인 것일세. 자네에겐 미처 기별을 넣지 못했지만 일이 생겨서 말일세."

"일이라면……?"

"아무래도 오늘은 향주전으로 가야 할 것 같네. 본래는 일조에서 가기로 되어 있었는데 오늘은 일조와 우리 사조, 두 개 조가 향주전에 들게 되었네."

"무슨 일이라도 있는 건가요?"

"소천께서 외출을 하고 싶어하신다고 하더군."

순간 파소가 깜짝 놀란 얼굴로 비량을 바라봤다.

"소천께서는……?"

무천향의 소천 을몽검이 사경을 헤매고 있다는 것은 무천향의 무인이라면 누구나 아는 사실이었다. 그런데 외출이라니… 도대체 이게 무슨 황당한 일이란 말인가?

"흠… 나도 의문이네만, 지난 며칠 사이 소천의 상세가 조금 나아졌다고 하더군. 물론 그렇다고는 해도 스스로 걸어서 외출을 하실 정도는 아닐세. 하지만 너무 오랫동안 햇빛을 보지 못하셨기에 의방의 의원들도 소천의 고집을 꺾지 않았다고 하더구만… 해서 특별히 우리 조가 향주전에 가게 된 것일세."

"소천을 모십니까?"

"뭐, 그저 따라다니기만 하면 될 걸세. 소천을 모시는 일이야 정종에서 나온 사람들이 알아서 할 일이고… 너무 긴장하지는 말게나."

비량은 파소가 지나치게 흥분하고 있다고 생각한 모양이었다. 분명 파소는 흥분하고 있었다. 그러나 파소가 비량의 생각처럼 무천향의 소천을 호위해야 하는 중압감 때문에 흥분한 것은 아니었다. 파소가 흥분한 이유는 소천 을몽검, 그가 바로 자신의 숙부였기 때문이다.

　소천 을몽검을 본다는 것은 그의 조부인 무천향주 을도산을 보는 것과는 또 다른 느낌으로 다가왔다. 더군다나 죽음을 향해 달려가는 숙부가 아니던가. 어쩌면 파소는 향주 을도산보다 단 한 번도 보지 못한 숙부 을몽검에게 더 진한 혈육의 정을 느끼고 있는지도 몰랐다.

　"시간이 됐군. 가세."

　잠깐 상념에 잠겨 있던 파소를 비량의 목소리가 일깨웠다. 사조의 고수들은 비량의 신호에 따라 일제히 도검을 들고 숙소를 벗어났다.

　위관을 출발한 위사들는 빠르게 움직여 위관에서 그리 멀리 떨어지지 않은 향주전으로 향했다. 향주전으로 향한 위사들은 빠르게 향주의 집무실이 있는 중앙 대전을 우회해 향주전의 후미로 돌아갔다. 그러자 잘 지어진 목조건물 십여 채가 파소의 눈에 들어왔다.

　"이곳이 향주님의 가족들이 생활하는 곳일세. 각별히 행동을 조심해야 하네."

　초행길인 파소를 위해 비량이 나직하게 속삭였다. 그러는 사이 어느새 건물들 사이로 진입한 일행은 동쪽에 만들어진 작은 정원 뒤쪽의 건물로 향했다.

　"벌써 나와 계시는가?"

　비량의 입에서 나직한 목소리가 흘러나왔다. 파소의 시선이 무의식적으로 장원과 이어진 건물의 정문을 바라봤다. 순간 파소의 눈에 수수한 들것에 눕듯이 기대앉은 한 명의 중년인 들어왔다.

파소의 심장이 요란하게 고동치기 시작했다. 죽은 아버지의 동생, 죽어가는 자신의 숙부, 대무천향의 소천 을몽검이 바로 거기 있었던 것이다.

第七章

기습(奇襲)

　파소를 포함한 위사들이 소천 을몽검 앞에 나타났을 때 장내에 있는 그 누구도 그의 표정을 읽지 못했다. 그가 감은 듯한 눈으로 바라보고 있는 파소조차도…….

　"…출발하지."

　끊어질 듯 나직한 목소리가 들것 위에서 흘러나왔다. 그러자 네 명의 정종 고수는 들것의 네 귀퉁이를 들어 올렸다. 들것은 새털처럼 가볍게 들어 올려졌다. 들것의 주인이 오십대 중반의 사내라는 것을 생각하면 너무도 가벼운 무게감. 파소는 가슴 한쪽이 아려왔다. 들것에 누워 있는 사람은 자신의 숙부가 아니던가.

　'어쩌다 이 지경에 이르셨습니까?'

파소는 멀찍이 떨어진 채 들것 위의 을몽검을 보며 속으로 물었다. 그런데 그 순간 마치 을몽검이 파소의 말을 들은 것처럼 고개를 돌려 파소를 바라봤다.

순간 파소는 가슴 한쪽이 철렁 내려앉는 느낌을 받았다. 을 몽검의 눈빛, 그건 파소가 지금까지 경험했던 그 어떤 눈빛보다도 강렬했다. 그렇다고 을몽검의 안광이 초절정고수의 기세를 내뿜는다는 것은 아니었다. 파소가 을몽검의 눈빛을 강렬하다고 느낀 것은 그의 시선에서 절정고수의 기세가 흘러나오기 때문이 아니라, 그의 눈빛에 형언할 수 없을 만큼 많은 감정이 깃들어 있다고 느꼈기 때문이다.

'뭔가?'

파소는 자신의 모든 것이 을몽검 앞에서 낱낱이 드러나는 듯한 착각에 빠져들었다. 을몽검은 마치 파소가 간직한 출생의 비밀과 파소의 어린 시절, 그리고 지금 파소가 무천향에 들어와 있는 이유를 모두 아는 듯한 눈빛으로, 또한 한가닥의 살기와 그 살기를 무력하게 만드는 깊은 동정심을 담은 눈빛으로 파소를 바라봤던 것이다.

그러나 그 모든 감정들이 소용돌이 친 시간은 그리 길지 않았다. 아니, 오히려 그건 아주 찰나의 순간에 지나지 않았다.

들것을 든 정종 고수들이 오른쪽으로 방향을 틀자 자연히 을몽검의 시선 역시 파소에게서 벗어났다. 이후 을몽검은 다신 파소에게 눈길을 주지 않았다.

'뭔가 알고 있는 것인가?'

을몽검의 시선에서 벗어났지만 파소는 그 충격에서 쉽게 벗어나지 못했다. 을몽검의 눈빛이 모든 것을 알고 있는 자의 눈빛이었다는 느낌을 지울 수가 없었기 때문이다.

그러나 일행은 파소와 을몽검 사이에 일어난 그 찰나의 마주침, 파소를 깊은 당혹에 빠뜨린 그 눈빛의 교환이 일어난 것을 모른 채 어느새 정종의 권역을 빠져나가고 있었다.

소천 을몽검을 태운 들것은 성해의 동쪽 언저리에 잠시 머물렀다. 을몽검은 말을 하는 것조차 힘겨운지 손가락을 세우는 것으로 들것을 든 정종의 고수들을 움직였다. 정종의 고수들은 오랫동안 을몽검의 시중을 들어온 듯 을몽검의 작은 몸짓에도 그의 의도를 정확히 알아차리고 그가 지시하는 대로 움직였다.

무천향의 기후는 사시사철 봄과 같다. 사막의 한가운데 있으면서도 찌는 듯한 더위와 모든 것을 얼려 버릴 듯한 한파에서 벗어난 지형. 그리하여 사시사철 푸른 잎과 온화한 기온을 즐길 수 있는 곳이 또한 무천향이었다.

을몽검은 성해의 동쪽 언저리에서 햇빛이 반사돼 보석처럼 반짝이는 수면을 한동안 바라보고 있었다. 성해를 바라보는 그의 시선에는 아련한 우수가 깃들어 있었고, 머나먼 과거의 기억을 떠올리려는 듯한 눈빛을 하고 있었다.

'현재를 사는 사람의 눈빛이 아니다.'

을몽검과의 충격적인 대면 이후 한동안 그 충격에서 헤어나오지 못하던 파소도 어느덧 평상심을 회복하고 있었다.

돌이켜 보면 을몽검과 파소는 일면식도 없는 사이였다. 을몽검이 파소를 알고 있을 확률은 전무했다, 혹시라도 단보나 을지행이 그에게 파소의 존재를 밝히지 않은 이상은. 그런 생각들이 파소의 마음을 진정시키자 파소는 이제 을몽검을 좀 더 객관적인 눈으로 바라볼 수 있었다.

감정이 깃들지 않은 눈으로 봤을 때 을몽검은 살아 있는 사람이라고 보기 힘들었다.

그는 숨을 쉬었고, 몸을 움직였으며, 입을 열어 말을 했지만 그의 눈빛은 현재가 아닌 과거를 보고 있었다.

'저런 눈빛을 가진 사람이 어째서 그 순간엔 그렇게 강렬한 눈빛을 흘릴 수 있었을까?

파소가 다시 자신과 마주쳤던 을몽검의 눈빛을 떠올리며 살짝 몸을 떨었다.

"천봉으로……."

오랜만에 을몽검의 입이 열렸다.

"하지만 소천!"

순간 들것의 곁에서 소천 을몽검을 호위하던 다섯 명의 정종 고수 중 한 명이 만류하듯 나직하게 입을 열었다. 그러나 그의 말은 을몽검의 손가락이 세워지는 순간 멈춰졌다.

"가… 보자고."

을몽검이 힘겹게 말하자 만류하려던 정종 고수가 고개를 끄덕였다.

“뫼시겠습니다. 천봉으로 간다.”

정종 고수의 말이 떨어지자 다시 들것이 네 사람의 정종 고수에 의해 들려지고 일행은 성해를 따라 북쪽으로 이동하기 시작했다.

“이해할 수 없군.”

일정한 거리를 두고 소천 을몽검의 뒤를 따르고 있던 비량이 문득 나직하게 중얼거렸다.

“뭐가 말입니까?”

갑대 사조의 일원인 정천이 비량에게 물었다.

“소천 말일세.”

“……?”

“곧이라도 명이 다하실 듯하여 십이종회까지 열리지 않았던가? 그런데 비록 들것을 타고 움직이신다고 해도 상세가 들던 것과는 너무 다르지 않으신가.”

비량의 말에 정천이 고개를 끄덕였다.

“듣고 보니 그렇군요. 십이종회가 열릴 때는 수일 내 상을 치르는 것 아닌가 했었는데… 혹 회복하신 걸까요?”

“모르겠어. 만약 그렇다면 당연히 향 내에 소문이 돌았을 것인데…….”

“그렇다면 회광반조의 모습일지도…….”

정천의 말에 비량의 낯빛이 금세 어두워졌다. 정천의 말은 나름대로 일리가 있었다. 본래 죽어가는 사람에겐 목숨이 다하기 전 마지막으로 생을 정리할 기회를 하늘이 부여하지 않던가. 사람들은 그걸 회광반조라 부른다. 그러니 회광반조는 죽음의 예고라고 할 수 있었다.

그런데 정천의 말에 수긍하는 듯하던 비량이 잠시 후 다시 고개를 저었다.

"그것도 아닌 것 같아."

"어째서……?"

"아무리 회광반조로 기력을 잠시 되찾으셨다 해도 회광반조의 현상으로 외출을 할 수는 없는 일일세. 회광반조는 말 그대로 죽음의 시작이 아니던가. 그런 사람이 외출이라니… 더군다나 이미 소천께서 정종을 나서신 지 한 시진이 되어가지 않는가? 이건 예상보다 훨씬 긴 외출일세. 더군다나 천봉이라면… 근 반나절을 움직이시겠다는 건데."

비량의 반박에 정천도 수긍하는 듯 고개를 끄덕였다.

"조장님의 말씀을 듣고 보니 확실히 이상하군요. 그렇다면 역시 회복하신 걸까요?"

"글쎄… 어쩌면."

비량이 말꼬리를 흐리자 순간 정천의 표정이 묘하게 변했다.

"만약 일이 조장님 생각대로라면… 후후, 이건 정말 재밌어지겠군요."

"무슨 말인가?"

비량이 의아한 표정으로 정천에게 되물었다.

"그렇지 않습니까? 지금 향의 야심가들은 소천이 운명하시기만을 기다리고 있는데 이렇게 소천께서 회생하시면… 닭 쫓던 개 꼴이 되는 것 아닙니까?"

정천이 한줄기 비웃음을 담은 목소리로 말했다.

"사람 참, 말조심하게."

"흐흐. 뭐, 제가 틀린 말을 했습니까?"

"자네 말이 맞긴 하네만… 하지만 좋은 일만은 아닌 듯하군."

"무슨 말씀이신지……?"

"만약 자네 말대로 향의 야심가들에게 소천의 회생이 큰 걸림돌이 된다면 그 이후의 일을 누가 장담하겠는가?"

순간 정천의 표정이 딱딱하게 굳어졌다.

"설마… 정말 그걸 걱정하시는 겁니까? 이 무천향에서?"

정천의 음성이 조금 올라갔다.

"이쯤 되면 아닐 거라고 확신할 수도 없지. 어제의 무천향이 아니지 않은가?"

"하지만……?"

"조심하세. 우리 두 조의 위사가 동원된 이유가 있었던 듯싶으니……."

비량이 정색을 하며 말하고는 조금 속도를 높여 소천 을몽검과의 거리를 좁혔다.

파소는 비량의 뒤를 따르며 비량과 정천이 나누는 대화를 빠짐없이 듣고 있었다. 그리고 두 사람의 대화가 끝났을 때 왠

지 모를 서늘함이 파소의 전신을 훑고 지나갔다. 숙부 소천 을
몽검이 회생했다면 천행인 일이지만 그의 회생은 무천향에 또
다른 폭풍을 몰고 올지도 모르는 불씨였던 것이다.

　길이 서서히 가팔라지기 시작했다. 처음 무천향에 든 날 초
성관주 여상을 따라 올랐던 길이기에 낯설 것은 없었지만 왠
지 모르게 낯설게 느껴지는 산길이었다.
　‘뭐지? 이 느낌은…….’
　비량을 따라 소천 을몽검 일행의 뒤에 바싹 다가선 파소는
길의 경사가 가팔라지기 시작하자 왠지 모를 불쾌한 기분이
전신을 휘감는 것을 느꼈다.
　비 오기 전 끈적한 습기를 머금은 공기처럼, 어서 빨리 한바
탕 소나기가 내려 이 끈적함을 상쾌함으로 바꿔주었으면 하는
그런 느낌의 기운이었다. 그런데 이 불쾌한 느낌이 왠지 파소
에겐 낯설지 않았다.
　‘이 느낌… 그래, 그때 느꼈었지.’
　파소는 한순간 이 불쾌한 느낌이 과거 그에게 종종 찾아왔
던 느낌이었음을 깨달았다.
　단보와 천하를 떠돌던 시기. 그리고 홍안령 목장에서 목동
으로 살아가던 시기. 어린 파소에게 가장 두려운 적은 늑대였
다. 초원의 늑대들은 항상 양 떼와 말 떼를 공격하기 전, 혹은
파소와 단보가 모닥불을 의지해 초원에서 밤을 보낼 때 보이
지 않는 어둠 속에서 두 사람을 노려보며 항상 이런 기운을 흘

려냈었다.

'설마 무천향에 늑대가 있나?

파소가 고개를 갸웃거렸다. 무천향에도 숲과 계곡, 그리고 호수가 있었지만 사막 한가운데 위치한 곳이라 늑대와 같은 야성의 동물들이 살 곳은 아니었다. 하지만 지금 느껴지는 이 기운은 분명 늑대의 그것이었다.

"혹 이 숲에도 늑대 같은 맹수들이 있습니까?"

파소가 어느새 어깨를 나란히 한 비량에게 물었다. 그러자 비량이 황당하단 표정으로 파소를 바라봤다.

"지금 늑대라고 했나?"

비량의 되물음에 파소가 말없이 고개를 끄덕였다.

"이런 곳에 어떻게 늑대가 살겠나? 그런데 왜 그런 걸 묻는 건가?"

비량이 말도 안 된다는 듯한 표정을 지으며 말했다.

"글쎄요. 늑대의 기운 같은 것이 느껴져서……."

파소가 말꼬리를 흐렸다.

"늑대의 기운?"

"한때 양과 말을 친 적이 있지요. 그때 양 떼를 습격하기 전 늑대들이 흘렸던 기운이……."

비량이 어이없다는 표정으로 물었다.

"지금 그 기운이 이곳에서 느껴진다는 말인가?"

파소가 조금 겸연쩍은 표정으로 고개를 끄덕였다. 순간 비량이 실소를 흘려냈다.

"사람 참, 이곳엔 늑대 따윈 없네. 늑대는커녕 사람이 기르는 개도 흔치 않다네. 첫날이라 너무 긴장한 모양이군. 긴장할 것 없네. 또 설혹 늑대 따위가 있다 해도 걱정할 일은 아니지 않은가?"

하긴 늑대가 있다 해서 걱정할 것은 없었다. 이곳에 있는 사람 중 누구도 늑대의 공격에 목숨을 잃을 사람은 없었다. 이들은 모두 대무천향의 고수들이 아니던가.

파소 스스로도 자신의 불안감은 전혀 근거가 없다는 생각이 들었다. 늑대가 있을 무천향의 숲도 아니거니와, 있다 해도 걱정할 필요가 없는 상황이었다.

그러나 몸은 이성을 거부하고 있었다. 파소의 몸은 여전히 불쾌한 기운으로 인해 불안감 때문인지 잘게 떨리고 있었다. 그리고… 불안은 현실이 되어 나타났다. 단지 그 정체가 늑대가 아닌 늑대의 먼 친척이었다는 것이 다른 점일 뿐.

팟!

숲에서 뛰쳐나온 다섯 마리의 맹견은 마치 호랑이처럼 움직였다.

컹컹컹!

숲을 떨쳐 울리는 맹견들의 울음소리. 숲에서 뛰쳐나온 다섯 마리의 맹견이 네 사람의 정종 고수가 들고 있는 소천 을몽검의 들것을 향해 맹렬하게 돌진했다.

팟!

순간 을몽검을 호위하고 있던 정종 고수 중 다섯이 사방에서 달려드는 맹견들을 향해 신형을 날렸다. 동시 다섯 고수의 손과 발이 번개처럼 날아드는 맹견들을 타격했다.

퍼퍽!

묵직한 타격음이 일어나며 을몽검의 들것을 향해 달려들던 다섯 마리의 맹견이 허공으로 치솟았다.

털썩!

다섯 마리의 맹견이 어느 것이 먼저랄 것도 없이 땅 위에 나뒹굴었다.

크르르, 크르르!

땅 위에 나동그라진 맹견들이 맹수의 눈빛을 흘려내며 거칠게 으르렁거렸다.

"도대체 이게……."

위사들 중 누군가가 갑작스레 일어난 괴사에 나직한 신음성을 흘려냈다. 그러나 정작 맹견들을 제압한 정종 고수들이나 들것 위에서 장내에서 벌어지는 한바탕 소란을 지켜보는 을몽검은 아무 말이 없었다.

갑작스레 일어난 일에 놀라 입을 다문 것은 아니었다. 그들은 마치 예상했던 일이 일어난 듯한 표정을 짓고 있었다. 그런데 그 순간 들것 위의 을몽검이 흘려낸 말이 다시 한 번 위사들을 놀래켰다.

"계속 가지."

을몽검은 이 괴사를 겪고도 계속 천봉행을 지시하고 있었다.

“소천, 그만 돌아가심이……?”

들것 옆에서 을몽검을 호위하던 정종 무사들 중 가장 연장자로 보이는 오십대 후반의 사내가 조심스럽게 돌아갈 것을 권했다.

“크큭! 그럴 수는 없지. 여기까지 와서… 더군다나 을목, 그대가 곁을 지키고 있지 않은가? 계속 가.”

을몽검은 정종 고수의 권유를 거부했다.

“하지만…….”

“후후, 개가 무서워 무천향의 소천이 꼬리를 말았다면 그야말로 웃음거리가 되기 십상 아니겠나?”

을몽검의 목소리에서 강한 고집이 느껴졌다. 그러자 정종 고수도 더 이상 돌아갈 것을 권하지 않았다.

“계속 간다.”

돌아갈 것을 권하던 정종 고수 을목이 다른 정종 고수들에게 명을 내리자 들것을 든 네 명의 고수가 다시 걸음을 옮기기 시작했다. 동시에 앞서 다섯 마리의 맹견을 제압한 정종 고수들이 들것 앞으로 나서며 길을 열기 시작했다.

“이것들의 처리를 부탁하오. 물론 이 개들의 주인이 밝혀지기는 힘들겠지만 어쨌든 불미한 일이 벌어졌으니 조사는 해야지 않겠소?”

을몽검에게 돌아갈 것을 권했던 을목이 들것의 뒤쪽으로 걸어와 뒤따르던 위사들 중 갑대 일조장 원다송에게 말을 건넸다.

“알겠소이다.”

검산 출신의 갑대 일조장 원다송이 딱딱한 얼굴로 고개를 끄덕였다. 그리곤 일조의 조원 중 세 사람에게 명했다.

“그대들 두 사람은 이곳에서 맹견들을 지키고 있게. 그리고 자네는 지금 즉시 율전으로 가서 이곳의 상황을 알리게. 이 일은 결국 율사들의 몫일 테니까.”

“알겠습니다, 조장!”

명을 받은 일조의 조원 삼 인이 신속하게 움직이기 시작했다.

“우린 계속 갑시다.”

수하들에게 명을 내린 원다송이 비량을 보며 말하자 비량이 굳어진 얼굴로 고개를 끄덕였다.

“그럽시다. 이건… 아, 간단치가 않구려.”

비량의 말에 원다송도 말없이 고개를 끄덕였다. 그리곤 누가 먼저랄 것도 없이 서둘러 을몽검의 들것을 향해 신형을 날렸다.

‘개운치가 않아.’

한바탕의 소동이 지나갔지만 파소는 늑대의 기운에서 완전히 벗어나지 못하고 있었다. 늑대가 아닌 맹견의 공격으로 해소되었어야 할 이 불유쾌한 감정이 지속되는 이유를 도저히 알 수가 없었다.

일행의 속도는 일이 벌어지기 전보다 훨씬 빨라졌다. 을몽검이 탄 들것을 든 네 사람의 정종 고수는 나는 듯 산길을 달려 올라가고 있었다.

그렇게 이각여가 지나가 드디어 일행은 과거 파소가 초성관주 여상을 따라 올랐던 천봉 위에 올라섰다. 멀리 너른 분지 안에 펼쳐진 무천향의 풍경이 여느 때처럼 눈부신 태양 아래서 찬란하게 빛나고 있었다.

"좋군."

문득 파소에게 등을 돌린 채 들것에 앉아 있던 을몽검의 목소리가 들려왔다.

"내려보게들."

을몽검의 말에 정종 고수들이 들것을 땅 위에 내려놓았다. 순간 을몽검의 뒤를 따르던 위사들이 경악할 만한 일이 벌어졌다. 들것이 땅에 내려진 잠시 후 들것 위에 앉아 있던 을몽검이 조금씩 꿈틀거리더니 급기야 비틀거리는 몸으로 검을 지팡이처럼 짚은 채 들것 위에서 일어나는 것이 아닌가?

"이… 이게!"

정천의 나지막한 탄성이 파소의 귀에 들려왔다. 비록 입 밖으로 말을 흘려낸 사람은 정천이 유일했지만 다른 위사들도 놀라고 있기는 마찬가지였다.

"모두 놀라셨는가?"

문득 장난기 어린 을몽검의 목소리가 흘러나왔다. 동시에 을몽검이 신형을 돌려 그의 뒤에서 경악스런 시선으로 자신을 바라보고 있는 위사들을 바라봤다.

"소천, 이게 어찌 된 일이십니까? 정녕 회복하신 겁니까?"

일조 조장 원다송이 을몽검 앞으로 두어 걸음 다가서며 물었다. 그러자 을몽검을 호위하던 정종 고수들이 살짝 걸음을 옮겨 을몽검과 원다송 사이를 가로막았다.

"글쎄, 회복했다고 말하기는 좀 그렇고… 그저 눈에 보이는 정도일세."

"정말… 정말 다행스런 일입니다."

원다송이 얼른 포권을 취하며 말했다.

"다행이라……? 정말 그렇게 생각하시는가?"

을몽검이 병자 같지 않은 시선으로 원다송을 바라보며 물었다. 순간 곁에서 지켜보고 있던 파소는 한줄기 검기가 을몽검의 눈에서 뻗어 나와 원다송을 관통하는 듯한 느낌을 받았다. 옆에 있던 파소가 그 정도였으니 을몽검의 시선을 직접 받은 원다송의 충격이야 보지 않아도 알 수 있는 일이었다.

"어, 어찌 그런 말씀을 하시는지?"

"후후, 아닐세, 아니야. 이 을몽검의 생사에 워낙 많은 사람들이 관심을 두고 있어서 한 번 해본 말일세. 그중에는 내가 어서 죽기를 바라는 사람도 있을 것이고, 오래 살기를 바라는 사람도 있을 것이며, 또는 죽어도 적당한 때를 골라 죽기를 바라는 사람도 있겠지. 아, 물론 자넬 두고 하는 말은 아닐세. 그저 그렇다는 것이지. 하하하!"

을몽검이 호탕한 웃음을 터뜨렸다. 순간 파소는 을몽검의 웃음소리에 가슴이 시원해짐을 느꼈다. 워낙 강렬한 웃음소리

덕분이었을까, 일행을 둘러싼 나무들이 부르르 그 몸을 떨었다. 그런데 바로 그 순간!

쐐애액!

갑자기 소름 끼치는 파공음이 숲 속에서 일어나더니 그 소리의 메아리가 마치 실체가 있는 것처럼 순식간에 일행을 향해 덮쳐 들었다. 순간 마치 기다렸다는 듯 을몽검을 호위하는 정종의 고수들이 사방으로 뛰어올라 숲에서 날아드는 십여 대의 화살을 막아갔다.

차차창!

날카로운 충돌음이 터져 나오며 장내가 순식간에 전쟁터로 돌변했다. 그 와중에도 파소는 여전히 을몽검을 바라보고 있었는데 을몽검은 사방에서 자신을 향해 날아드는 화살 속에서도 아무 일 없다는 듯 태연한 신색으로 서 있었다.

'과연 병자인가?'

비록 어느 정도 기력을 회복했다고는 해도 을몽검은 사경을 헤매던 환자였다. 천봉에 오르면서도 들것에 겨우 몸을 의지해 온 사람이 아니던가. 그런데 지금 자신을 향해 강전이 빗발치듯 날아드는 것을 응시하고 있는 을몽검은 그동안 사경을 헤맸던 사람인가를 의심해야 할 만큼 강건해 보였다.

그의 두 발은 거목처럼 땅 위에 박혀 있었고, 허리는 꼿꼿했으며, 두 눈에선 차가운 한광이 흘러나오고 있었다. 누가 보아도 일대 고수의 풍모. 파소는 을몽검의 이 기이한 변화에 소름이 끼쳤다.

‘어쩌면 이 사람은 무천향의 고수들 모두를 속이고 있었는 지도…….’

파소의 마음속에 이런 의구심이 들고 있을 때 갑자가 지금까지 쏟아지던 강전들의 파공음과는 전혀 다른 파공음이 파소의 귀를 파고들었다.

지잉!

마치 쇠와 쇠가 마찰시키는 듯한 파공음. 그러면서도 그 소리가 무척 작아 사방에서 정종 고수들에 의해 만들어지는 격돌음에 파묻혀 거의 들리지 않을 정도의 파공음이었다.

‘뭐지?’

파소는 이 기이한 파공음을 듣는 순간 등골이 서늘해짐을 느꼈다. 이건 보통의 화살이 만들어내는 소리가 아니었다. 파소의 시선이 재빨리 파공음이 만들어지고 있는 방향으로 향했다.

팟!

순간 동쪽 숲에서 한줄기 빛 덩어리가 허공을 솟구쳤다.

‘저것이다!’

파소는 빛 덩어리를 보는 순간 그 빛 덩어리가 이 기이한 파공음의 주인이라는 사실을 알아챘다. 그리고 그 순간 파소의 손이 무의식중에 자신의 검을 잡아갔다.

윙!

빛 덩어리에서 나오는 파공음이 조금 더 강해졌다. 그러자 이젠 장내의 모든 사람들이 빛 덩어리의 존재를 눈치챘다. 그런데 바로 그 순간 빛 덩어리의 속도가 경악할 만큼 빨라졌다.

그그긍!

눈 깜짝할 사이에 을몽검의 머리 위 십여 장 높이에 도달한 빛 덩어리가 소름 끼치는 파공음을 만들어내며 을몽검을 향해 폭사했다.

"조심!"

누군가의 입에서 다급한 경고성이 터져 나왔다. 언듯 을몽검의 눈빛이 흔들리는 듯 보였다.

"핫!"

그 와중에 을몽검을 지키던 정종의 고수 중 최고수라 알려진 을목이 을몽검을 향해 떨어지는 빛과 거의 같은 속도로 빛 덩어리를 향해 뛰어들었다.

쾅!

순간 강력한 폭음이 터져 나오며 을몽검을 향해 내리꽂히던 빛 덩어리가 몇 조각으로 갈라져 사방으로 튀어나갔다. 빛 덩어리를 막아낸 을목의 신형은 어느새 그가 서 있던 곳에서 오 장여 떨어진 지점에 내려서고 있었다.

빛 덩어리를 막아낸 을목의 이 한 수는 그야말로 경탄할 만한 것이어서 장내의 모든 사람들 눈에 감탄의 기색이 떠올랐다.

지직!

그런데 그렇게 모두가 을목의 무공에 감탄하고 있는 그 순간, 파소의 귀에는 다시금 미세한 파공음이 들려왔다. 그리고

다음 순간,

"위잉!

다시금 허공에서 거친 파공음이 만들어지더니 놀랍게도 을목의 검에 의해 몇 개의 조각으로 부서져 허공으로 솟구쳤던 작은 빛 덩어리들이 일제히 을몽검을 향해 재차 쇄도하기 시작했다.

"앗!"

강호에 나가면 모두 절정고수란 소릴 듣기에 충분한 무천향 고수들의 입에서 거의 동시에 다급성이 토해졌다. 을몽검의 신형이 한순간 십여 개의 빛 덩어리에 완전히 노출됐다. 더불어 잠시 후면 십여 개의 빛 덩어리가 분명 을몽검의 몸을 산산조각 내버릴 터였다.

두 발로 굳건히 서 있는 을몽검의 모습에서 절대고수의 풍모를 느끼는 것은 파소만의 느낌일 뿐, 을몽검은 기실 이제 겨우 약간의 차도를 보이고 있는 환자일 뿐이었다. 그러니 그런 그가 상상치도 못할 기괴한 방식의 이 공격을 피해낼 수 있을 거라고는 누구도 생각지 못했다. 더군다나 그의 곁을 그림자처럼 지키던 을목 역시 지금은 그와 상당한 거리를 두고 있었다.

"아……!"

순식간에 빛 덩어리에 휩싸이는 을몽검을 바라보며 누군가 절망의 탄식을 흘려냈다. 그런데 바로 그 순간이었다. 어느 틈엔가 한 명의 신형이 십여 개의 빛 덩어리에 휘감기는 을몽검

의 신형을 낚아채며 다른 한 손으로는 검을 휘둘러 빛 덩어리
들을 막아내고 있었다. 파소였다.

차차창!

어지러운 파공음이 장내를 뒤흔들었다. 파소의 검에서 일
장 가까이 늘어난 검기가 어지럽게 허공을 휘저었고, 그 기운
에 밀려 을몽검을 향해 날아들던 십여 개의 빛 덩어리 중 일부
가 허공으로 비산했다. 그러나 십여 개의 빛 덩어리 중 세 개
의 빛 덩어리는 파소의 검기를 뚫고 파소와 을몽검을 향해 날
아들었다.

쿵!

파소의 발이 강하게 땅을 박찼다. 순간 파소의 신형과 파소
에게 감싸인 을몽검의 신형이 동시에 기이한 곡선을 그리며
허공으로 떠올랐다.

파팍!

그리고 두 사람의 신형이 허공으로 솟구치는 순간 그들이
있던 자리에 세 개의 빛 덩어리가 둔탁한 소음을 만들어내며
매섭게 꽂혀들었다. 그리고 장내에 심연 같은 고요가 찾아들
었다.

파소는 여전히 을몽검의 신형을 한 손으로 감싸 안고 있었
다.

'너무 가볍다.'

그가 들것에서 일어나 두 발로 땅을 딛고 섰을 때 파소는 그
에게서 절대고수의 풍모를 느꼈었다. 그의 기세는 산악같이

무거워 그가 병자라는 사실을 잊을 정도였다. 그런데 지금 파소의 손에 부축되어진 을몽검의 신형은 새털처럼 가벼웠다. 그리고 그제야 파소는 무천향의 소천이자 자신의 숙부 을몽검이 목숨을 기약할 수 없는 병자라는 것이 부인할 수 없는 현실임을 깨달았다.

스슥!

을몽검을 부둥켜안은 파소가 부유하듯 천천히 허공에서 내려와 땅 위에 내려섰다. 그러고도 파소는 을몽검에게서 손을 떼지 않았다. 만약 자신의 손을 떼면 을몽검이 그대로 쓰러져 버릴 것 같았기 때문이다.

"솜씨가 좋군. 쿨룩! 이젠 놓아도 되네."

파소가 땅 위에 내려서고도 자신을 놓지 않자 을몽검이 먼저 입을 열었다. 그러자 파소가 걱정스런 눈빛을 흘려내면서도 조심스럽게 을몽검에게서 손을 뗐다.

파소의 걱정과 달리 을몽검은 쓰러지지 않았다. 오히려 처음처럼 굳건한 모습으로 대지 위에 서 있었다.

"소천!"

어느새 다가온 을목이 그런 을몽검을 부축하려 했으나 을몽검이 을목의 손길을 밀어냈다.

"됐네. 걱정할 것 없네."

"들것에 앉으시지요?"

"후후, 쓰러지지 않을 테니 걱정 말게. 어떻게 만든 기회인데… 지금 쓰러지면 만사 공염불이지. 그나저나 흔적을 찾아보게.”

소천 을몽검의 말에 을목이 고개를 돌려 정종의 고수 몇에게 고개를 끄덕였다. 그러자 정종 고수 세 명이 재빨리 화살과 암기가 날아온 방향으로 신형을 날렸다. 그사이 사조장 비량이 땅에 꽂혀 있는 빛 덩어리의 잔재들을 들어 올렸다.

“기이하군요.”

비량의 말에 사람들의 시선이 비량의 손으로 향했다. 파소 역시 비량의 손에 들린 물건으로 시선을 돌렸다. 비량의 손에는 은빛 눈부신 세 조각의 암기가 들려 있었다. 조금 전까지 모든 사람들에게 빛 덩어리로 보이던 바로 그 물체였다.

“서로 이어지게 되어 있군. 모든 조각이 이어지면 륜이 되겠구려.”

어느새 다가온 원다송이 비량의 손에 들린 은빛 조각들을 보며 말했다.

“향 내에서 누가 이런 암기를 사용하겠는가?”

문득 전혀 죽음의 위협에서 살아난 사람 같지 않은 표정으로 을몽검이 물었다. 순간 원다송이 움찔하며 말을 더듬었다.

“서… 설마 향 내의 인물… 이”

“후후, 아니면 무천향에 외인이 들어왔다고 말하고 싶은 건가?”

을몽검이 약간의 조롱기가 깃든 음성으로 물었다. 그러자 원다송이 당황스런 표정을 지었다.

"그… 그것이……."

분명 무천향 내부의 인물이 을몽검을 공격하는 것보다 외부인이 무천향에 들어오는 것이 더 불가능한 일이었다.

"만약 외부인이 들어와서 저지른 일이라면… 그건 세 분 호천성들을 위험하게 할 수 있는 일이겠지. 위사들이 일을 제대로 하지 않았다는 말이 되니까. 더군다나 그 외인이 이 을몽검을 공격했다면 말일세. 후후, 이러거나 저러거나 자네들은 이 일을 저지른 자가 향의 내부 인물이기를 바라야 할 걸세."

그러다가 을몽검이 살짝 고개를 갸웃했다.

"아니군. 만약 내부인의 소행이라면… 후후, 이쯤 되면 무천향도 끝장이라는 말이 되는군. 아, 골치 아픈 문제야. 그저 내가 조용히 죽어주면 간단한 문제인데 이놈의 목숨은 또 왜 이리 질긴지. 하하하!"

을몽검이 커다란 웃음을 토해냈다. 파소는 을몽검의 웃음소리에서 짙은 허무감을 느꼈다. 그런데 그때 갑자기 웃음을 멈춘 을몽검이 파소를 향해 시선을 돌렸다.

"자네… 쓸데없는 짓을 했어."

순간 파소는 을몽검이 한 말의 진의를 파악하지 못해 당혹했다. 설마 자신이 느낀 것처럼 을몽검이 무공을 회복해 자신이 아니었다 해도 충분히 암기의 공격을 피했을 거란 의미일까.

"이 무천향엔 말이야, 내가 살아 있는 것보다 내가 죽기를 바라는 사람이 훨씬 많단 말일세. 자넨 그 사람들의 기대를 한 순간에 꺾어버린 거야. 후후, 그 원망을 어찌 다 감당할 셈인가?"

을몽검이 장난스레 물었다.

"제 일이니까요."

을몽검의 말을 이해한 파소가 담담한 목소리로 대답했다.

"자네 일이라?"

"전 무천향의 위사지요."

"크크… 그렇군. 자넨 무천향의 위사지. 하지만 무천향의 위사들 모두가 자신의 위험을 감수하고 날 구하진 않아. 팔은 어떤가?"

을몽검이 표정을 차분하게 가라앉히며 물었다. 언제부터인가 파소의 어깨에 희미한 혈선이 만들어지고 있었다.

"그저 살짝 스친 거라 아무렇지도 않습니다. 독도 없는 것 같고……."

"그렇군. 다행일세. 그나저나 자네 이름은 뭔가?"

"파소라고 합니다."

"파소? 들어본 것 같군. 얼마 전 은하의 계곡을 통과했다던 그 젊은이군."

"소천께서 제 이름을 알고 계실 줄은 몰랐습니다."

"후후, 자네 때문에 향에 작은 소란이 있었다는 걸 알고 있네. 누군가는 절대기재라고 하더군. 수십 년 만에 무선에 오를 기재라고 하기도 하고… 향의 노인네들이 자넬 잡기 위해 제법 분주하게 움직였다지? 오늘 실력을 보니 헛소문은 아니었군. 그래, 어디로 갔나?"

파소의 행선지까지는 확인하지 못한 모양이었다.

"죽림에 있습니다."

"죽림… 야망은 없는 인물이란 말이군."

을몽검이 살짝 미소를 지었다. 파소가 죽림을 선택했다는 것이 그의 마음에 든 모양이었다.

"나중에 한 번 따로 만나세."

"영광이지요."

"하하, 영광까지야. 죽어가는 목숨이라도 구명지은을 입었는데 어찌 그냥 있을 수 있을까? 내 사람을 보내겠네."

"기다리겠습니다."

파소가 가볍게 고개를 숙여 보였다. 을몽검이 그런 파소를 깊은 눈으로 한 번 보고는 고개를 돌려 을목을 찾았다.

"그만 가지."

"알겠습니다, 소천!"

을몽검의 입에서 돌아가자는 소리가 나오자 을목의 표정이 밝아졌다. 아무래도 이런 상황에서 을몽검을 수행하는 것이 적지 않은 부담인 모양이었다.

"돌아간다. 소천을 뫼셔라."

을목의 입에서 명이 떨어지자 들것을 들었던 사 인의 고수가 재빨리 을몽검 곁으로 다가왔다. 그리고 을몽검이 들것에 몸을 누이자 재빨리 들것을 들고 산길을 따라 내려가기 시작했다.

"풍파(風波)가 일겠군."

정종 고수들의 뒤를 따라 걸음을 옮기면서 원다송이 어두운 낯빛으로 중얼거렸다.

"풍파 정도겠는가? 아마도 한동안 무천향이 폭풍에 휘말릴 걸세."

비량이 고개를 저으며 말했다.

무천향 위사로서의 첫날을 기괴한 사건으로 보낸 파소가 다음날 아침 모옥에 돌아갔을 때 석청은 의관으로 나갈 준비를 하고 파소를 기다리고 있었다.

"괜찮아요?"

파소를 보자마자 석청이 걱정스런 표정으로 물었다.

"기다렸어요?"

"당연하죠. 다쳤다는 소릴 들었어요."

그러자 파소가 어깨 어림의 상처를 보여주며 말했다.

"별것 아니에요. 치료도 필요없을 정도의 상처예요. 그런데 소문 참 빠르네요."

"소천의 상세는 의관에서도 가장 중요한 관심사니까요. 그런데… 그렇게 강한 자들이었나요?"

석청이 여전히 걱정스런 표정으로 물었다. 한편으로는 이해가 가지 않는다는 표정이기도 했다.

"무슨 말이에요?"

“당신의 무공은 제가 알아요. 그런데 당신에게 상처를 입힐 정도로 강한 자들이었냐고요. 그곳에는 당신만 있는 것도 아니었잖아요. 당신을 목적으로 한 공격도 아니었고. 그런데 당신은 부상을 입었어요.”

석청의 말에 파소가 빙그레 미소를 지었다.

“이 상처는 없을 수도 있었어요.”

파소의 대답에 그제야 석청도 얼굴에서 걱정을 덜어냈다.

“역시 일부러 상처를 만든 거군요? 그럴 필요까지 있었나요?”

“어쩔 수 없었어요. 보는 눈이 많았다고요.”

“하지만 암기에 독이라도 묻었으면 어쩔 뻔했어요.”

석청이 따지듯 물었다.

“뭐, 이곳은 무천향이니 독에 죽을 일을 없지 않겠어요? 그리고 독에 중독되면 의관에 들어가 당신의 간호를 받을 텐데 그것도 나쁜 것은 아니죠.”

“풋, 정말 아무렇지도 않은가 보군요? 그런 농담을 하는 걸 보니…….”

“내 걱정은 말이요.”

“알았어요. 그럼 난 가볼게요. 늦었어요.”

“그래요. 다녀와요.”

파소가 고개를 끄덕이자 석청이 파소의 손을 한 번 잡아보고는 이내 모옥을 나섰다. 석청이 자리를 뜨자 딱히 할 일이 없어진 파소가 그대로 마루에 앉아 서서히 마루 깊숙이 파고

드는 햇볕에 몸을 맡겼다.

“팔자 좋구나.”

한동안 아침 햇살에 몸을 맡기고 있던 파소의 귀에 문득 단보의 목소리가 들렸다.

“오셨어요?”

파소가 얼른 일어나 주변을 살피며 단보를 맞이했다.

“보는 사람 없으니 걱정 말아라. 그리고 설혹 남의 눈이 있다고 해도 지금 네 행동이 오히려 사람들의 의심을 살 행동일 게다.”

단보의 말에 파소가 얼른 고개를 끄덕였다.

“그렇군요. 그런데 어쩐 일로……?”

“오면 안 되는 곳이냐?”

“그건 아니지만 남의 눈도 있는데…….”

“글쎄, 내 생각에는 앞으로의 일을 생각하면 우리가 좀 더 자주 만나는 게 좋을 것 같다만… 사람들에게는 내가 네 무공을 봐준다고 말해두면 될 것 같구나. 그렇게 말해두면 별 의심이 없을 것이다.”

“그럴까요?”

“아마도. 그나저나 괜찮은 거냐?”

“일부러 만든 상처예요.”

“짐작은 했었다. 네 실력을 알고 있으니. 그나저나 참으로 큰일이구나.”

단보가 한숨을 내쉬며 말했다.

"아무래도 간단히 넘어가지 않겠지요?"

"당연한 일 아니냐. 이런 일은 무천향 역사에 없었던 일이다. 감히 백주 대낮에 무천향의 소천을 기습하다니… 오늘 십이종회가 다시 열릴 것 같더구나."

"십이종회가요?"

"그래… 이 문제가 논의될 것이다. 음… 어쩌면 기회가 될지도 모르겠다."

"기회라면?"

"정종이 힘을 회복할 기회 말이다."

"무슨 말씀이신지?"

"향주께서 이 기회를 잘 이용하시기만 한다면 야망을 드러낸 자들의 머리를 누를 수 있을 것이다. 물론 그래 봐야 길지 않은 시간이겠지만……."

"그렇게 되는 건가요? 하지만 그보다 중요한 건 소천의 상세 아닌가요? 제가 보기엔 조금이라도 회복되고 계신 듯하던데……."

"그러면야 더욱 좋지만… 글쎄다. 그건 좀 지나봐야 알 것 같구나."

단보는 소천 을몽검이 천봉을 다녀왔음에도 그의 상세에 대해 확신을 갖지 못하는 모양이었다.

"참, 어쩌면 그분을 다시 만날지도 모르겠습니다."

"그분이라니?"

"소천 말이에요. 이번 일에 대한 답례로 초대하겠다고 하더군요."

"그렇더냐?"

"조만간 사람을 보내겠다고 하더군요."

파소의 말에 단보가 잠시 생각에 잠겼다가 고개를 끄덕였다.

"알겠다. 너와는 남이 아니니 만나보는 것도 나쁜 일은 아니지."

파소와 단보는 그 뒤로도 한동안 이야기를 나누다 헤어졌다.

그로부터 삼 일 후 소천 을몽검이 파소에게 사람을 보냈다.

第八章

어둠의 그림자

알싸한 약 냄새가 코끝으로 스며들었다. 향주전 가장 뒤쪽에 만들어진 후원. 후원 곳곳에는 약탕기를 올려놓은 화롯불이 줄지어 놓여 있었고, 흰색 적삼을 걸쳐 입은 의방의 의원들이 여럿 눈에 들어왔다.

"이쪽으로……."

잠시 멈춘 파소의 걸음을 정종 고수가 재촉했다. 파소가 정종 고수를 따라 아담한 건물의 안쪽으로 들어갔다. 오래된 집에서 나는 나무 향과 짙은 약 냄새, 그리고 묘한 어둠이 깔린 건물로 들어서자 하나의 큰 대청에 연해 있는 여러 개의 방이 파소의 눈에 들어왔다.

정종 고수는 그 방들 중 대청 북쪽에 연해 있는 가장 큰 방으로 파소를 안내했다.

'음…!'

정종 고수를 따라 방으로 들어서는 순간 파소가 내심 신음성을 흘렸다. 그의 눈에 들어온 소천 을몽검의 모습이 그가 생각했던 것과 너무도 달랐기 때문이다.

비스듬히 침상에 누워 있던 을몽검은 파소가 들어오자 그대로 침상에 몸을 누인 채 고개를 돌려 파소를 바라봤다. 여전히 눈빛은 형형했으나 그의 안색은 파소가 삼 일 전 천봉을 오르며 보았던 그 모습이 아니었다. 언제 죽어도 이상할 것 없어 보이는 핏기없는 얼굴, 형형한 눈빛만 제외하면 안쪽으로 푹 들어간 눈 주위의 검은 그림자들. 이건 결코 병세에서 회복된 자의 모습이 아니었다.

"이리 오게."

을몽검은 입을 여는 것조차 힘겨운지 숨을 헐떡이며 겨우 파소를 불렀다. 파소가 조심스런 발걸음으로 을몽검의 침상으로 다가갔다.

"놀랬는가?"

곁으로 다가온 파소의 당혹스런 표정을 읽었는지 을몽검이 빙긋 미소를 지으며 물었다.

"조금……."

"살아난 줄 알았는데 지금 보니 그게 아니지?"

"어찌 되신 건지? 혹 그날 무리를 하셨기 때문입니까?"

파소의 질문에 을몽검이 천천히 고개를 끄덕였다.

"여러 가지 이유가 있지만 그날 무리한 것은 맞네. 사실 천봉에 오르는 것 자체가 위험한 일이었지. 당시에 몸이 조금 회복되었던 것은 사실이네. 단지 천봉에 오를 만큼은 아니었던 게지."

"하면 정양을 하시면 다시 좋아지시겠군요."

"그러면 좋겠네만 아마도 그러긴 힘들 걸세. 난 여전히 죽어가고 있어. 그건 부인할 수 없는 사실이네. 물론 사람은 누구나 태어나는 순간부터 죽어가니 별로 아쉬울 건 없네만 가끔 좀 아쉽긴 하더군."

을몽검은 생각보다 진솔하게 파소를 대했다. 그건 이제 겨우 두 번째 보는 일개 위사에게 보일 수 있는 태도가 아니었다. 그럼에도 두 사람 사이에는 별반 어색한 기운이 없었다.

'역시 핏줄인가.'

파소는 스스럼없이 서로에게 말을 건네는 자신과 을몽검의 모습에서 새삼스럽게 그가 자신과 같은 피를 가진 사람이란 것을 떠올렸다.

"어쨌든 손님을 불러놓고 이렇게 죽은 듯 누워 있을 수만은 없지. 거기 있는가?"

을몽검이 문 쪽을 향해 누군가를 부르자 파소의 눈에도 익은 사람이 방 안으로 들어왔다.

"찾으셨습니까?"

을목이었다.

"음… 주단(朱丹)을 가져오게."

순간 을목의 눈이 흔들렸다.

"소천!"

을목의 입에서 완곡한 음성이 흘러나왔다.

"가져와. 그래 봐야 며칠 차이 안 난다는 걸 그대도 알고 있지 않은가?"

을몽검의 재촉에 을목이 잠시 망설이다가 어쩔 수 없다는 듯 방을 벗어났다. 그리곤 잠시 후 은 쟁반에 붉은색 단약을 담아 가지고 들어왔다.

"소천, 제 생각으로는……."

을목이 을몽검 곁에 다가서며 다시 입을 열었지만 을몽검은 을목의 말이 끝나기도 전에 손을 들어 그의 말을 막았다.

"알아. 하지만 약이란 건 필요할 때 먹으라고 만든 걸세. 지금은 그 약이 필요한 시간이야."

"이제 겨우 삼 일이 지났을 뿐입니다."

"조심한다고 내가 살 수 있겠는가?"

을몽검의 추궁에 을목이 입을 닫았다. 그런 을목을 힐끗 바라본 을몽검이 서슴없이 은 쟁반에 담긴 붉은색 단약을 집어 들더니 단숨에 입안에 밀어 넣었다.

"젠장, 쓰군."

을몽검이 입에 넣은 단약을 꾹꾹 씹어 먹으며 인상을 찡그렸다. 그런데 투덜거리며 단약을 씹어 삼키는 을몽검의 얼굴이 잠시 후 서서히 변하기 시작했다.

'이건!'

파소의 눈이 살짝 커졌다. 을몽검의 얼굴, 다 죽어가는 시체와 같던 을몽검의 얼굴에 생기가 돌기 시작한 것이다.

'영약인가, 마약인가?'

당연히 을몽검의 얼굴색을 변화시킨 것은 그가 삼킨 단약이었다. 그런데 강호에 존재하는 단약들 중 이렇게 사경을 헤매는 사람에게 급격한 생기를 불어넣을 수 있는 것이란 언제나 두 가지의 극단적인 종류로 나뉘어진다. 그중 하나는 전설적인 영약이라 불리는 것이고, 다른 하나는 몸의 정기를 크게 훼손하면서 일시적으로 사람의 심신을 각성하게 만드는 마약의 종류였다. 하지만 파소로선 을몽검이 삼킨 단약이 마약인지 영약인지 확인할 길이 없었다.

파소가 을몽검이 삼킨 환약의 정체에 대해 궁금해하는 사이 어느새 을몽검은 천봉에 오를 때 정도의 생기를 회복했다. 그리곤 침상에서 몸을 일으켰다.

"나가지."

"소천!"

을몽검의 말에 을목이 화들짝 놀라며 을몽검을 불렀다.

"그럼 이 귀중한 시간을 방 안에서 보내란 말인가? 사람 참 야박하군."

"하지만 소천!"

"괜찮아. 설마 놈들이 아무리 대담하다 해도 향주전에서 백주 대낮에 살수를 쓰겠는가? 그리고 후후, 만약 놈들이 공격해 온다면 그땐 이 친구의 제대로 된 실력을 알아볼 수 있겠지."

을몽검이 미소를 지으며 파소를 돌아봤다. 그러자 을목이 어쩔 수 없다는 듯 고개를 숙여 보였다.

"알겠습니다. 뫼시지요."

고개를 숙여 보인 을목이 재빨리 방을 벗어나며 서릿발 같은 명을 내렸다.

"준비하라. 소천께서 외출하신다."

소천 을몽검은 파소를 자신의 숙소에서 삼십여 장 떨어진 작은 숲으로 이끌었다. 숲은 정종의 전면에 위치한 향주전과 정종의 식솔들이 살아가는 마을의 경계에 위치해 있었는데, 숲이라기보다는 큰 정원이라 부르는 것이 어울릴 정도의 크기였다.

을몽검은 파소를 그 숲 앞쪽에 있는 오래된 소나무 아래로 이끌었다. 곳곳에 옹이가 말려들어 간 노송은 무성한 가지를 가지고 있어 제법 큰 그림자를 만들고 있었다.

"앉지."

미리 준비를 해놓은 것인지 아니면 본래부터 이곳에 있었던 것인지 노송 아래에는 세 개의 나무 의자가 놓여 있었는데, 을몽검은 그중 하나의 의자에 앉으며 파소에게도 앉기를 권했다. 파소는 그런 을몽검의 권유를 사양치 않고 낡은 나무 의자에 앉았다.

"어떤가?"

뜬금없이 을몽검이 물었다.

“……?”

“이곳 말일세.”

을몽검이 손을 들어 노송과 숲을 가리키며 말했다.

“좋군요.”

파소가 짧게 대답했다.

“훗, 재미없는 친구군.”

파소의 대답이 짧은 것을 탓하며 을몽검이 실소를 흘려냈다. 파소 역시 살짝 미소를 지었지만 그렇다고 달리 할 말도 없었다.

“내가 왜 자넬 이곳으로 데려왔는지 아는가?”

을몽검이 깊은 눈으로 파소를 보며 물었다. 그러나 파소가 을몽검의 심사를 알 리 없었다. 파소가 침묵을 지키자 을몽검이 그런 파소를 기이한 시선으로 바라보며 중얼거리듯 말했다.

“닮았어…….”

순간 파소의 내면에서 천둥 소리가 터져 나왔다. 그러나 파소는 내면의 요동을 전혀 밖으로 드러내지 않았다.

“제가 누구와 닮은 모양이군요.”

침착하기 이를 데 없는 파소의 대답에 을몽검이 천천히 고개를 끄덕였다.

“이곳엔 의자가 세 개 있네. 자네, 이 의자들이 얼마나 오래된 것인 줄 아는가?”

“글쎄요. 한 십여 년쯤……?”

“후후, 박하군. 이 나무 의자들은 모두 오십여 년 이상 된 것
들이라네. 이것들은 오십 년 전에도 이곳에 있었단 말일세.”

순간 파소의 눈에 살짝 놀람의 빛이 떠올랐다. 파소와 을몽
검이 앉아 있는 의자가 제법 오래되어 보이기는 했으나 반백
년이나 됐을 거라곤 전혀 생각지 못했던 것이다.

“이 의자들… 나에겐 무척 소중한 것들일세. 아니, 이 장소
가 그렇다고 해야겠지.”

을몽검이 파소에게서 시선을 돌려 아득한 눈으로 머리 위
무성한 가지를 드리운 노송을 바라봤다. 무천향의 중심, 성해
에서 불어오는 바람이 솔잎들을 동쪽으로 흔들고 있었다.

“자넨 말이야, 이 세 의자의 주인 중 한 명과 무척 닮았어.”

순간 다시 한 번 파소의 가슴에 진동이 일었다. 그리고 이번
엔 파소의 시선이 을몽검을 향했다.

“그가 누굽니까?”

“내 형님.”

을몽검이 짧게 대답하고는 시선을 무천향 중심에 있는 성해
로 돌렸다. 잔잔한 성해의 수면이 눈부시게 반짝이고 있었다.

“형님이시라면……?”

파소가 말꼬리를 흐렸다.

“초성관에서, 아니면 죽림에서 들었겠지? 내겐 형님 한 분
과 여동생 한 명이 있네. 여동생은 선동에 든 지 오래됐고, 형
님은… 죽었지. 자네도 알고 있겠지?”

파소는 부인하지 않았다.

"알고 있습니다."

"후훗, 역시 정종의 권위, 아니, 무천향주의 권위가 많이 떨어졌어. 아니, 이젠 그 권위 같은 것은 없다고 봐야 하는 걸까? 이제 갓 무천향에 들어온 사람이 향주의 엄명으로 금해진 과거사에 대해 이미 알고 있다니… 크크크. 아, 자넬 탓하고자 한 말은 아닐세. 물론 자네에게 그 이야길 한 사람을 탓하는 것도 아니고. 단지 변해가는 무천향에 대한, 그리고 그 무천향의 소천이라는 허황된 명예욕에 사로잡혀 있던 나 자신에 대한 비웃음일 뿐이니까. 자넨 말이야, 시기를 잘못 타고 들어왔어."

이건 또 무슨 말입니까, 하는 표정으로 파소가 을몽검을 바라봤다.

"만약 자네가 오십 년 전에만 이 무천향에 들어왔어도 자넨 무선에 오를 수도 있었을 걸세. 자네의 기도, 자네의 눈빛, 그리고 천봉에서 보았던 자네의 무공. 후후, 일부러 어깨에 상처를 만들기까지 하는 그 무공 말일세. 참 대단했네."

순간 파소의 등에서 식은땀이 흘러내렸다. 그토록 조심했건만 을몽검은 이미 파소가 일부러 암기에 스쳐 상처를 만들었다는 것을 알아챘던 것이다.

"후후, 걱정 말게. 자네가 왜 스스로 몸에 상처를 만들었는지 묻지 않겠네. 어차피 그런 걸 따지기엔 내게 남은 시간이 그리 많지 않아. 또 이따위 무천향이야 어떻게 되든 별 상관없고. 아버님이야 아들의 목숨을 포기하면서까지 지키려 한 곳이지만… 물론 나도 과거엔 이런 사람이 아니었네. 누구보다 무천향을 지키고 싶었던 사람이지. 아니, 지키고 싶은 것이 아니라 내 손에 넣고 싶었다고 해야겠지. 그런데 죽음이란 놈을 곁에 달고 사니 생각이 좀 달라지더군. 이젠 이따위 무천향이라면 없는 게 나을지도 모르겠단 생각이야. 또 그런 무천향의 향주가 되고 싶어했던 예전의 내가 우습기도 하고. 흐흐흐…….”

“왜 이런 말씀을 제게 하시는지……?”

어느새 침착함을 되찾은 파소가 물었다. 그러자 을몽검이 다시금 깊은 눈으로 파소를 바라보며 물었다.

“왜냐고……? 난 이 이야기를 그에게 꼭 하고 싶었거든. 자네가 닮았다는 내 형님 말이야. 그런데 그는 이미 죽고 없으니 어쩌겠는가? 그와 닮은 자네에게라도 해줘야지.”

“전 그저 닮을 사람일 뿐이지 않습니까?”

“정말 닮은 사람일 뿐인 건가?”

“무슨…….”

“후후, 아닐세. 그저 지나가는 말로 해본 소리야. 신경 쓰지 말게. 난 그저 형님을 닮은 자네와 이곳에 와보고 싶었네. 이곳은 형님과 나, 그리고 선동에 든 누이가 어린 시절 함께 놀던 곳이라네. 함께 무공을 익히고… 또 여러 가지 이야기들을 나누었지. 후후, 누구나 어린 시절의 기억은 이렇게 아름다운 것일까?”

‘그렇지 않은 사람도 있지요.’

파소가 내심 을몽검의 말에 대답했다. 파소 자신의 어린 시절은 결코 아름답다고 할 수 없었다.

“뭐, 죽은 사람 대신이라고 기분 나빠하지는 말게나. 자네에게도 따로 하고 싶은 말이 있어 부른 것이니…….”

“하문하십시오.”

“함께 오래 있기 싫은 모양이군.”

“그런 것이 아니라…….”

“후후, 뭐, 당연한 일이지. 나와 같이 시체와 같은 사람, 더군다나 괴팍한 인간과 누가 함께 있고 싶어하겠는가? 그런데 어쩌지? 난 자네에게 좀 특별한 제안을 하려는데…….”

“제안이시라면?”

파소의 눈에 호기심이 드리워졌다. 도대체 이제 겨우 두 번째 보는 자신에게 을몽검은 무슨 제안을 하려는 것일까? 물론 어찌 보면 파소는 그의 생명에 은인이지만 그건 무천향의 위사로서 당연히 할 일을 한 것이었다. 더군다나 소천 을몽검이 생명의 은혜 같은 것에 연연할 사람 같아 보이지도 않았다.

“자네… 내 곁에 좀 있어주겠나?”

너무도 갑작스런 제안에 파소가 어리둥절한 표정을 지었다. 도대체 이 괴팍한 숙부는 자신에게 무슨 제안을 하고 있는 것인가.

“이해가 가지 않습니다만…….”

“말 그대로일세. 내 곁에서 날 지켜주었으면 해서 말일세.”

“하지만 이미 정종의 고수들이…….”

“물론 그들이 있긴 하지. 하지만 결국 천봉에서 내 목숨을 구한 사람은 자네가 아니던가?”

"향에는 노련한 고수들이 많습니다."

파소가 정색을 하며 말했다.

"물론 향에는 노련한 고수들이 많지. 하지만 믿을 만한 고수들은 적네."

을몽검의 말에 파소가 고개를 갸웃했다.

'의외로 소심한 성격인가?'

을몽검의 말대로라면 그는 정종의 고수조차 믿지 못한다는 말이었다.

"절 믿으십니까?"

파소가 불쑥 질문을 던졌다. 그러자 을몽검이 빙긋 미소를 짓다가 웃음을 흘리며 입을 열었다.

"솔직히 말하면 반반이라고 할 수 있지. 자네는 이제 갓 무천향에 들어온 사람이니 이 무천향에서 벌어지고 있는 음울한 음모에 발을 들여놓지 않았을 거란 기대는 하고 있네. 그러기엔 자네가 무천향에 머문 시간이 너무 짧았으니까."

"오직 그 이유 때문입니까?"

"꼭 그 이유만은 아닐세. 솔직히 말하자면 난 무공에 관한 자네의 능력을 높이 사고 있네. 자넨… 그저 미래가 기대되는 젊은이 정도가 아니지."

"그래 봐야 무인들의 고향이라는 이 무천향에서는 미천한 재주일 뿐이지요."

"후후, 그렇지 않을걸? 내가 말이야. 죽을 날만 기다리는 병자지만 내 눈은 아직 멀쩡하다네. 난 자네 말대로 무인들의 고향이라는 이 대무천향의 소천이란 말일세. 자넨… 잠룡 그 이상이야."

을몽검의 눈에서 한줄기 서늘한 빛이 흘러나와 파소를 눈을 관통했다. 순간 파소는 다시금 그에게 자신의 모든 것을 드러낸 듯한 느낌에 몸을 떨었다.

"난 자네가 어쩌면 이미 검산무벽에 검혼을 남길 수 있는 능력을 가지고 있는 것 아닌가 하는 그런 생각이 들어."

을몽검의 말에 파소는 부인도, 긍정도 하지 않았다. 그는 그저 조금 차가워진 눈으로 을몽검을 바라볼 뿐이었다.

"하하하, 뭐, 긴장할 것 없네. 자네에게 그런 능력이 있든 없든 그게 중요한 건 아니니까. 그리고 사실대로 말하자면 자네가 내 제안을 받아들이든 아니든 자넨 내일부터 나와 함께 있게 될 걸세."

"무슨 말입니까?"

"향주께 부탁을 했어. 위사들 중 갑대 사조를 내 곁에 머물게 해달라고 말이야. 향주께선 승낙하셨네. 물론 지금 열리고 있는 십이종회의 추인도 받았을 거네. 대무천향 소천의 목숨을 노리는 자가 있는데 그 누가 사조가 내 곁을 지키는 걸 반대하겠는가?"

순간 파소는 한편으론 짙은 실망감을 느꼈다. 이미 일을 그렇게 만들어놓고 자신을 불러 이런 식으로 마음을 떠보는 을몽검의 행동이 유쾌하지 않았던 것이다.

파소의 표정을 읽었을까? 을몽검이 변명하듯 말했다.

"하지만 자네에겐 미리 말해두고 싶었네. 왜냐하면 내가 사조의 호위를 받겠다고 한 것은 바로 자네 때문이니까."

"제가 싫다고 해도 사조의 호위를 원하실 겁니까?"

"뭐, 일단 이미 십이종회에서 논의되는 일이니 우리 두 사람의 의견은 그리 중요치 않을 걸세."

"치밀하시군요."

마뜩찮은 파소의 목소리에도 을몽검의 표정은 변화가 없었다. 어찌 보면 능글맞은 모략가의 풍모도 드러내는 을몽검이었다.

"머리 잘 쓴다는 말은 오래전부터 들었네. 을씨 가문의 후손답지 않게 말이야."

"그런가요?"

"난 본래 무천향의 소천이 되기엔 성정이 적합하지 않은 사람이지. 소천이 되기엔 너무 세속적이라고 할까? 나쁘게 말하면 음흉하고 욕심이 과한 편이었지. 그게… 한이 될 줄은 몰랐네."

파소가 을몽검이 하는 이야기를 모두 알아들을 수는 없었다. 그의 과거를 모르는 이상 그에게 어떤 일들이 일어났는지 짐작할 수 없었다. 그러자 갑자기 파소의 마음속에 자신의 숙부, 을몽검에 대한 호기심이 새삼스레 솟아났다. 이 병든 숙부는 자신의 형이 죽은 후 무천향의 소천으로서 어떤 삶을 살아온 것일까.

'어두운 기운이 느껴져… 그 어둠의 정체를 알고 싶군.'

　이런 생각이 떠오르는 순간 파소는 마음으로 을몽검의 곁을 지키기로 결심했다. 어쩌면 을몽검에게서 느껴지는 어둠은 무천향 전체에 깔려 있는 암운과 깊은 연관이 있을 수도 있었다. 파소는 숙부 을몽검의 어둠이 자신의 찾고자 하는 무천향의 과거, 자신의 아버지가 죽음에 이른 그 사건과 연결되어 있을 것 같은 강한 예감에 휩싸였다.

　"곁에 있겠습니다."

　파소가 짧게 입을 열었다. 순간 쓸쓸한 기운에 잠겨 있던 을몽검의 얼굴이 밝아졌다.

　"그래 주겠나?"

　"이미 결정된 일이라고 하시니……."

　"후후, 그래도 이렇게 승낙의 말을 들으니 마음은 편하군. 아마도 십이종회가 끝나면 연락이 갈 걸세."

　"그때 뵙지요."

　"기다리겠네."

　을몽검이 병자 같지 않은 환한 미소로 고개를 끄덕였다.

　"그럼 오늘은 이만 물러가겠습니다."

　파소가 을몽검에게 가볍게 고개를 숙여 보인 후 노송의 그늘을 벗어났다. 을몽검을 수행하는 정종 고수 중 하나가 재빨리 파소의 앞에 나서 길을 안내하기 시작했다.

　"어찌 보았나?"

　파소가 멀어지자 문득 을몽검이 곁에 다가온 을목에게 물었다.

"닮았군요."

을목이 대답했다.

"그렇지?"

을몽검이 고개를 끄덕였다.

"하지만 그 아이일 거라고는……."

을목의 말에 을몽검이 고개를 저었다.

"아니, 다른 사람은 절대 알 수 없겠지만 난 알지. 난… 알 수 있네. 그의… 형님의 아이라는 것을… 을밀부의 적통에게는… 음……."

"소천……!"

"업인 게야. 제기랄!"

을몽검이 나지막이 욕설을 흘려냈다.

"소천의 호위?"

모옥으로 돌아온 파소에게서 소천 을몽검의 호위를 맡게 되었다는 소리를 들은 단보가 놀란 표정으로 파소를 바라봤다.

"네."

"하겠다고 했느냐?"

단보의 물음에 파소가 고개를 끄덕였다.

"위험하다."

단보가 단호하게 고개를 저었다.

"문제가 있나요?"

파소가 묻자 단보가 난처한 표정을 짓다가 어렵게 입을 열었다.

"두 가지 문제가 걱정되는구나."

"두 개씩이나 문제가 있습니까? 어떤 문제들이죠?"

파소가 의외라는 듯 호기심을 드러내자 단보가 얼른 대답을 하지 못하고 잠시 말을 아끼다가 결국 한숨을 내쉬며 대답했다.

"어차피 결정된 일이겠지?"

"제가 거절해도 이미 향주께서 받아들이셨고, 지금 열리고 있는 십이종회에서 추인될 거라더군요."

"그렇다면 네 의사와는 상관없이 결정된 일이군. 휴……."

"무슨 문젠데 그러세요?"

"오냐. 어차피 결정된 일이니 너도 알고 있어야겠지. 먼저 가장 큰 문제는 그의 곁에 있다 보면 그가 네 정체를 알아챌 수도 있다는 것이다."

"그야 제가 조심하면……."

"아니, 조심한다고 해결될 문제가 아니다. 과거 네 아버지에게 듣기로 을씨 가문, 을밀부의 적통에게는 감출 수 없는 기운이 있다고 했다. 물론 보통 사람은 알아볼 수 없지만 을밀부의 주인들은 그 기운으로 자신의 혈육을 알아볼 수 있다고 했었다. 만약 소천이 향주께 그 기운을 읽는 법을 전수받았다면……."

을몽검의 말에 파소는 등골이 서늘해짐을 느꼈다. 을몽검이 그에 대해 보인 관심들, 어찌 보면 집착에 가까운 그 관심들은

어쩌면 이미 그가 파소 자신의 정체를 알아챘기 때문일지도
몰랐다.

'그 눈빛!'

파소는 을몽검을 수행해 천봉에 올랐던 그날 을몽검이 자신
을 보는 순간 보였던 그 눈빛이 떠올랐다.

"어쩌면……."

파소가 낯빛을 굳히며 중얼거리자 단보가 근심 어린 표정으
로 물었다.

"왜 그러느냐?"

"어쩌면 이미 소천이 제 정체를 알 수 있을지도 모른다는 생
각이 드는군요. 아니, 그것보다도 그럼 향주께선……?"

"네게 말을 안 했지만 아마도 알고 계실 게다. 그리고 솔직
히 말하자면, 애초부터 향주께서 네 존재를 모를 거란 생각은
하지 않았다. 네가 부담스러워 할까 봐 말을 안 했을 뿐이지.
왜냐하면 다른 사람들은 어떻게 생각할지 모르지만 향주께는
무서운 눈이 있으니까."

"무서운 눈이라시면……?"

"향의 다른 사람들은 향주의 성정을 유약하다고 하시지만
그건 사람들이 향주님을 잘 몰라서 하는 소리다. 향주께선
무서운 분이시다. 그분 곁에는 무천향의 모든 것을 살피고
있는 눈들이 있다. 난 오래전부터 그 눈들의 존재를 알고 있
었다. 물론 네 아버지로부터 전해 들었기 때문이지. 해서 어
쩌면 그 눈들 중 하나가 날 보고 있는지도 모르겠다고 생각

하고 있었다.”

“왜 어르신을……?”

“그야 당연한 일 아니겠느냐? 내가 그분의 손자를 맡았는데…….”

“그분이 버린 혈육 아닙니까?”

“그게 중요한 건 아니지. 어쨌든 네가 그분의 손자란 사실이 중요한 거지. 아무튼 향주께서 네 존재를 알고 있을 거란 생각은 이미 하고 있었다. 더군다나 지난번 널 만났으니 이제는 확실히 알고 계시겠지.”

“향주께서 알고 계시다면 소천께서 아는 것이 큰 문제가 되진 않겠군요.”

“그건 그렇지가 않다.”

단보가 심각한 표정으로 고개를 저었다.

“왜죠?”

“음… 그건 말이다.”

단보가 쉽사리 입을 열지 못했다. 하지만 영원히 입을 닫고 있을 수도 없는 노릇인지라 단보가 결국 입을 열었다.

“그건 네 아버지의 죽음에 소천이 혹여라도 관여되어 있을까 하는 생각 때문이다. 만약 그렇다면 소천이 네 정체를 아는 것은 무척 위험한 일이다.”

“설마……?”

파소가 강하게 고개를 저었다. 세속도 아니고 이 무천향에서 설마 그런 일이 일어났을 거라곤 생각할 수 없었다. 아니,

파소는 소천 을몽검이 자신의 부모에게 일어난 그 사건에 관여되었을 거란 의심 자체를 받아들이고 싶지 않았다.

"물론 이건 그저 예상에 지나지 않는다. 하지만 어쨌든 네 부친이 죽음으로써 그는 무천향의 소천이 되었다. 표면적으로는 가장 이득을 본 사람이지. 그리고 네 부친과 달리 현 소천이 결코 세상의 권력에서 자유롭지 않은 성정이란 건 무천향의 모든 무인이 아는 사실이었다. 더불어 을밀부에 어울리지 않게 귀계에도 능한 사람이지. 그리고… 아니다. 그것까지 들먹일 필요는 없겠지."

단보가 뭔가 말하려다 이내 입을 닫았다.

"그것만으로 그분을 의심할 순 없지요."

"물론 그렇다. 하지만 어쨌든 그가 네 부친이 죽어갈 때 어떤 역할도 하지 않았다는 것은 분명하다. 난 그와 제법 친분이 있었지만 그 이후 그와 얼굴을 대면한 적이 없었다. 또한 지금 그가 죽어가고 있지만 그에게 일말의 동정심도 느끼지 못하겠구나. 그 자신이 만든 일이 아니라도 형의 죽음을 방관한 그에게 내가 줄 동정심 같은 것은 없으니까."

단보가 그답지 않게 짙은 적의를 드러냈다. 파소는 단보의 적의 앞에 침묵을 지킬 수밖에 없었다. 단보의 적의는 파소 자신의 부모에 대한 애정의 다른 모습이기 때문이었다.

둘 사이에 무거운 침묵이 잠시 동안 흘렀다. 그리고 먼저 입을 열은 것은 단보였다.

"일을 처리함에 있어선 냉정함이 최우선이다. 내가 네게 향

주가 네 존재를 알고 있을 거란 말을 전하지 않은 것도 네가 냉
정함을 잃을까 걱정해서였다. 내가 무슨 말을 하고 싶은지 알
겠느냐?"

단보의 말에 파소가 고개를 끄덕였다.

"조심하지요."

"오냐. 널 믿겠다."

*　　　*　　　*

소천 을몽검의 회복과 천봉에서 일어난 누군가의 습격은 무
천향에 일대 파란을 일으켰다. 죽어가던 소천이 회생의 기미
를 보인다는 것은 경사스런 일이었지만 향의 권력을 꿈꾸는
자들에겐 청천벽력과도 같은 소식이었다.

소천이 죽으면 수백 년 이어온 을씨 가문의 향주 자리가 검
산무벽에 검흔을 남기는 사람의 손에 넘어가게 되어 있다는
것은 공식적인 발표가 없었지만 무천향의 모든 사람들이 알고
있는 사실이었다.

그 사실이 알려진 후 얼마나 많은 후기지수들이 꿈틀거리는
야망을 가슴에 품고 자신의 무공을 점검했던가. 그런데 소천
을몽검이 회생할 수도 있다는 소식은 그런 후기지수들의 꿈을
한순간에 산산조각 내는 사건이었다.

하지만 이런 문제는 머릿속에서나 고민될 문제였다. 반면
소천에게 일어난 또 하나의 사건은 무천향을 직접적으로 강타

하는 폭풍을 일으키고 있었다.

소천에 대한 기습. 수백 년 무천향 역사에서 향의 소천이 공격당한 경우는 없었다. 그건 기습 자체보다도 무천향이 암투의 소용돌이 속으로 빠져 들어가고 있다는 의미기에 더 큰 충격이었다.

천하 무인들의 고향 무천향, 그 무천향에 사는 사람들은 세속의 영리에서 벗어나 순수한 무도를 추구하기 위해 모인 사람들이었다. 그들에게 순수한 무도의 추구와 무선을 향한 정진은 숙명이자 세상과 동떨어져 살아가는 자신들의 삶을 지탱하게 해주는 이유였다. 그런데 지금 그 절체절명의 명제, 순수한 무도를 추구한다는 무천향의 정신이 흔들리고 있었다.

대무천향의 소천이 습격당하는 이 마당에 어찌 무천향을 순수하게 무도를 추구하는 자들의 고향이라고 할 수 있을 것인가?

당연히 십이종회가 소집되었다. 그리고 사람들의 시선은 십이종회가 열리는 향주전에 고정되었다. 이 초유의 사건에 직면한 향주와 십이종성은 어떤 결론을 내릴지, 그리고 그것이 향후 무천향의 역사에 어떤 식으로 영향을 끼칠지 무천향의 무인들은 두려운 마음으로 십이종회의 결정을 기다리고 있었다.

그리고 그 와중에 파소가 속한 갑대 사조의 고수들은 위관이 아닌 소천의 처소로 향하고 있었다.

"영, 내키지 않는군."

사조의 일원인 검산 출신 무악은 계속해서 불평을 쏟아내고 있었다.

본래 무천향의 위사는 거의 대부분 죽림 출신의 무인들이었다. 정종의 고수는 거의 찾을 수 없었고, 검산의 고수 또한 가뭄에 콩 나듯 눈에 띄는 정도였다. 그건 곧 무천향의 위사 일이 전통적으로 무천향 고수들이 꺼려하는 일임을 증명하는 것이었다.

그 와중에 검산 출신으로 위사 일을 하고 있는 무악이니 무척 특이한 성격이거나 혹은 검산에서의 비중이 거의 없는 존재라고 할 수 있었다. 그러나 사조의 고수 다섯 중 오직 자신만이 검산 출신이란 자존심 때문인지 가끔 무악은 조장 비량의 명에도 거부감을 드러내곤 했다.

"마음에 안 들어도 어쩌겠소, 명이 내려온 것을!"

비량이 입을 다물고 있자 정천이 무악을 달래듯 말했다.

"아무리 명이라도 언제부터 향의 위사들이 개인의 호위를 맡게 되었단 말이오? 위사들의 임무는 향을 지키는 것이지 누군가의 호위를 맡는 것이 아니지 않소이까?"

무악이 따지듯 물었다. 그러자 지금까지 무악의 불평을 듣고 있던 비량이 차가운 목소리로 입을 열었다.

"대무천향의 소천이 무천향 내에서 습격을 당하는 상황이오. 그런 불평 늘어놓을 때가 아니오."

"지금 내가 틀린 말을 했다는 거요?"

무악이 조장 비량에게 대들 듯 말했다. 그러자 비량의 눈썹이 한차례 꿈틀거렸다. 그동안은 검산 출신인 무악의 자존심을 생각해 그의 모난 행동을 그냥 넘어가 주었지만 오늘은 그럴 상황이 아니었다. 누군가 소천의 목숨을 노리고 있고, 사조는 그런 소천의 안위를 지키기 위해 움직이고 있었다.

"만약 그게 불만이라면 지금 즉시 일을 그만두시오. 내가 청한다면 세 분 호천성께서도 승낙하실 것이오. 어쩌시겠소? 지금 당장 위사 일을 그만두시겠소? 아니면 그 입 그만 다무시겠소?"

순간 무악이 당황한 얼굴로 비량을 바라봤다. 지금껏 비량이 자신에게 이런 식으로 말을 한 경우가 없었다. 자신이 조금도에 지나치는 행동을 해도 언제나 감싸듯 넘어가는 비량이 아니었던가. 그런데 지금 자신을 추궁하는 비량의 모습은 지금까지완 전혀 다른 사람 같았다. 비량은 여전히 차가운 시선으로 무악의 대답을 기다리고 있었다.

"이… 이만한 일에 어찌 위사 일을 그만두겠소이까."

무악이 한층 기가 꺾인 표정으로 대답했다.

"좋소이다. 그럼 이제부턴 말을 조심해 주시오. 무 대협도 말했지만 우인 지금 대무천향의 소천을 호위하러 가는 길이오. 실수가 있어서도 안 되겠지만 우리가 머무는 곳이 정종이라는 사실을 잊어서는 안 되오. 비록 정종의 권위가 예전 같지 않다지만 그래도 정종은 무천향의 기둥이오. 정종에 대한 예의는 지켜야 할 것이오."

비량의 말에 무악이 불만스런 표정으로 대답했다.

"알겠소이다. 입 다물고 있겠소. 하지만 정종이라 해서 우리가 기죽을 이유가 뭐가 있겠소이까?"

"누가 기죽어 지내라고 했소이까? 그저 조심하란 말이오. 그만 갑시다."

다시 한 번 무악에게 핀잔을 준 비량이 서둘러 소천 을몽검의 거처로 향했다.

"어서 오시오."

비량이 이끄는 사조가 도착하자 을목이 소천의 처소 앞에 나와 사조의 위사들을 맞이했다.

"익숙치 않은 일이라… 많은 도움 바랍니다."

비량이 을목에게 정중하게 말을 건넸다.

"도움이야 우리가 받아야 하지 않겠소이까? 들어가십시다. 소천께서 기다리고 계시오이다."

을목이 사조를 안으로 들이면서 슬쩍 파소를 바라봤다. 파소는 을목과 이미 안면이 있었으므로 가볍게 고개를 숙여 보이는 것으로 인사를 대신했다. 그런 파소에게 을목도 역시 가볍게 고개를 끄덕여 보였다.

을몽검의 모습은 또다시 달라져 있었다. 을몽검은 자신의 처소 중앙에 있는 대청에서 일행을 맞이했는데, 안락한 의자에 앉아 있는 모습이 제법 기력을 회복한 듯 보였다.

'또 그 주단이란 약을 먹은 것일까?

파소는 이미 지난번 그를 만나러 왔을 때 그가 주단이라 불리는 붉은색 단약을 복용하고 기력을 회복하는 걸 보았었다.

"오서 오시게들. 쿨룩! 이런 못난 사람을 지키기 위해 향의 위사까지 동원하다니 미안하네."

"무슨 말씀을. 소천의 안위는 향의 모든 식구들의 책임이지요."

"클클, 그리 생각해 주면 고맙고. 이곳에서의 일은 을목 이 사람과 상의하도록 하시게. 나야 이렇게 앉아 있기도 힘든 사람이니……."

"좋아 보이십니다만……."

"그런가? 하긴 내가 죽기를 바라는 자들에게야 제법 위협을 줄 만큼 몸을 회복한 건 사실일세. 물론 그래서 자네들이 좀 더 피곤해졌지만 말이야. 하하하!"

을몽검이 호탕한 웃음을 터뜨렸다. 그의 웃음소리에선 병자의 기운을 느낄 수 없었다.

"곧 일의 배후가 밝혀질 것입니다."

비량이 굳은 표정으로 말했다.

"흐흠, 과연 그럴까? 내가 보기엔 그리 쉽지 않을 것 같은데?"

"십이종회가 열렸으니 대책을 내놓지 않겠습니까?"

"후후, 모르는 일이야. 그들 중에도 내가 죽기를 바라는 사람이 없다고 누가 장담하겠는가? 그리고 믿는 구석이 없었다면 누가 감히 날 공격했겠는가? 아마도 놈들은 단단히 준비를 했을 것일세. 그리고 그들은 분명 누군가 대단한 사람의 보호를 받고 있을 테고 말이야. 그나저나 그 맹견들의 조사 결과는 나왔는가?"

을몽검이 을목을 보며 묻자 을목이 고개를 저었다.

"율전에서 조사를 서둘고 있지만 아직 맹견들이 누구에 의해 길러졌는지 혹은 누구에 의해 무천향으로 반입되었는지 단서를 찾지 못했다고 합니다."

"그것 봐. 그런 놈들을 데리고 있자면 자연히 누군가의 눈에 띄었을 텐데… 후후, 그것들의 주인을 추적하는 일조차 제대로 이루어지지 않는다니, 놈들을 봐주는 배후가 만만치 않다는 말이 아니겠는가? 그것도 이 좁아터진 무천향에서 말이야. 후후후, 정말 갈 데까지 간 모양이군. 잘못하다간 한판 전쟁이 터질지도 모르겠어."

"어찌 그렇게까지……."

비량이 얼른 부정했지만 그의 표정 역시 밝지는 않았다.

"자네도 내 말이 그저 농이 아니라는 것은 잘 알 거야. 그리고 만약 전쟁이란 것이 터지면 향의 미래가 어찌 된다는 것도 알고 있을 테고 말일세. 후후후… 자, 난 좀 쉬어야겠네. 수고들 하시게."

을몽검이 심각한 말을 농담처럼 던지고는 좌우로 고개를 돌리자 뒤쪽에 시립해 있던 정종 고수 두 명이 얼른 다가와 을몽검을 부축해 그를 방으로 데리고 들어갔다.

을몽검의 자신의 방으로 들어가자 을목이 사조 위사들 곁으로 다가왔다.

"아시겠지만 소천의 호위에 위사를 동원한 것은 정종의 힘이 모자라기 때문은 아니외다."

"짐작은 하고 있었소이다."

비량이 고개를 끄덕였다. 정종의 고수들이 능력이 부족해 위사들의 도움을 청하지는 않았을 거란 것은 무천향의 고수라면 누구나 생각할 수 있었다. 그러나 비량으로선 이 일이 이뤄진 이유 중 하나가 파소 때문이라고는 전혀 생각지 못하고 있었다. 물론 을목도 그런 사정을 비량에게 밝힐 생각은 추호도 없어 보였다.

"이건 명분이지요. 소천을 노리는 것은 곧 무천향 전 무인에 대한 도전이라는… 해서 사실 사조의 위사 분들께서 이곳에서 하실 일은 거의 없다고 할 수 있습니다. 단지 소천께서는 몸이 회복되신 이후 하루에 반 시진 정도 후원 송림으로 산책을 나가시는데 그때 호위를 해주시면 될 것 같습니다. 그리고 간혹 다른 곳으로 외출을 하실 때도 호위가 필요하겠지요."

"알겠습니다. 어차피 명분을 세우자는 일이라면 그때 말고는 우리가 나설 일은 없겠군요. 하면 그 외 시간에 머물 곳이 필요한데……?"

"준비되어 있소이다. 이쪽으로……."

을목이 파소를 비롯한 사조의 위사 다섯을 을몽검의 거처 왼쪽에 있는 방으로 인도했다.

방은 오 장 정도 되어 보이는 정사각형의 모양이었는데, 창을 열면 건물 앞쪽의 정원이 한눈에 들어왔고 문을 통해 건물 중앙의 대청을 감시할 수도 있었다. 비록 사조가 을몽검의 처소에선 호위의 일을 맡지 않는다 해도 을몽검의 곁을 지키기에는 안성맞춤의 자리였다.

"소천의 외출 시간 이외의 시간에는 자유롭게 움직여도 된다는 소천의 하명이 있었소이다. 당연히 이곳을 벗어나도 되오이다. 물론 모든 분이 한 번에 자리를 비우면 안 되겠지만… 그건 비 대협께서 알아서 하시구려."

"알겠소이다. 어차피 위사의 일이란 게 삼 일에 하루씩 일하는 것이니 그에 맞춰 조원들에게 휴식을 주도록 하겠소이다."

"좋으실 대로!"

그렇게 파소와 사조의 고수들은 그날부터 소천 을몽검의 처소를 지키기 시작했다.

그리고 그 와중에도 여전히 십이종성은 십이종회에서 무천향의 운명에 대한 심각한 논의를 계속하고 있었다.

第九章

검풍이 불다

"의방에서 회정단을 만질 수 있는 사람은 모두 칠 인이에요. 물론 그들이라 하더라도 회정단을 사용하려면 향주의 허락이 있어야 하고요."

파소와 단보, 그리고 석청은 오랜만에 여유로운 오후를 보내고 있었다. 파소와 석청은 날짜를 맞춰 하루의 휴식을 얻었고, 단보는 여전히 무천향에 머물러 있었다.

파소와 사조의 위사들이 을몽검의 처소를 지킨 것도 벌써 한 달, 무천향은 일대 광풍에 휩싸여 있었다. 소천 을몽검을 급습한 사건을 조사하기 위해 율전의 율사 삼십 명이 모두 동원되었고. 무천향 곳곳이 이 잡듯 헤집어지고 있었다. 그러나 수십 일간의 조사에도 불구하고 율전의 율사들은 사건에 대한 어떤 단서도 잡아내지 못하고 있었다.

향의 위사들도 분주했다. 누군가 외부에서 무천향에 진입해 생긴 일일 수도 있기에 위사들은 평소의 삼 교대에서 이 교대로 전환해 무천향의 외곽을 한 치 한 치 수색해 나가고 있었다. 그러나 율전의 율사들과 마찬가지로 위사들도 외인이 무천향에 침입한 흔적을 전혀 찾아내지 못하고 있었다.

그런 와중에 단보와 파소의 관계가 죽림을 벗어나 향 전체에 작은 소문을 일으키고 있었다.

과거 죽림 최고의 기재였던 단보, 죽림의 시조 죽검 남옥 이후 처음으로 무선의 경지에 도전할 기재로 손꼽혔던 단보가 오랜 세월의 방황을 끝내고 새롭게 죽림에 든 파소에게 자신의 비기를 전수하고 있다는 소문이었다.

파소의 재질에 대한 소문은 이미 널리 알려진 사실이었고 거기에 단보의 가르침까지 더해지자 파소에 대한 무천향 고수들의 관심은 더욱 커질 수밖에 없었다. 누군가는 이 두 사람의 만남으로 죽림에서도 검산무벽에 검흔을 남길 인물을 탄생시킬 거라 말하기도 했다.

어쨌든 덕분에 파소와 단보는 이제 남의 눈을 의식하지 않고 함께 시간을 보낼 수 있었다. 소문이 오히려 두 사람의 관계를 보호해 주고 있었던 것이다.

"의방오현은 알겠는데 나머지 두 사람은 누구지?"

오랫동안 무천향에 몸담고 있으면서도 또 오랫동안 무천향을 떠나 있었기 때문일까. 단보가 회정단을 취급할 수 있는 인물이 일곱이라는 석청의 말에 고개를 갸웃거렸다.

"의방오현에게 공동 제자 둘이 있다는 건 알고 계시죠?"

석청이 단보에게 물었다.

"물론 알고 있지. 하지만 비록 그들이 의방오현의 제자라 해도 회정단을 취급할 수는 없는 위친데?"

"저도 처음에는 그렇게 알고 있었어요. 그런데 지난번 소천의 치료차 천보암을 열 때, 의방오현의 두 제자가 의방오현을 대신해 천보암에 손을 대는 것을 보았어요."

"음……!"

순간 단보의 입에서 침음성이 흘러나왔다. 천보암이란 무천향 최고의 영약들과 극독을 보관하는 장소였다. 거대한 석실로 이루어진 천보암은 의관 내 지하에 설치되어 있는데, 그 천보암의 열쇠는 오직 향주와 의방오현이 하나씩 보관하고 있었다.

또한 그 열쇠는 향주의 허락이 있기 전에는 절대 타인에게 건네질 수 없었다. 비록 그것이 의방오현의 공동 전인이라 할지라도…….

"의방까지 향주의 권위를 인정치 않는 것인가?"

단보가 탄식하듯 말했다. 의방오현이 향주의 허락없이 천보암의 열쇠를 자신들의 제자에게 건넨 것은 얼핏 단순해 보이는 일이지만 기실은 향주의 허락을 구하지 않고 행한 일이므로 분명 향주의 권위에 대한 도전이나 다름없었다.

"무천향의 각 분파가 각자의 세력을 구축하고 있으니 의방 역시 그러한가 보지요."

파소가 담담한 표정으로 말했다.

"네 말대로라면 이건 정말 보통 문제가 아니구나. 의방은 다른 곳과는 다르다. 무천향의 무인들이 몸을 사리지 않고 무도에 맹진할 수 있는 것은 의방의 존재가 한 이유다. 소천의 경우는 특별한 것이지만 보통의 경우 무공을 수련하다 내기를 다쳐도 언제나 의방의 의술로 치유가 가능하다. 그런데 그런 의방이 스스로 자신들의 세력을 구축한다면 어찌 무천향의 무인들이 그들의 세력을 무시할 수 있겠느냐? 아마도 그들의 행보는 무천향의 운명과 밀접한 관계를 가질 것이다."

단보가 걱정스러운 표정으로 말했다.

"어쨌든 그 일곱 명 중 누군가가 회정단을 빼돌렸다는 말이 되는군요."

파소의 관심은 의방의 세력화보다는 회정단의 행방에 있었다.

"누군가일 수도 있고, 전부일 수도 있지요."

석청이 파소의 말을 받았다.

"아! 그렇군요. 정말 전부일 수도 있겠군요."

"만약 그렇다면 무천향은 끝장난 것이라고 봐야겠지. 의방 오현이 향주를 무시하고 천보암에 손을 대고 있다는 것은 결국 더 이상 무천향에서 향주의 존재가 필요치 않다는 것을 의미하니까."

단보가 착잡한 표정으로 말했다.

“일단은 그들, 혹은 그들 중 누군가와 연결된 사람을 찾아야겠군요.”

파소의 말에 단보가 고개를 끄덕였다.

“그렇겠지. 아무리 의방이 스스로를 세력화한다 해도 향 외부로 회정단을 내보내려면 다른 사람의 힘이 필요할 테니까.”

“계속 살펴볼게요.”

“조심해야 해요.”

석청의 말에 파소가 걱정스런 표정으로 말했다.

“걱정 말아요. 절대 무리하게 움직이지는 않을 거예요.”

석청이 파소를 안심시키려는 듯 미소를 지으며 말했다.

그때였다.

“저 사람도 만나기로 했었느냐?”

문득 단보가 동쪽 대숲에서 파소의 모옥 쪽으로 이어진 길을 바라보며 물었다. 파소와 석청이 시선을 돌리니 남독마군 기신이 파소의 모옥을 향해 바쁘게 달려오고 있었다.

“아뇨. 우리가 쉬는 줄도 모를 텐데…….”

파소가 고개를 갸웃하며 대답했다. 그러는 사이 어느새 남독마군 기신이 나는 듯 파소의 모옥에 도착했다.

“오! 마침 있었구만.”

남독신군이 파소의 모옥에 들어서며 마루에 앉아 있는 파소를 발견하고는 반가운 목소리로 입을 열었다.

“어서 오세요. 그런데 무슨 일이라도 벌어졌나요?”

파소가 얼른 일어서며 남독마군을 맞이했다.

"음, 드디어 일이 벌어졌네."

남독마군 기신이 고개를 끄덕였다. 그러자 이번에는 단보가 나서서 물었다.

"도대체 무슨 일이 벌어진 것이오?"

"아, 단 대협께서도 계셨구려. 자자, 일단 앉읍시다."

남독마군이 마치 자기 집이라도 되는 양 마루에 엉덩이를 걸치고 앉았다. 그렇게 자리를 잡고 앉은 남독마군이 석청을 보며 말했다.

"제수씨, 나 물 한 잔 주시겠소? 이거, 쉬지 않고 뛰어왔더니 목이 마르네."

"당연히 드려야죠. 기다리세요."

석청이 얼른 고개를 끄덕이고는 부엌으로 향했다. 남독마군은 석청이 바가지에 물을 담아 내올 때까지 손으로 연신 부채질을 하며 땀을 식혔다.

"여기, 천천히 드세요."

석청이 남독마군에게 물바가지를 건네자 남독마군이 물을 건네받아 단숨에 들이켰다.

"천천히 드시라니까."

그런 남독마군에 석청이 핀잔을 주듯 말하자 남독마군이 너털웃음을 터뜨렸다.

"하하, 제수씨. 이 기신이 어떤 사람인지 아직도 모르는 것이오?"

"하지만 급하게 먹는 물은 체할 수도 있다고요. 물에 체하면

약도 없고요.”

“후후, 제수씨께서 의방에 들어 의술을 익히고 있는데 무슨 걱정이 있겠소. 까짓 체한 것 정도야 쉽게 고치겠지.”

남독마군이 짐짓 농을 던지고 있자 파소가 두 사람의 대화에 끼어들었다.

“이제 무슨 일인지 말씀해 보세요.”

파소의 재촉이 있자 장난기가 드러났던 남독마군의 표정이 무겁게 변했다.

“비도(秘道)가 발견됐네.”

순간 파소와 석청, 그리고 단보의 눈에서 기광이 번쩍였다. 지금 무천향에서 비도라 불릴 수 있는 것이 뭘 의미하는지 세 사람 모두 너무도 분명히 알고 있었기 때문이다.

“도대체 어디서……?”

한편으로 수십 일간 이어진 수색에도 발견되지 않던 비도가 뜬금없이 발견되었다니 쉽게 믿을 수 없는 일이기도 했다. 파소의 질문에 남독마군이 혀로 입술을 적시며 말했다.

“아우, 내가 벌목장에서 일하는 건 알지?”

“당연하죠. 그게 적성에 맞으신다면서요. 나무를 베어 넘길 때 통쾌하시다고 하셨잖아요.”

무천향의 무인들은 각자 먹고살 궁리를 해야 한다. 파소가 위사 일을, 석청이 의방의 일을 하는 것처럼 남독마군도 하나의 직업을 선택해야 했다. 고민 끝에 그가 선택한 직업은 나무꾼. 무천향을 둘러싸고 있는 숲에 들어가 벌목을 하는 일이었다.

"으음, 그랬었지. 아무튼 요즘 난 검산과 의방 사이에 있는 숲에서 벌목을 하고 있었네. 벌목은 보통 칠팔 명이 한 조가 되어 일을 한다네. 이 무천향의 숲은 적지 않은 편이지만 무턱대고 나무를 벨 수는 없는 일이라서 항상 조장이 정한 나무만 벨 수 있지. 이런, 얘기가 딴 쪽으로 흘러갔구만… 어쨌든 우리 조 일곱 명이 동북쪽 숲에서 나무를 베는데 동료 중에 장천이란 사람이 베어 넘긴 나무가 공교롭게도 경사진 산비탈에 서 있던 바위를 건드렸단 말씀이야. 하지만 누구도 그 바위가 산 밑으로 굴러갈 거란 생각은 하지 못했지. 왜냐하면 바위의 생김새가 둥글긴 했지만 밑으로 제법 뿌리가 있는 것처럼 보였거든. 그래서 나무를 그 바위 쪽으로 베어 넘긴 거고. 그런데 그 집채만 한 바윗덩어리가 나무의 무게를 이기지 못하고 산비탈을 따라 굴러 내려가는 거야. 난리가 났지. 만약 산 밑에 사람이라도 있다가는 꼼짝없이 죽을 판이었거든. 아무리 고수라도 산 위에서 굴러 떨어지는 집채만 한 바위를 감당할 수는 없으니까."

그쯤에서 남독마군은 아직 남아 있는 바가지의 물을 한 모금 더 들이켰다.

"사람들이 고함을 치며 굴러 내려가는 바위를 뒤따랐지. 하지만 바위를 멈추게 할 방법은 없었어. 가속도가 붙은 바위는 자칫 성시로 굴러 들어갈 지경이었지. 그런데 천운이랄까. 마침 바위가 굴러가는 길 앞에 또다시 그만한 바위가 떡 버티고 있는 거야. 그리고 다행히 굴러가던 바위는 길을 막고 있는 바위와 강하게 충돌했지. 물론 덕분에 굴러가던 바위가 멈춰 섰고 말이야. 그런데 아래에 있던 다른 바위가 그 충격을 이기지 못하고 일 장 정도 옆으로 틀어졌는데 바로 그곳에서 거대한 동굴이 발견되었단 말일세."

이쯤 되면 남독마군이 말한 비도가 뭘 말하는지 모두 알 수 있었다. 파소와 석청, 그리고 단보의 얼굴에 실망감이 드러났다.

"바위에 막혀 있던 동굴이 드러났다고 해서 그 동굴이 향에서 찾고 있던 비도라고 할 수는 없지 않소? 더군다나 거대한 바위에 막혀 있었다니 자연적으로 생긴 동굴일 가능성이 터 크지 않겠소이까?"

단보의 지적에 남독마군이 고개를 저었다.

"물론 우리도 처음엔 그렇게 생각했었소이다. 그런데 바위가 밀려나고 드러난 동굴을 살펴본 후 우리는 그 동굴이 보통 동굴이 아니라는 걸 알 수 있었소이다. 바위로 가려져 있던 동굴 입구는 무성한 수풀로 뒤덮여 있었지만 동굴 입구를 막고 있던 바위가 옆으로 밀려나자 그 안쪽에서 사람들이 지나다닌 흔적이 발견되었던 것이오. 더군다나 입구를 막은 바위가 위에서 굴러 떨어진 바위에 부딪치고도 아래로 굴러가지 않고 옆으로 굴러간 것은 그 아래 바위를 좌우로 이동시킬 수 있는 구조물이 있었기 때문이오. 그러니 당연히 그 동굴이 비도가 아니겠소이까?"

남독마군이 말한 정도라면 확실히 그건 사람이 은밀히 드나
든 비도라고 할 수 있었다.

"동굴 안으로 들어가 보셨소?"

단보가 묻자 남독마군이 입맛을 다시며 아쉬운 기색으로 말
했다.

"아쉽게도 들어가 보지는 못했소이다. 워낙 큰 소란이었기
에 금세 위사들이 달려왔고 잠시 후에는 향 내부를 조사하던
율사들까지 달려오는 통에… 뭐, 나무꾼이 무슨 힘이 있겠소
이까? 돌아올 밖에. 아마 지금쯤 한창 조사가 진행되고 있을
거요."

남독마군의 말처럼 일단 율사가 일에 관여했다면 나무꾼의
직업을 가진 남독마군이 그곳에 남아 있을 이유가 없었다. 아
니, 그가 남아 있고 싶다고 해도 불가능한 일이었을 것이다.

"그곳이 과연 외부로 이어진 통로일까요?"

파소가 단보를 보며 묻자 단보가 어두운 얼굴로 중얼거렸
다.

"모르지. 하지만 일단 비도가 발견된 이상 움직일 수 없는
증거가 하나 드러난 셈이군."

하루 뒤 파소가 다시 소천 을몽검의 호위를 위해 그의 처소
를 찾았을 때 향주전을 둘러싼 정종의 분위기는 사뭇 무거웠
다. 어제 발견된 외부로 통하는 비도에 관한 조사 내용은 거의
아무것도 알려지지 않은 채 철저히 비밀에 붙여져 있었지만,

비도의 존재가 발견됨으로 해서 무천향 내에 다른 생각을 품고 있는 세력 혹은 사람들이 있다는 것이 현실이 되자 정종 고수들은 큰 충격을 받은 모양이었다.

수백 년 동안 무천향의 주인을 자처해 온 정종. 비록 최근 들어 일부의 고수들이 은연중에 더 이상 정종의 권위를 인정치 않는 행동들을 하곤 했지만 그래도 표면적으로 정종은 여전히 무천향의 중심이었다.

그런데 소천이 기습당하고 비도가 발견됨으로써 이제 무천향 내에 더 이상 향주와 정종의 권위를 인정하지 않는 자들이 존재한다는 것이 명명백백하게 드러났다. 더군다나 그들은 향주의 권위를 인정치 않을뿐더러 암암리에 정종과 향주를 향해 음모의 이빨을 드러내고 있었으니 정종의 고수들이 느끼는 위기감은 검산과 죽림의 고수들이 느끼는 위기감과는 차원이 다른 것이었다.

"끌끌, 이러다간 무천향에서 전쟁이 일어날 수도 있겠군."

무거운 분위기의 정종 고수들과는 달리 을몽검은 나직한 실소를 흘리고 있었다. 항상 죽음을 곁에 달고 사는 사람이라서일까? 파소는 정종의 권위가 무참히 훼손당하고 있는 상황에서도 태연자약할 수 있는 을몽검의 내심이 궁금했다.

"나갈까?"

외출 준비를 마친 을몽이 늘어선 정종 고수들에게 말했다. 비도가 발견된 이후 을몽검을 지키는 정종 고수들의 숫자는 좀 더 많은 숫자로 늘어나 있었다.

특히나 그중에는 두 명의 노고수가 포함되어 있었는데, 한 눈에 보기에도 범상치 않은 기도를 지닌 자들이었다.

을몽검의 말에 정종 고수들이 재빨리 향주전 뒤쪽의 송림을 향해 길을 열었다. 그에 맞춰 당연히 파소가 속해 있는 사조의 위사들도 함께 움직이기 시작했다. 하루 중 이 시간이 사조가 공식적으로 을몽검을 호위하는 유일한 시간. 그러나 오늘 사조의 위사들은 정종 고수들에 의해 철저히 무시당하고 있었다.

"우릴 못 믿겠다는 거군."

검산 출신 무악이 비꼬듯 말을 뱉어냈다. 그리고 이번만큼은 사조의 조장 비량도 무악의 말을 막지 않았다. 비량 역시 정식으로 호위를 맡은 사조의 고수들조차 을몽검에게 접근하는 것을 철저히 막아서는 정종 고수들의 행동이 못마땅했던 것이다.

"이럴 거면 소천에 대한 호위를 재고해 달라고 호천성 세 분께 청해보는 것도 나쁘지 않을 것 같습니다만……."

정천이 비량을 보며 넌지시 말했다. 그러자 비량이 잠시 생각에 잠겼다가 고개를 끄덕였다.

"그렇게 하지. 일단 오늘 일을 끝내고……."

정종의 고수들에게 둘러싸인 을몽검은 언제나처럼 세 개의 오래된 나무 의자가 놓여 있는 송림으로 향했다. 암운이 드리운 무천향의 분위기와 달리 송림은 성해에서 불어오는 맑은 바람으로 가득했다.

화선지에 물이 스며들 듯 부드럽게 코를 파고드는 소나무 향, 수백 년 아름다웠을 송림의 기운이 사람들의 심기를 부드럽게 한 것일까. 서릿발 같던 정종 고수들의 기세도 송림에 도착하자 한결 부드럽게 풀어졌다.

"이제야 좀 사람들 같군."

그런 정종 고수들의 변화가 마음에 들었는지 을몽검이 빙그레 미소를 지으며 중얼거렸다. 그러자 새롭게 을몽검의 호위를 위해 들어온 기도가 남달라 보이는 두 노인 중 한 명이 입을 열었다.

"반면에 소천께서는 너무 걱정을 하지 않으시는 것 같습니다."

비록 을몽검을 호위하기 위해 나왔다고는 하나 두 노인의 지위가 보통이 아닌 듯 소천 을몽검을 대하는 노인들의 태도에선 다른 정종 고수들이 보이는 지극한 공경의 모습이 보이지 않았다.

"하하, 두 분이 날 지키고 있는데 무슨 걱정이 있겠소?"

을몽검이 너털웃음을 터뜨리며 말했다. 그러나 그 순간 파소는 을몽검의 눈에서 한줄기 살기를 읽었다. 그런데 그 살기는 파소만 읽은 것이 아닌 모양이었다. 갑자기 을몽검 곁에 다가섰던 두 노인이 흠칫하며 몸을 뒤로 물렸다. 그 순간!

콰아악!

병자의 몸으로 겨우 의자에 앉아 있던 을몽검의 허리춤에서 한줄기 빛이 횡으로 그어졌다. 파소는 그 빛 속에서 날카롭게 빛나는 한 자루 검을 발견했다.

팟!

순간 날카로운 파열음이 터져 나오더니 뒤로 물러서던 정종의 두 노고수 중 한 명의 몸에서 피 분수가 솟아올랐다

"악!"

너무도 갑작스럽고, 황당하기까지 한 상황에 누군가의 입에서 비명 소리가 터져 나왔다.

피가 금지된 무천향, 그것도 자신을 호위하는 같은 정종의 고수를 소천 을몽검은 주저없이 베어버리고 있었다.

"끄으윽!"

"소천!"

소천 을몽검의 검에 베여 신음성을 토하며 넘어가는 동료를 일견한 노고수 중 한 명이 분노로 이글거리는 눈으로 을몽검을 노려보며 쩌렁한 일갈을 내질렀다.

"후욱, 후욱, 흐흐. 묵돈 나으리, 이제 그만 끝내자고! 응?"

을몽검은 한차례의 공격에 이미 진이 모두 빠져나간 듯 비틀거리면서도 생생한 살기를 드러낸 눈으로 노고수를 노려보며 말했다.

"약조를 깨겠다는 말인가?"

"크크크, 약조? 그 알량한 약조는 네놈들이 파산향을 피우는 순간 이미 끝난 것이 아니었더냐?"

을몽검의 차가운 일갈에 묵돈이라 불린 정종 고수의 눈에

경악스런 빛이 떠올랐다.

"그… 그걸……?"

"어떻게 알았냐고? 날 너무 무시하는군. 이것 봐, 묵돈. 내가 비록 재주가 일천하긴 하지만 그래도 대무천향의 소천이야. 그런데 내 몸에서 일어난 일의 원인조차 모를 거라 생각했나?"

"그… 그러나? 넌……."

정종의 노고수 묵돈은 아직도 할 말이 남은 듯 보였다. 그러나 소천 을몽검은 더 이상 상대의 말을 듣고 싶지 않다는 듯 묵돈의 말을 잘랐다.

"됐어. 그냥 조용히 죽어주면 돼. 애초 그대가 무극동천의 그 늙은이에게 선택되어 을씨가 아니면서도 밀부의 무공을 익히게 된 것부터 잘못된 일이야. 을밀부의 무공을 익히는 순간 그대는 이렇게 죽음을 맞이할 운명이었다."

한기가 느껴지는 을몽검의 말에 노고수 묵돈이 부르르 신형을 떨었다. 그러나 다음 순간 묵돈의 눈에서 한줄기 한광이 번뜩이더니 그의 입가에 한줄기 미소가 지어졌다.

"좋아. 어차피 우리의 약조란 것은 언젠가 깨어질 것이었으니까. 후후후, 그리고 오늘의 기습도 훌륭했다. 하지만… 이제 그대의 운은 정말 다한 것 같군. 주단(朱丹)으로 되살린 공력은 이 한 번의 공격으로 모두 소비했으니 이제 무엇으로 내 검을 막을 것인가?"

묵돈이 어느새 빼 든 검으로 을몽검을 겨누며 비웃듯 말했다.

"후후, 묵돈… 네 눈에는 이 사람들이 보이지 않느냐?"

을몽검이 아직도 자신이 벌인 일에 놀라 얼어붙은 듯 굳어 있는 정종의 고수들과 파소 등 사조의 위사들을 가리키며 말했다. 그런데 묵돈은 을몽검의 말에 오히려 득의한 표정을 지으며 나직한 웃음을 흘려내는 것이었다.

"후후후, 소천, 그대는 여전히 순진하군. 그 옛날 그대의 형을 배신하던 그때보다 단 일 보의 진전도 없어."

"놈! 주둥일 닥쳐라."

을몽검의 입에서 벼락같은 노성이 터져 나왔다. 그 순간 파소의 등에 소름이 끼쳤다. 묵돈이란 정종 노고수가 내뱉은 말, 소천 을몽검이 자신의 형을 배신했다는 그 말이 비수처럼 파소의 가슴을 찔렀다.

그런데 파소가 그렇게 묵돈의 말에 충격받고 있는 사이 장내에 기이한 변화가 일어나기 시작했다.

스스슥!

갑자기 을몽검을 호위하던 정종 고수 십여 명 중 일곱이 서 있던 곳에서 삼사 장 뒤로 물러나더니 검을 빼 들고 사조의 위사들과 나머지 정종 고수들을 포위하기 시작했던 것이다.

"뭐냐?"

갑작스런 정종 고수들의 움직임에 을목이 눈을 꿈틀거리며 나직하게 외쳤다.

"을목, 그대는 전날 내가 그대에게 했던 말을 기억하는가?"

묵돈이 분노로 몸을 떠는 을목을 향해 여유있는 미소로 물었다. 그러자 을목이 묵돈을 노려보며 대답했다.

"영웅은 시류를 알아야 한다는 말 말이냐?"

"기억하고 있군. 난 지금 다시 그 말을 그대에게 하고 싶군."

"그댄… 무천향에서 태어나 무천향에서 자랐으면서도 무천향을 모르는구나."

을목이 탄식을 흘려내며 말했다. 그러자 이번엔 묵돈의 얼굴이 차가워졌다.

"무슨 말이냐?"

"무천향의 무인들이 언제 영웅이 되기를 꿈꿨더냐? 무천향은 강호 영웅의 길을 버리고 무도의 길로 들어선 사람들의 거처임을 정녕 모른단 말이냐?"

서릿발 같은 을목의 추궁에 묵돈의 노안이 한차례 흔들렸다. 그러나 묵돈은 이내 침착함을 되찾고 단호한 음성으로 입을 열었다.

"그 삶은 강요된 것이다. 선대로부터 강요된 그 삶을 왜 무천향의 모든 후인들이 받아들여야 하는 것인가?"

"그래서 욕망에 물든 짐승이 되겠다는 말이냐?"

"후후, 인간이 어찌 욕망에서 자유로울 수 있을 것인가? 그런 삶은 십이조사에게나 어울리는 것이지."

"십이조사의 이름까지 더럽히다니… 결국 무천향을 부인하겠다는 것이군."

"무천향을 부인하는 것이 아니라 새로운 무천향을 세우려는 것이다. 강호 사상 유례없는 힘을 지닌 강력한 무천향을!"

묵돈의 눈에서 붉은 욕망의 불길이 타올랐다. 그런데 그때 그 모든 대화를 듣고 있던 을몽검이 나직하게 입을 열었다.

"이게 전부냐?"

순간 득의한 표정을 짓고 있던 묵돈의 얼굴이 꿈틀거렸다. 자신을 호위하던 정종 고수들 대부분이 그에게 검을 들이대고 있음에도 을몽검의 목소리는 너무 침착했다. 그런 을몽검에게 최후의 타격을 가하려는 듯 묵돈이 약간의 조롱기가 섞인 음성으로 입을 열었다.

"소천, 당신이 뭔가 일을 꾸밀 거란 예상은 하고 있었소. 물론 오늘처럼 무모하게 일을 벌일 거라고는 생각지 못했지만… 해서 우린 아주 오래전부터 그대의 반발을 대비하고 있었소. 소천… 아쉽지만 우리의 인연은 이곳에서 끝날 것 같구려. 당신은 죽을 것이고, 당신은 무모하게 몸을 회복하려고 광혈단을 복용해 그 부작용으로 광란에 빠져 호위무사들에게 살수를 펼치다 죽은 것으로 그렇게 알려질 것이오. 당신 형처럼… 후후후!"

"광혈단……!"

을몽검이 나직한 목소리로 중얼거렸다.

"아마 잊지 않았을 것이오. 당신이 과거 한때 귀하게 사용했던 물건이니까."

묵돈의 손에 어느새 핏빛처럼 붉은 단약이 들려 있었다.

"오래전부터 준비하고 있었군."

"당연한 일이지 않겠소? 대무천향의 소천을 어찌 허무하게
죽게 할 수 있겠소. 당신은 우릴 위해서 해줄 수 있는 일이 많
은 사람이오. 당신의 죽음은 당신 형의 죽음과는 다를 것이오.
당신 형의 죽음은 무천향을 변화시키지 못했지만 당신의 죽음
은 무천향을 변화시킬 것이오. 기대해도 좋소."

묵돈의 음성에서 도도한 자신감이 묻어났다. 파소는 그런
묵돈을 보며 어쩌면 이미 무천향은 을씨의 손을 떠나 있을지
도 모른다고 생각했다. 무천향의 소천을 위협하면서도 전혀
거리낌이 없는 묵돈의 태도는 그와 그의 동료들이 이미 향의
대세를 장악하고 있기에 드러나는 자신감일 터였다.

"좋아. 나야 그렇다 치고, 저들은 어찌할 텐가? 저들도 광혈
단을 먹었다고 할 텐가?"

을몽검이 파소를 포함한 사조의 위사들을 가리키며 물었다.
그러자 묵돈이 가만히 미소를 지었다.

"물론 그에 대한 생각도 해두었소. 뭐, 저들은 당신이 죽였
다고 해둡시다. 아시다시피 광혈단이라는 게 일단 부작용이
일어나면 부모자식도 몰라보는 약이지 않소이까?"

"저들 모두를 죽이겠다는 것이냐?"

"살인멸구란 바로 이럴 때 필요한 법이니까. 하지만 모두는
아니외다."

묵돈의 말이 끝나는 순간 갑자기 검산 출신 무악이 허리춤
에서 번개처럼 발도를 하더니 그대로 사조의 조장 비량을 베

어갔다.

"파앗!"

무악의 발도는 그야말로 전광석화 같아서 그의 도가 모습을 보였다 싶은 순간 이미 그의 도끝은 비량의 옷깃을 가르고 있었다.

"엇!"

비량의 입에서는 다급성이 토해졌다. 비량은 미처 검을 들어 무악의 도를 막을 여유가 없자 황급히 허리를 뒤로 젖혀 무악의 도를 피하려 했다.

"그동안의 빚을 갚으마!"

무악의 입에서 살기등등한 음성이 흘러나왔다. 아마도 사조에서 활동하면서 그동안 비량에 대해 적지 않은 원한이 쌓인 듯했다. 무악의 도는 한순간 비량의 옷깃을 스친 후 유려한 원을 그리며 뒤로 젖혀진 비량의 가슴을 향해 직각으로 꽂혀들었다.

사람들은 무악에게 두 번 놀라고 있었다. 하나는 무악이 묵돈과 같은 세력의 인물이었다는 것, 그리고 다른 하나는 무악의 무공이었다.

검산 출신인 그가 위사로 살아간다는 점 때문에 그동안 사람들은 그의 무공을 경시해 왔던 것이 사실이었다. 정종과 검산의 무인들 중 위사가 되는 사람들은 대부분 두 세력에서 가장 무공이 낮은 인물들이기 때문이었다. 당연히 그동안 무악 또한 그런 부류의 인물로 여겨지고 있었다. 그러나 비량을 향

해 기습을 가한 무악의 무공은 절대 위사로 살아갈 사람의 무
공이 아니었다.

콰아앙!

무악의 도에서 강력한 파공음이 일어나더니 그의 도끝에 시
퍼런 도기가 일렁였다. 비량은 더 이상 뒤로 물러날 곳이 없어
보였다. 제대로 된 싸움이었다면 이렇게 속절없이 위기에 몰
릴 비량이 아니었지만 갑작스런 기습과 예상을 뒤엎는 무악의
무공은 노련한 고수 비량의 목숨을 순식간에 경각에 이르게
만들었다.

그런데 누구라도 무악의 도기 아래 노출된 비량의 모습에서
죽음이라는 두 단어를 떠올릴 바로 그 순간, 사람들은 다시 한
번 경악스런 상황에 직면했다.

팟!

그건 그야말로 아주 작은 빛줄기에 지나지 않았다. 눈여겨
보지 않으면 존재하는지조차도 모를 만큼 가느다란 빛줄기.
그런데 그 가느다란 빛줄기가 한순간 무악의 도를 강하게 꿰
뚫어 버렸다.

쩡!

가느다란 빛줄기가 무악의 도를 꿰뚫는 순간 무악의 도에서
얼음장 갈라지는 소리가 터져 나오더니 그의 도가 도기와 함
께 산산이 부서져 나갔다.

"억!"

비량의 목숨을 손에 넣었다고 자신하던 무악의 입에서 경악

스런 음성이 터져 나왔다. 동시에 그의 눈이 자신의 도를 박살
낸 가느다란 빛줄기의 근원을 찾아 옆으로 돌아갔다.

"네… 가?"

무악의 입에서 믿을 수 없다는 듯한 음성이 흘러나왔다. 그
의 시선이 닿은 곳, 파소가 자신의 낡은 검을 들어 무악을 가리
키고 있었던 것이다.

"이놈!"

무악이 믿기지 않는다는 시선으로 파소를 바라보고 있을 때
무악의 뒤쪽에서 노성이 터져 나오며 어느새 본래의 신색을
회복한 비량이 무악을 향해 날아들었다.

"웃!"

순간 무악이 기겁한 모습으로 재빨리 신형을 날리며 일권
을 뻗어냈다. 가볍게 말아 쥔 그의 손에 희뿌연 기운이 서렸
다.

'권기로구나. 과연 놀라운 자다.'

일검을 날려 비량을 위기에서 구한 후 무악과 주변 고수들
의 움직임을 살피고 있던 파소가 감탄의 눈빛을 흘려냈다. 이
미 비량을 공격하며 드러낸 무악의 무공의 또 한 번 그 이상의
모습을 보여주고 있었던 것이다.

그러나 아무리 고수라 해도 적수공권으로 비량 같은 고수의
검을 상대할 수는 없었다.

쩌적!

비량의 검에서 만들어진 검기가 일 장 가까이 치솟으면서

권기를 떨쳐 내는 무악을 덮쳐 갔다.

쿠우웅!

비량의 검에서 강력한 파공음이 일어나더니 푸르스름한 검기가 그대로 무악의 팔을 잘라냈다.

"크악!"

무악의 입에서 처절한 비명이 터져 나왔다. 그리고 다음 순간 한 팔을 잃은 무악이 고통으로 신음하면서도 번개처럼 신형을 날려 묵돈의 곁에 내려섰다.

"물러나 있으라."

묵돈이 무악을 보며 차갑게 말하자 무악이 고개를 숙여 보이고는 장내에서 벗어나 지혈을 시작했다.

"후후, 이거야 정말… 아주 난장판이구먼. 내 주위에 내게 칼을 들이밀 인간들이 이처럼 많았다니……."

을몽검이 비량과 무악의 싸움이 끝나자 고개를 저으며 냉소를 흘려냈다. 그리곤 을목을 보며 말했다.

"어때? 이것도 좋은 방법이라고 했지?"

"하지만 너무 성급하셨습니다. 지금 상황은 결코 좋지가 않습니다, 소천!"

"후후, 뭐, 그리 나쁘다고 볼 것도 아닌 것 같네만……."

"저들은 우리보다 숫자가 많습니다. 우린 좀 더 준비를 해야 했습니다."

"내가 언제 자네 말 듣는 걸 봤나? 만약 자네 말만 들었다면 삼십 년 전에도 그런 실수를 하지 않았겠지."

을몽검이 씁쓸한 미소를 지으며 말하자 잠자코 을몽검을 지켜보고 있던 묵돈이 차갑게 입을 열었다.

"맞는 말이오. 본래 큰일을 하려면 현명한 수하의 말을 경청해야 하는 법이오. 그래서 수하의 반대를 무릅쓰고 오늘의 일을 벌인 것은 역시 소천 그대의 큰 실수였소."

"글쎄, 과연 실수일까?"

"뭐, 어차피 죽을 목숨, 빨리 죽기를 원했다면 실패라고 할 수도 없겠지만 말이오."

"후후후, 내가 죽을 목숨이란 걸 어찌 확신하지? 죽을 줄 알았던 인간이 기력을 회복해 천봉까지 갔다 왔다는 소릴 듣고 화들짝 놀라 달려온 주제에……."

"그건……!"

을몽검의 추궁에 묵돈이 입을 열려다 다시 입을 닫았다.

"하나 묻지. 맹견을 푼 건 그대들이었나?"

그러자 묵돈이 고개를 저었다.

"아니오. 우린 그 일과 관련이 없소."

묵돈의 말에 을몽검이 고개를 끄덕였다.

"그래… 그럴 거라 생각했어. 그대들이 행한 일이라기엔 지나치게 무모했어. 아니, 과감했다고 해야 할까? 음지에서 음모를 꾸미는 그대들의 행보와는 어울리지 않는 일이었지. 그런데 그럼 그 일을 행한 자들이 누군지는 알고 있나?"

"짐작 가는 자들은 있소."

묵돈의 말에 을몽검의 눈빛이 반짝였다. 그리곤 감탄하듯 손뼉을 치며 소리쳤다.

"과연, 과연 대단해. 무천향의 전 위사와 율사들이 나서도 단서를 찾아내지 못한 흉수들의 꼬리를 벌써 잡아내다니… 누 군지 말해줄 수 있나?"

을몽검이 눈빛을 빛내며 묻자 묵돈이 입을 열려다 말고 고개를 저었다.

"후후, 역시 무서운 심기구려. 오래전부터 그대의 그 음흉한 심기가 정종의 선기와는 어울리지 않는다는 말이 돌더니… 향주도 항상 그걸 못마땅해했었고 말이오. 후후, 역시 씨가 다르니……."

"놈!"

다시 한 번 소천 을몽검의 입에서 노성이 터져 나왔다. 그런데 이번에 터져 나온 노성은 지금까지의 목소리와는 그 느낌이 달랐다. 마치 빙정으로 만든 목소리인 듯 장내의 모든 것을 얼려 버릴 만큼 냉엄했던 것이다. 그 한기에 묵돈이 정신이 번쩍 드는 눈으로 을몽검을 바라봤다.

그 순간 을몽검이 무겁게 한 걸음을 내밀어 묵돈을 향해 걸음을 옮겨 놓았는데, 한 걸음 내딛은 그의 발이 땅에 닿은 순간 그의 발과 그의 발이 디딘 땅 주변에 하얗게 서리가 맺히는 것이었다.

"다… 당신!"

묵돈이 이 기괴한 을몽검의 변화에 미처 적응하지 못하고 당황스런 목소리를 흘려냈다.

"감히 너 따위가 을씨 가문의 일에 함부로 주둥일 나불거릴
수 있다고 생각했느냐? 정종? 정종은 본가의 껍데기일 뿐이야.
그러니 너 또한 본가의 껍데기에 지나지 않는다. 감히 정종에
속해 있다는 것만으로 본가에 대해 입을 열 자격이 있다고 생
각하느냐?"
"다… 당신… 무슨 짓을……?"
"왜? 예상치 못한 상황이냐? 후후후, 너희들 잡종들은 본가
를 몰라도 너무 몰라. 정종이라는 것은 결국 본가의 그림자에
지나지 않는다. 무천향이 어찌 생겨났는가를 새겨보기만 해도
본가의 무서움을 쉽게 떠올릴 수 있을 것이건만… 인간이란
것들은 항상 과거를 잊어버리고 말지. 무천향을 세운 곳이 어
디더냐? 바로 위대한 을밀부다. 을밀부가 없는 무천향이 존재
할 수 있었겠는가? 을밀부의 진정한 힘은 너희 천한 잡종들이
상상하는 것 그 이상이다. 그동안은 단지 그 힘을 쓰지 않고
봉인해 두었던 것일 뿐… 강호를 떠나 무천향에 들면서 선조
께서 하신 맹세… 피를 보지 않겠다는, 무(武)를 살생의 도구가
아니라 선에 이르기 위한 수련의 도구로 삼겠다는 그 맹세에
따라 천하를 지배하던 그 힘들을 봉인해 놓았을 뿐인 것이다.
오늘 내가 그 봉인된 힘 중 하나를 보여주마. 이건 아주 작은
힘에 불과해. 하지만 그것만으로도 너희 천한 것들의 오금을
저리게 만들기엔 충분하겠지. 너희들이 원한 대로 난 곧 죽을
것이다. 하지만 내 죽음 뒤에 너희들을 깨닫게 될 것이다. 무
천향을 만든 정종, 그 정종의 뿌리인 을밀부가 얼마나 엄청난

가문인가를! 기대해도 좋다!"

　어느새 을몽검의 전신이 하얀 서리로 뒤덮여 있었다. 그의 몸 주위로 반경 십여 장까지 그의 몸에서 부스러져 나온 서릿발들이 흩날렸다. 기괴함을 넘어 전율적인 힘이 느껴지는 을몽검의 변화에 묵돈은 물론 도검을 빼 들고 대치하고 있던 장내 고수들의 얼굴이 경악으로 물들고 있었다.

　"지배하고자 하면 천하를 지배하지 못할 것도 없었다. 그러나 언제나 밀부는 지배자의 뒤에 서 있었다. 그건 밀부가 바라보는 곳이 세속의 권력이 아니라 하늘의 도(道)에 있었기 때문이었다. 밀부가 세속에 관여한 것은 오로지 민초들에 대한 측은지심 때문이었다. 그러나 밀부의 힘으로 선 왕조들은 언제나 밀부를 실망시켰다. 세상을 평화롭게 하기는커녕 칼로 세상을 지배하고 탐욕과 피로 세상을 물들였다. 밀부가 무천향을 세운 것은 그런 세상에 더 이상 미련이 없었기 때문이다. 그런데… 그래서 세운 이 무천향조차 너희들 같은 쥐새끼들에 의해 다시 탐욕으로 물들어가고 있으니 어찌 정화하지 않을 수 있으랴… 피를 원한다면 너희들의 피로써 무천향을 정화할 것이다!"

　어느새 사람들은 공포로 물들어가고 있었다. 온몸에 하얗게 인 서리를 뒤집어쓴 을몽검의 신체 중 오직 그의 눈만이 붉은색 혈광으로 일렁이고 있었다.

　'위험하다!'

　파소가 퍼뜩 정신을 차렸다. 을몽검이 흘려내는 한기와 그 한기에 섞인 살기, 그리고 을몽검의 눈에서 흘러나오는 저 강렬한 광기… 장내를 피바다로 만들 수 있는 모든 기운이 을몽검에게 몰려 있었다.

"너 또한 그 욕망의 덩어리일 뿐이다. 넌 네 형을 죽였어! 모두 쳐라. 저자는 광혈단도 필요없는 자다. 그는 이미 미쳤다. 쳐라! 모두 죽여 버렷!"

묵돈이 발악하듯 고함을 질러댔다. 그리곤 자신이 먼저 을몽검을 향해 날아들었다. 그러자 을몽검의 신위에 기가 질려 있던 묵돈을 따르는 일곱 정종 고수는 일제히 을몽검을 향해 달려들었다.

"막앗!"

순간 을목의 입에서 날카로운 음성이 흘러나왔다. 동시에 을목의 검이 방금 전까지 자신의 동료였던 배신자들을 향해 매섭게 뻗어나갔다. 장내가 순식간에 도검의 광풍에 휩싸였다.

사조 위사들도 자연스레 묵돈을 따르는 정종 고수들을 상대하기 위해 도검을 빼 들었다. 저들이 살인멸구를 노린다는 것은 이미 무악의 말을 통해 드러난 사실이었다. 이건 생사를 건 싸움이었다.

차차창!

날카로운 도검의 충돌음이 장내를 휘감았다. 그리고 그사이 묵돈과 을몽검이 허공에서 충돌하고 있었다.

쿠앙!

검을 들지 않은 을몽검의 왼손이 자신을 향해 날아드는 묵돈을 향해 일장을 떨쳐 냈다. 순간 그의 손에서 희미한 얼음덩이 같은 기운이 묵돈을 향해 뻗어나갔다.

"흡!"

검을 앞세우지 않고 장력을 앞세운 을몽검의 공격에 묵돈이 당황한 듯 재빨리 몸을 틀었다.

파앙!

순간 을몽검이 떨쳐 낸 장력이 아슬아슬하게 묵돈의 오른쪽 어깨를 스치고 지나갔다. 그런데 장력을 비껴 낸 묵돈의 입에서 예상치 않은 신음성이 흘러나왔다.

"크흡!"

을몽검의 장력이 스치고 지나간 묵돈의 오른쪽 어깨, 그곳에 어느새 하얀 서리가 내려앉고 있었다. 동시에 을몽검을 향해 날아들며 검을 치켜들었던 그의 오른쪽 어깨가 마치 얼어 버린 것처럼 부자연스럽게 느껴졌다.

"오랜 악연, 오늘로 끝내자."

묵돈이 한기로 굳은 자신의 어깨를 애써 움직이려는 찰나, 어느새 날아든 을몽검이 차가운 음성을 흘려내며 서리가 내려앉은 검을 묵돈의 심장을 향해 번개처럼 찔러 넣었다.

"익!"

묵돈이 자신의 심장을 찔러오는 을몽검의 검을 향해 힘겹게 자신의 검을 휘둘렀으나 한기에 노출된 그의 어깨로는 도저히 을몽검의 검을 막아낼 수 없었다.

팟!

.미세한 소음과 함께 을몽검의 검이 묵돈의 가슴 깊숙이 꽂혀들었다.

“컥!”

순간 묵돈의 입에서 한 마디 신음성이 흘러나오더니 을몽검의 검이 꽂힌 그의 심장 주위가 하얗게 얼어가기 시작했다.

“잘 가거라. 머지않아 나도 뒤를 따를 테니 너무 서운해하지 말고.”

죽음의 그림자가 드리워지는 묵돈의 눈에 자신의 눈을 들이댄 을몽검이 나직하게 중얼거렸다.

第十章

변혁(變革)의 불꽃

　파소의 시선은 여전히 을몽검을 향해 있었다. 묵돈을 단숨에 제압해 버린 을몽검은 더 이상 검을 들지 않았다. 주변에선 그를 배신한 자들과 그를 지키려는 자들 간에 치열한 혈투가 벌어지고 있었지만 을몽검은 마치 전장을 떠나 있는 사람처럼 무표정한 얼굴로 무천향 중심의 성해를 바라보고 있을 뿐이었다.

　팟!

　파소의 오른쪽 등 뒤에서 날카로운 파공음이 일어났다. 순간 파소의 신형이 거짓말처럼 일 장 높이로 솟구쳤다. 파소의 움직임은 그를 향해 달려드는 검기보다 빨라서 그의 등 뒤로 다가온 검기가 그의 신형이 있던 곳에 닿았을 때, 파소는 어느새 그 검기를 발아래 두고 있었다. 동시에 파소의 검 또한 움직였다.

슈욱!

검을 휘두르는 파소의 얼굴 또한 무표정했다. 수많은 감정들이 그의 머리를 가득 메우고 있었지만 그의 얼굴에는 표정이 없었다. 단지 파소는 기계처럼 검을 휘두를 뿐이었다.

"큭!"

기계처럼 휘두른 파소의 검에 파소를 향해 검기를 뻗어냈던 자의 허리가 베어져 나갔다. 그리곤 붉은 선혈을 분수처럼 뿌리며 땅 위를 뒹굴었다.

그런데 사내에게서 나온 신음성이 을몽검의 관심을 끌었던 것일까? 파소의 검이 한 사람의 목숨을 빼앗는 순간 을몽검이 시선을 돌려 파소를 바라봤다. 그 순간 파소와 을몽검의 시선이 허공에서 강하게 엉켜들었다.

'당신은 도대체 무슨 일을 저지른 것인가?

파소는 눈빛으로 을몽검을 향해 질문을 던졌다. 지금까지 이 송림에서 일어난 일들은 파소를 극한 감정의 혼란에 빠뜨리고 있었다. 그중에서도 을몽검이 자신의 형, 그러니까 파소의 아버지인 을몽학의 죽음에 연관되어 있다는 사실은 파소에게 있어선 받아들이기 힘든 충격이었다.

그러나 파소는 애써 끓어오르는 감정들을 억누르고 있었다. 그의 얼굴에 표정이 없다는 것은 그만큼 그가 자신의 감정을 통제하기 위해 애쓰고 있다는 의미였다. 그리고 지금, 을몽검과 시선이 마주친 파소는 을몽검을 향해 과거를 묻고 있었다, 흔들리지 않는 침착함으로…….

무감정하면서도 한편으론 얼음장처럼 차가운 파소의 시선을 받은 을몽검의 표정이 살짝 변했다. 어느새 그의 전신을 휘감고 있던 서리는 서서히 사라져 가고 있었다. 을몽검의 신체는 다시금 병자의 그것으로 돌아왔다. 그런데 그 와중에도 변하지 않던 그의 표정이 파소의 눈빛을 대하자 살짝 변했던 것이다.

다음 순간 을몽검이 살짝 입을 열어 무슨 말인가를 흘려냈다. 하지만 을몽검의 말은 파소의 귀에 들리지 않았다. 어쩌면 을몽검은 소리를 내지 않고 입 모양만으로 파소에게 말을 건넨 것인지도 몰랐다. 파소가 눈빛으로 그에게 질문을 던졌듯이!

"죽엇!"

그때 다시금 한 자루 도가 파소의 허리를 갈라왔다.

우웅!

도는 도기를 만들었고, 도기는 단숨에 파소의 허리를 갈랐다.

쾅!

순간 벼락 치는 듯한 파열음이 터져 나왔다. 파소의 검이 어느새 자신의 허리를 가르는 상대의 도기를 막아냈던 것이다. 그리고 그 충격으로 뒤로 물러나는 상대를 향해 파소가 무감정한 일초를 뻗어냈다.

파앙!

파소의 검에서 생겨난 푸른 검기가 상대를 향해 뻗어나가며 날카로운 파공음을 만들어냈다.

"컥!"

파소의 검기는 여지없이 파소를 향해 도기를 뻗어내던 사내의 몸을 관통했고, 사내의 입에서 다급한 비명성이 터져 나왔다. 사내의 가슴은 파소의 검기에 꿰뚫려 꾸역꾸역 피를 토해내고 있었다.

순간 파소의 모습을 지켜보고 있던 을몽검의 눈에 놀람의 빛이 깃들었다. 그도 그럴 것이, 파소는 이 한차례의 공수 교환으로 적의 목숨을 앗으면서도 시선은 여전히 을몽검을 향해 있었던 것이다.

그리고 다음 순간 다시 을몽검의 입이 열렸다. 여전히 말소리는 흘러나오지 않았다. 하지만 파소는 을몽검의 입 모양에서 그가 하고자 하는 말을 읽어냈다.

'이리 오너라!'

을몽검은 파소를 부르고 있었다. 주변에선 여전히 을몽검을 배신한 자들과 을몽검을 지키려는 자들의 싸움이 치열하게 벌어지고 있었다. 물론 싸움의 양상은 많이 변해 있었다.

처음 묵돈을 따르던 배신자들은 단번에 장내를 장악할 것처럼 날뛰었지만 묵돈이 을몽검의 검에 맥없이 죽어버리고, 두 명의 동료가 파소의 검에 허무하게 저승으로 떠나자 기세등등하던 배신자들의 자신감은 어느새 죽음에 대한 공포로 변해 있었다.

 이제 남은 자는 겨우 다섯, 반면 그들을 상대하는 고수들은 파소를 제외하더라도 여섯이었다. 더군다나 을몽검을 곁에서 호위하는 을목의 무공은 그야말로 독보적이어서 싸움은 완연히 을몽검을 지키려는 고수들 쪽으로 기울어지고 있었다.

 을몽검의 부름에 파소가 잠시 망설였다. 싸움의 양상은 더 이상 자신을 필요로 하지 않았다. 사조의 조원들 또한 위험에 빠질 일은 없어 보였다. 그러나 그렇다고 단숨에 을몽검 앞으로 다가갈 수도 없는 파소였다.

 지금까지의 말들이 모두 사실이라면 그는 아비를 죽인 원수다. 그에게 다가가 살검을 들이밀어야 하는 것일까? 얼굴도 보지 못한 부모의 원수를 갚기 위해? 아니, 그는 왜 자신을 부르는 것일까? 이 광풍 같은 싸움의 와중에서 그는 자신에게 무슨 말이 하고 싶은 것일까? 이런 생각이 파소의 걸음을 막아서고 있었다.

 그러나 결국 파소는 을몽검을 향해 다가가기 시작했다. 여전히 그의 손에는 검이 들려 있었다. 어쩌면 이 검으로 그를 벨 수도 있었다.

 '훗, 패륜에는 패륜으로인가?

 파소는 마음속에 솟구치는 을몽검에 대한 살기를 깨닫고는 자신도 모르게 실소를 흘렸다. 을몽검이 자신의 부친을 향해 저지른 행동이 패륜이라면 자신이 그를 베는 것 또한 패륜일 터였다.

차차창!

여전히 장내는 도검의 격돌음으로 소란했다. 그리고 그 소란 속에 파소가 을몽검 앞에서 걸음을 멈췄다.

"날 죽이고 싶으냐?"

을몽검이 파소를 바라보며 나직이 물었다.

'모든 걸 알고 있군!'

파소는 순간 을몽검이 자신에 대해, 자신이 을씨 적통의 피를 이은 사람이란 걸 알고 있다는 것을 깨달았다.

"날 죽이고 싶으냐?"

다시 한 번 을몽검이 물었다. 그의 시선이 파소의 손에 들린 검에 닿아 있었다. 순간 파소는 자신의 어깨에서 힘이 쭉 빠져나가는 것을 느꼈다. 을몽검의 표정을 보건대, 그는 자신이 검을 들 필요조차 없어 보였다. 을몽검은 그가 한기를 일으키기 전의 모습, 병상에 누워 사경을 헤맬 때의 그로 돌아가 있었다. 아니, 어쩌면 그때보다 더 초라해 보였다.

"파소… 을파소……."

파소의 심정을 아는지 모르는지 을몽검이 잠꼬대하듯 중얼거렸다. 순간 사라졌던 살기가 다시금 파소의 가슴에서 타올랐다.

"내게 검을 꽂고 싶어도 지금은 참거라. 나중에… 나중에 부르마. 그때 모든 이야기를 해주마."

을몽검이 마치 양해를 구하듯 파소에게 말했다. 그는 몹시 지쳐 보였다. 나중에라고 말했지만 과연 그때까지 그가 살아 있을지 의심스러울 정도였다. 하지만 파소는 고개를 끄덕였다.

"그러죠. 듣고 보는 귀가 많으니……."

아직 다른 사람들은 파소의 정체를 모르고 있었다. 이 상황에서 을몽검과 파소가 나눌 수 있는 이야기에는 한계가 있었다. 더군다나 어느새 싸움이 끝나가고 있었다.

"큭!"

누군가의 신음성이 다시 파소의 귀에 들려왔다. 파소가 고개를 돌려보니 어느새 다섯이던 배신자의 숫자는 셋으로 줄어 있었고, 그중 한 명이 을목의 검에 피를 뿌리며 쓰러져 가고 있었다.

쩔렁!

나머지 두 명의 생존자는 손에 들었던 검을 놓아버리곤 그 자리에 무릎을 꿇었다. 더 이상의 싸움은 의미가 없었다. 칼을 버리고 목숨을 구하는 것이 지금으로선 최선이라는 것을 생존자들은 잘 알고 있는 모양이었다.

살아남은 두 명의 배신자가 도검을 버리고 무릎을 꿇자 을목이 고개를 돌려 을몽검을 바라봤다.

"베라!"

을목의 시선을 받은 을몽검의 입에서 잔혹하리만치 차가운 음성이 주저없이 흘러나왔다.

"소천!"

무릎을 꿇고 간당이는 생명줄을 잡고자 했던 두 배신자의 입에서 애절한 외침이 흘러나왔다. 그러나 소천 을몽검은 단호했다.

"뭐 하는가? 저들에게 그들을 넘겨주고 싶은 건가?"

을몽검이 망설이는 을목을 재촉했다. 을몽검의 재촉에 을목이 고개를 돌려 향주전 쪽을 바라보니 일단의 인물들이 나는 듯이 송림을 향해 질주해 오고 있었다.

고수들의 천국 무천향에서 이런 사단을 벌이고도 남들이 눈치채지 못하길 바랄 수는 없었다. 더군다나 소천 을몽검이 천봉에서 습격당한 이후 향의 경비는 어느 때보다 삼엄했다.

"스스로 선택한 길이니 날 원망치 말거라. 그동안 즐거웠다."

을목의 입에서 신음 소리 같은 음성이 흘러나왔다. 비록 마지막 순간 서로를 향해 칼을 겨눴지만 지금까지 소천 을몽검을 함께 지켜온 사람들이었다. 더군다나 정종이라는 한 울타리에서 성장해 온 사람들. 그러나 지금은 그들을 벨 때였다. 이들을 살려두면 이들의 뒤에 웅크리고 있는 자들이 오히려 이들을 이용해 역공을 가해올 수도 있었다.

팟!

을목이 매섭게 검을 휘둘렀다. 그러자 무릎을 꿇고 있던 두 명의 정종 고수가 신음 소리도 내지 못한 채 땅 위에 머리를 박고 쓰러졌다.

"좋아. 모두들 살아 있는 것을 축하하네. 특히 사조의 위사들은 더더욱 말일세. 그나저나 앞으로 무척 귀찮을 일들이 벌어질 걸세. 어쩌면 십이종성 앞에 불려 나갈 걸세. 그래서 하는 말인데, 혹여라도 누군가 그대들을 유혹한다 해도 없는 말을 지어내지는 말게. 날 위해 거짓말을 할 필요도 없고… 그저 이곳에서 본 대로만 말하면 되네. 알겠는가들?”

을몽검이 사조의 위사들을 보며 말하자 비량을 비롯한 사조의 고수들이 무거운 얼굴로 고개를 숙여 보였다. 그리고 잠시 후 이십여 명의 위사와 율사들이 바람처럼 장내에 닥쳐들었다.

후일 보자던 을몽검에게선 연락이 오지 않았다. 아니, 아마도 연락을 할 수 없는 상태인지도 몰랐다. 또한 그에게서 연락이 온다 해도 파소 역시 그를 찾아갈 형편이 아니었다.

송림에서의 사단 이후 사조에 속한 위사들은 자신의 거처로 돌아가지 못했다. 사조의 생존자들은 송림에서 즉시 율전으로 이동했다. 그리곤 율전 뒤편에 있는 작은 방에 감금되다시피 머물게 되었다.

“젠장, 우리가 죄인도 아니고……!”

사조의 고수 중 파소 말고는 가장 나이가 어린 산웅이 투덜댔다. 벌써 삼 일째 그들은 방문 밖으로 나가지 못하고 있었다.

“어쩔 수 없지 않은가? 보통 큰일이어야지.”

정천이 달래듯 말했다.

“큰일을 큰일이지만 우리 잘못은 아니지 않습니까? 이 모든 것은 소천과 그 주위 사람들이 벌인 일이지요. 우린 그저 송림에서 있었던 일을 있는 그대로 말해주면 그만 아닙니까?"

산웅이 마치 정천이 자신을 가두고 있기라도 하듯 따져 물었다.

"누가 그걸 모르나? 하지만 일이 워낙 중하니 조금 더디게 진행되나 보지."

정천이 다시금 산웅을 진정시키듯 말했다. 그러자 산웅도 어쩔 수 없다는 듯 체념한 표정으로 털썩 의자에 엉덩이를 붙이고 앉았다.

그 와중에도 사조장 비량은 흔들림없는 자세를 유지하고 있었다. 율전에 드는 순간부터 그는 마치 입에 자물쇠라도 채운 듯 어떤 말도 입 밖으로 흘려내지 않고 있었다. 그런데 그런 비량이 한순간 파소를 바라보며 불쑥 말을 뱉어냈다.

"자네… 정체가 뭔가?"

비량의 갑작스런 질문에 파소도 다른 두 명의 사조 위사도 무슨 소리냐는 듯 비량을 바라봤다.

"자네의 무공… 도대체 자넨 강호에서 무슨 일을 했던 사람인가? 물론 자네가 뛰어나다는 소문이야 무천향에 파다하게 퍼진 사실이지만 이번에 보여준 자네의 무공은 정말 놀라웠네."

비량의 계속된 질문에 그제야 정천과 산웅 역시 호기심 어린 표정으로 파소를 돌아봤다. 워낙 큰일을 겪어서 잠시 잊고 있었던 궁금증. 소천 을몽검의 곁을 지키다 그를 배신한 정종 고수 둘을 아무렇지도 않게 베어버린 파소에 대한 궁금증이 뒤늦게 떠올랐던 것이다.

"그냥 강호를 떠도는 유객이었지요."

파소가 무표정한 얼굴로 답했다. 천안성 이외에 무천향에 든 인물의 뒤를 캘 권리는 누구에게도 없었다. 비량의 질문은 어찌 보면 무척 무례한 것이라고 할 수 있었다.

파소의 차가운 대답 때문이었을까, 비량이 목소리를 부드럽게 하며 다시 입을 열었다.

"오해 말게. 자네의 무공이 생각보다 너무 뛰어났기에 물어본 것일세. 그나저나 소천과 다른 말을 주고받던 것 같던데……."

'정작 궁금한 것은 이것이었나?

비량은 파소의 과거보다 파소가 싸움이 끝나갈 무렵 소천을몽검과 나눈 이야기가 궁금한 모양이었다.

"별다른 말씀은 없었습니다. 지금 조장께서 한 질문을 그대로 받았을 뿐이지요."

파소가 당황치 않고 대답을 둘러댔다.

"음… 소천께서도 자네의 무공이 눈에 들어오셨던 모양이군. 자넨 나에게 한 대답과 같은 대답을 했겠지?"

비량의 질문에 파소가 가볍게 고개를 끄덕였다. 그러자 비량이 뭔가 다시 질문을 던지려는데 갑자기 방문이 열리며 율사 한 명이 고개를 들이밀었다. 그리곤 파소를 찾더니 무표정한 얼굴로 입을 열었다.

“내자가 찾아왔네.”

“그 사람이요?”

“그렇다네. 아마 삼 일 동안 돌아오지 않아서 걱정이 된 모양일세. 나와서 만나보게. 대신 율전을 벗어나지는 못하네. 물론 주변에 율사들도 있을 것이고…….”

“당연한 일이겠지요.”

“따라오게.”

석청은 율전의 중앙 대청에서 파소를 기다리고 있었다. 무천향에 큰 혈풍이 불어서인지 율전 곳곳에 율사들이 물샐틈없이 경비를 서고 있었다.

“괜찮은 거예요?”

파소가 대전에 들어서자 기다리고 있던 석청이 걱정스런 얼굴로 파소의 손을 잡으며 물었다.

“걱정 말아요. 괜찮아요.”

“다친 곳은 없어요? 듣자 하니 여럿이 죽어나갔다고 하던데…….”

“보다시피 멀쩡해요.”

그러자 석청이 안도의 한숨을 쉬더니 주저하며 입을 열었다.

“소문에 들으니 사람을 베었다던데…….”

“어쩔 수 없었어요.”

“도대체 무슨 일이 벌어진 거죠?”

석청의 질문에 파소가 주변을 돌아보며 나직하게 대답했다.

"나중에 말해줄게요."

그제야 석청도 대청 곳곳에서 자신들을 지켜보고 있는 눈이 있다는 걸 깨닫고는 고개를 끄덕였다.

"알았어요. 얘기는 나중에 들을게요. 그래도 이렇게 성한 모습을 봐서 다행이에요."

"당신은 어때요. 아무 일 없죠?"

파소는 오히려 의관에서 과거의 일을 캐고 있는 석청의 안위가 걱정스러웠다.

"후후, 저야 잘 지내요. 걱정 말아요. 돌아오면 의관에서의 일을 말해줄게요. 재밌는 일이 아주 많은 곳이에요, 의관은……."

석청의 말에는 의미심장한 구석이 있었다.

'뭔가 알아낸 모양이군.'

그러나 석청이 알아낸 것이 무엇인지 지금 물을 수는 없었다. 보는 눈도, 듣는 귀도 너무 많았다.

"돌아가면 심심치 않겠군요."

파소가 미소를 지으며 에둘러 하자 석청이 미소를 지으며 고개를 끄덕였다.

"그래요. 돌아오면 재밌는 얘기를 들려줄게요."

파소가 석청과의 짧은 만남을 끝내고 사조의 위사들이 머물고 있는 방으로 돌아왔을 때마침 무천향의 율사 다섯 명이 사조의 위사들을 찾아왔다.

"대법사를 뵈옵니다."

율사 다섯이 방 안으로 들어서자 비량이 재빨리 신형을 돌려 정중하게 포권을 취했다. 그러자 나머지 위사들도 제각기 허리를 숙여 방 안으로 들어온 율사 다섯 중 가장 앞에 서 있는 백염의 노고수를 맞이했다. 파소는 백염노인의 정체를 알 수 없었지만 얼떨결에 동료들을 따라 허리를 숙여 보였다. 그러자 백염노인이 고개를 끄덕이고는 사조의 위사들을 돌아보며 입을 열었다.

"오래 기다렸네. 향주전의 명이 없어 자네들을 이곳에 잡아둘 수밖에 없었네."

"그럼 이제 향주전의 명이 나온 것입니까?"

비량이 백염노인에게 묻자 백염노인이 고개를 끄덕였다.

"좀 힘들 걸세."

백염노인의 말에 사조 고수들의 표정이 변했다. 백염노인의 말은 그들을 기다리고 있는 일이 결코 쉽지 않음을 말해주고 있었다.

"뭘 해야 합니까?"

비량이 굳은 표정으로 물었다.

"십이종성 앞에서 증언을 해야 할 걸세."

"십이종성 앞이라면……?"

"이 일을 논의하기 위해 십이종회가 다시 열리네. 참으로 희한한 일이지. 오랫동안 열리지 않던 십이종회가 한 번 열리기

시작하자 쉬지 않고 열리게 되니 말이야. 어쨌든 자네들은 십
이종성 앞에서 자네들이 겪은 일을 증언하게 될 걸세."

"그리 어려운 일은 아닌 듯합니다만……."

비량의 말에 백염노인이 고개를 저었다.

"글쎄, 자네 정도의 배포라면 모르겠지만 다른 사람들도 쉽
다고는 말할 수 없을 걸세. 더군다나 자네들 모두를 한 번에
부르는 것이 아닐세. 한 사람씩 별도로 십이종성 앞에 서게 될
걸세. 그래서 하는 말이네만 지금부턴 자네들에게 각방을 내
주라는 명이 내려졌다네."

"설마 저희들을 못 믿는다는 말씀이신지……?"

"이 지경에 누굴 믿을 수 있겠는가? 그리고 진실을 말한다
면 자네들로서도 두려울 것이 없겠지. 일단 내일부터 증언이
시작될 것이고 그리 오래 걸리지는 않을 걸세. 길어야 이틀을
넘기진 않을 거야. 그러니 답답하더라도 참게. 그럼 사조장 자
네는 이곳에 남아 있고 나머지 사람들은 각기 율사들을 따라
다른 곳으로 이동하게."

백염노인의 말에 사조의 고수들이 서로를 바라봤다. 그러나
향주전에서 내려온 명을 거부할 수는 없는 일, 비량이 파소 등
을 보며 고개를 끄덕이자 삼 인이 어쩔 수 없다는 듯 고개를 저
으며 율사들을 따라나섰다.

대법사라 불린 백염노인의 말은 틀리지 않았다. 파소의 기
다림은 그리 길지 않았다. 백염노인이 삼 인의 율사를 대동하

고 파소를 만나러 온 것은 사조의 고수들이 뿔뿔이 흩어진 다음날 오후 늦게였다.

파소는 백염노인과 율전의 율사들이 자신의 거처로 들어오기 전에 이미 자리에서 일어나 있었다. 문밖에서 느껴지는 그들의 기척을 알아챘기 때문이다.

"지낼 만한가?"

고개를 숙여 보이는 파소에게 백염노인이 물었다.

"좀 답답하군요."

파소가 담담한 음성으로 대답했다.

"그랬는가? 하지만 이젠 괜찮을 걸세. 오늘로 이곳에 있는 것도 마지막이니. 가세."

"제 차례군요."

"그렇다네. 또한 마지막 증인이기도 하지."

대법사라 불린 백염노인이 고개를 끄덕이고는 신형을 돌렸다.

대법사 조청광, 파소의 일 장 앞에서 움직이고 있는 이 백염노인을 모르는 사람은 무천향에 존재하지 않는다. 또한 그의 명성은 무도(武道)가 최고의 선인 무천향에 어울리지 않게 두려움을 통해 쌓아 올린 것이었다.

율사들의 집합체인 율전의 수장인 이 백염노인의 손에 무공을 전폐당하고 무천향을 떠난 사람이 적지 않았다. 무천향의 무인들은 세상 누구도 두려워 않지만 오직 이 백염노인과 그의 밑에 있는 서른 명의 율사만큼은 두려워했다.

그런 대법사 조청광의 명성 때문일까. 향주전으로 향하는 길에 삼엄하게 늘어선 경비무사들이 두려운 낯빛으로 연이어 조청광에게 고개를 숙여 보였다. 그러나 조청광은 경비무사들의 인사에는 전혀 반응을 보이지 않고 향주전을 향해 걸음을 재촉할 뿐이었다.

'역시 명성대로 대단한 기도를 지닌 양반이군.'

파소가 대법사 조청광을 만난 것은 이번이 처음이었다. 평소 조청광은 율전에 틀어박혀 밖으로 나오지 않았다. 그런 그가 칩거를 깨고 율전을 벗어나면 언제나 무천향에 일대 사단이 일어났다던가.

거침없이 향주전을 가로지른 조청광이 파소를 한 채의 거대한 석조건물 앞으로 데려갔다.

종전(宗殿).

석조건물 앞에 걸린 편액에 힘찬 기백으로 검은색 글씨가 새겨져 있었다.

'이곳이 바로 십이종회가 열리는 종전이군.'

향주전의 가장 안쪽에 위치한 종전은 무천향의 무인들에게 무극동천과 함께 무천향의 성지로 여겨지는 곳이었다. 무극동천이 무극에 도전하는 무천향 무인들의 정신을 대변하는 곳이라면, 이 종전은 무천향이 문을 연 이래 무천향에서 일어난 모든 중요한 일들이 결정된 곳으로써 무천향의 역사를 대변하는 장소였다.

조청광의 걸음은 종전에 이르러서도 거침이 없었다. 여전히 종전을 지키는 호위무사들이 급급히 허리를 숙였지만 조청광은 그들에게 눈길 한 번 돌리지 않았다. 파소는 그런 조청광의 뒤를 따라 종전 안으로 들어갔다.

그그긍!

무천향의 건물들에게선 좀체 보기 힘든 석문이 좌우로 열렸다. 파소가 한 걸음 석문 안으로 들어서자 하늘을 향해 뚫린 원형 공간을 통해 붉게 물든 석양빛이 원통을 이루며 대전의 중앙으로 내려오는 것이 보였다.

"다 왔네."

율전을 떠난 이후 굳게 닫혀 있던 조청광의 입이 드디어 열렸다.

"가서 앉게."

조청광이 석양빛이 원통을 이루며 내려오는 곳 중심에 놓인 고색창연한 나무 의자를 가리키며 말했다. 파소는 심호흡을 크게 한 번 하고는 천천히 걸음을 옮겨 석양빛의 기둥 속으로 들어갔다. 그리곤 가만히 조청광이 지목한 나무 의자에 자리를 잡고 앉았다. 그리고 그때쯤 파소의 눈이 그가 들어선 공간에 익숙해지기 시작했다.

본래 파소가 들어선 석실이 어두운 것은 아니었다. 단지 하늘을 통해 들어오는 석양빛이 너무 강렬해 그 이외의 부분이 어둡게 보였을 뿐이었다.

붉은 석양빛에 눈이 익자 파소의 눈에는 그가 앉은 곳을 중심으로 북쪽을 향해 반원을 그리며 앉아 있는 열두 명의 노고수가 들어왔다. 바로 무천향의 운명을 결정하는 십이종성이었다.

파소는 자신을 바라보는 십이종성들로부터 은은히 흘러나오는 기세에 흠칫 몸을 떨었다.

'음… 이건 어떤 고문보다도 효과가 있겠군.'

파소가 밀려드는 십이종성의 기세를 받아내며 내심 나직한 신음성을 흘려냈다.

십이종성 중에는 파소가 이미 만나본 사람도 여럿 있었다. 향주 을도산이야 말할 것도 없고, 초성관주 여상, 죽림이성 임하와 소법이 그들이었다.

"십이종성 어른들을 대신해서 내가 자네에게 몇 가지 질문을 하겠네."

파소가 반원을 그리며 앉아 있는 십이종성 한 사람 한 사람의 얼굴을 살피는 사이 어느새 향주 을도산 앞으로 이동한 백염의 대법사 조청광이 서릿발 같은 기세로 파소를 보며 입을 열었다.

"하문하십시오."

파소가 담담한 표정으로 고개를 끄덕였다. 십이종성에게서 밀려드는 태산 같은 기세도 어느새 익숙해져 파소의 마음은 명경처럼 맑았다. 그 마음에 십이종성 한 명 한 명의 표정을 담을 만큼.

"이번 일에 대해선 그곳에 있었던 모든 사람들이 이미 증언을 했네. 하지만 십이종성께선 그대에게서 송림에서 일어난 그 일을 다시 한 번 듣기를 원하시네. 그대는 한 올의 가감도 없이 당시의 일을 고하게."

이미 송림에서 살아남은 여섯 사람이 당시의 사건을 말했을 테니 십이종성이 당시의 일을 모르고 있지는 않을 터였다. 하지만 그들은 파소의 입을 통해 당시의 일을 다시 한 번 듣기를 원하고 있었다.

'철저하군.'

단 한 명이라도 다른 말을 한다면 사건은 다시 조사될 터였다. 다른 사람들이 어찌 말했는지 알 수 없으니 파소도 자신이 듣고 본 것을 그대로 말할 수밖에 없었다.

"말씀드리겠습니다. 그날 우리는……."

파소 침착한 목소리로 입을 열기 시작했다. 파소는 당시 송림에서 벌어졌던 일을 아주 세세한 부분까지 기억해 내 십이종성에게 고했다. 파소의 말에는 단 하나의 거짓도 없었을 뿐 아니라 그 누구의 증언보다도 정확하고 세세해서 십이종성은 마치 그들이 송림에서 직접 그 일을 겪은 것 같은 느낌을 받을 정도였다.

파소의 증언은 거의 반 시진에 걸쳐 이어졌고. 간혹 십이종성 혹은 대법사 조청광이 질문을 던질 때를 제외하고는 끊어지는 법이 없었다.

“제가 말씀드릴 수 있는 것은 여기까집니다.”

을목이 배신자 두 명의 목을 친 것까지 이야기한 파소가 오랜 이야기를 끝내고 입을 닫았다. 파소의 증언이 끝나자 장내에 잠시 침묵이 흘렀다.

“수고했네.”

잠시의 침묵을 깨고 조청광의 뒤쪽에서 을도산의 목소리가 들려왔다. 그러자 조청광이 살짝 신형을 옮겨 파소가 을도산을 정면으로 볼 수 있도록 했다.

파소는 무천향주 을도산을 깊은 눈으로 응시했다. 을도산은 처음 파소가 무천향에 들었을 때보다 무척 늙어 보였다.

'자식에게 일어난 평지풍파는 대무천향주조차 늙게 하는 것일까?

비록 친혈육이라 해도 이제 겨우 두 번째 보는 을도산에게서 핏줄의 정을 느낄 수는 없었다. 파소에게 을도산은 조부라기보단 무천향의 향주로서 더 익숙했다.

“누구보다도 자세히 당시의 일을 기억하고 있군.”

을도산의 말이 이어졌다.

“워낙 충격적인 일이었기 때문입니다.”

“후후, 본래 감당할 수 없는 충격적인 일을 당한 사람은 그 일을 기억하지 못하는 법이지. 자네가 그 일들을 온전히 기억하고 있는 것은 당시 자네가 무척 침착한 마음을 유지하고 있었다는 말일 것이네. 그런데 자네가 배신자 중 두 명을 베었다고?”

“그렇습니다.”

“결론적으로 보자면 소천이 살아난 것은 자네 덕이란 말도 되는군. 그곳에서 두 명 이상의 배신자를 제거한 사람은 자네가 유일하고, 그 둘이 죽음으로써 전세가 소천 쪽에 유리해졌다고 들었네.”

“제가 아니더라도 소천께선 능히 그들을 상대해 내셨을 겁니다.”

“아니야. 빙정이 힘을 발휘하는 시간은 겨우 일각에 지나지 않아. 그러니 을엄과 묵돈을 베는 것으로 빙정의 효력은 모두 사라졌을 거야. 그러니 결국 싸움의 승패는 우습게도 나머지 사람들에게 달려 있었던 거지. 그 싸움에서 자네가 배신자 둘을 베어 전세를 소천에게 유리하게 이끌었으니 소천이 살아난 것은 결국 자네 덕이라고 할 수 있을 걸세.”

파소는 그제야 소천 을몽검이 보였던 그 대단한 신위가 빙정이라는 물건 때문임을 알았다.

“하나 묻겠네.”

파소가 을몽검에게 나타났던 그 기괴한 변화를 생각하고 있을 때 갑자기 을도산의 오른쪽 옆에 앉아 있던 흑의노인이 입을 열었다. 파소의 시선이 자연스럽게 노인에게로 향했다. 순간 파소는 거대한 산악이 자신을 덮쳐 오는 듯한 느낌을 받았다.

흑의노인의 기세는 앞서 파소에게 말을 건넸던 무천향주 을도산보다도 훨씬 강력하게 느껴졌다.

‘이 사람이 바로 그로군.’

파소는 흑의노인의 정체를 금세 알아챘다. 무천향 십이종성은 모두 무천향의 무인들 중 최고의 위치를 점하고 있었지만 그중에서도 이 흑의노인의 명성은 향주를 제외한 다른 열 명의 종성을 압도하는 면이 있었다.

‘검산의 호랑이 탁발로가 분명하군.’

그의 얼굴을 본 적은 없었다. 하지만 그에게서 느껴지는 기세만으로도 그가 검산의 호랑이라 불리며 검산을 좌지우지하는 탁발로임을 알 수 있었다.

무천향을 연 십이조사 중 도왕 탁발묵의 진전을 이은 탁발로는 현 검산 최고수라 불리는 인물이기도 했다. 또한 그 성정이 무천향의 역대 종성들과는 사뭇 달라서 무척 패도적인 인물이라고도 알려져 있었다.

더군다나 그는 파소가 무천향에 들어온 직후 열렸던 십이종회에서 향의 후계자를 정종의 을씨 가문이 아닌 무벽을 이용한 시험으로 무천향의 모든 무인들에게 개방하자는 의견을 내 결국 수십 일간의 격론 끝에 자신의 의견을 관철시킨 인물이기도 했다. 그래서 당시의 십이종회 이후 무천향의 진정한 향주는 정종이 아니라 검산에 있다는 말이 나올 지경이었던 것이다.

“하문하십시오.”

파소가 담담한 표정으로 고개를 숙여 보였다. 그러자 탁발로의 표정이 살짝 변했다. 아마도 자신의 기세를 정면으로 대하고도 태연자약한 파소의 반응이 의외인 모양이었다.

“내가 누군지 알겠는가?”

“뵌 적은 없지만……."

“만난 적은 없지만 내가 누군지 알겠다는 말이겠군. 난 탁발로라고 하네. 자네가 짐작한 사람이 맞는가?”

탁발로가 넌지시 파소를 바라보며 묻자 파소가 가볍게 고개를 끄덕였다.

“역시 듣던 대로 대단한 젊은이군. 향의 젊은이들 중 내 앞에서 자네처럼 침착함을 유지할 수 있는 아이들은 거의 없을 걸세.”

탁발로는 자신 앞에서도 전혀 위축됨이 없는 파소가 한편으론 신기한 모양이었다.

“어르신의 명성은 익히 듣고 있었습니다.”

“흐흠, 허명일 뿐이지. 자, 쓸데없는 말은 그만하고 묻겠네. 소천이 반역자들과 대화를 나눌 때 분명 전대 소천에 대한 이야기를 거론했다고 했지?”

순간 파소의 안색이 딱딱하게 굳어졌다. 파소만이 아니었다. 장내에 있는 십이종성과 대법사 조청광 역시 안색이 급변했다. 탁발로가 꺼내 든 주제는 향에 너무도 민감한 문제였던 것이다.

“그렇습니다.”

파소가 무겁게 고개를 끄덕였다.

“물론 앞서 증언을 한 사람들도 말을 전하긴 했지만 자네만큼 그때의 상황을 정확히 기억하는 사람이 없는 것 같아서 확인코자 묻는 걸세. 그때 분명 소천이 과거 소천의 죽음에 자신이 관여되었다고 말했는가?"

부인할 문제는 아니었지만 파소의 대답은 쉽게 나오지 못했다. 이 이야기는 결국 자신의 아버지에 관한 이야기였다.

"그렇습니다."

"좋아. 소천이 전대 소천에게 광혈단이란 걸 사용했다고 했나?"

그러자 파소가 고개를 갸웃하다 입을 열었다.

"정확히 기억나지는 않지만 광혈단이란 것이 언급된 것은 맞습니다."

"광혈단을 전대 소천에게 사용한 사람이 현 소천이라 했단 말이지?"

"그 부분은 확언드릴 수 없습니다. 소천이 관여된 것은 분명하지만 직접 사용했는지는……."

파소의 말에 탁발로가 만족한 듯한 표정을 지으며 고개를 끄덕이고는 금세 표정을 바꿔 걱정스런 얼굴로 을도산을 바라봤다.

"향주, 앞서의 진술과 모든 것이 일치하는 것 같습니다. 큰일이군요. 현 소천이 전대 소천의 죽음과 연관되어 있다면 이건 너무도 큰 문제가 아닙니까?"

탁발로의 표정은 마치 다 잡아놓은 사냥감을 바라보는 늑대와 같았다. 현 소천이 전대 소천의 죽음에 관여했다면 그건 곧현 소천 을몽검의 자격에 심각한 문제가 있다는 뜻이었다. 모든 증언을 토대로 한다면 을몽검의 생사와 관계없이 그는 소천의 직위에서 내려와야 했다. 그건 곧 탁발로가 지난번 십이종회에서 주장한 새로운 소천의 선출이 을몽검의 죽음과 상관없이 이루어져야 한다는 말이 되는 것이기도 했다. 결국 정종을씨 가문은 드디어 무천향의 주인 자리를 내놓아야 하는 상황에 직면한 것이다.

그런데 탁발로의 말을 듣고 있는 을도산의 표정은 의외로 담담했다. 자신의 대에 무천향의 향주 자리가 을씨 가문을 벗어나는 것을 보아야 하는 사람치고는 너무 평온했다.

탁발로의 말을 듣고는 한참 동안 두 눈을 감고 있던 을도산이 얼마 뒤 가만히 눈을 열었다. 순간 그의 눈에서 한줄기 한광이 번쩍였다. 그건 그동안의 무천향주 을도산에게선 전혀 보지 못했던 강력한 안광이었기에 그를 주시하고 있던 장내의 고수들의 눈에 일순 당혹스런 빛이 떠올랐다.

"그렇지요. 참으로 큰 문제올시다."

사람들의 당혹 속에 을도산이 입을 열었다. 그의 목소리는 한기로 가득 차 있어 이 사람이 지금까지 무천향을 이끌어오던 그 유한 성정의 을도산인지 의심조차 갈 지경이었다.

"하면 이 문제를 어찌 처리하실런지……?"

비록 을도산의 기세가 전과 같지 않았지만 탁발로는 여전히 먹이에 대한 탐욕을 드러내고 있었다.

"소천의 자격에 문제가 생겼으니 그 아이의 생사와 상관없이 새로운 소천이 서야 할 것이오."

향주 을도산의 입에서 너무도 쉽게 현 소천 을몽검꿀 소천
의 자리에서 내리겠다는 말이 흘러나왔다. 그건 물론 탁발로
가 원하는 대답이었지만 그 대답을 너무 쉽게 들었기에 탁발
로의 얼굴에는 먹이를 잡았다는 기쁨보다 한가닥 의혹의 빛이
떠올랐다.

"하면 무벽을 통해 소천을 정하는 일을 예정보다 빨리 진행
해야겠군요?"

탁발로가 마지막 화살을 사냥감에 꽂기라도 하려는 듯 을도
산에게 물었다. 그러자 을도산이 이 와중에도 빙그레 미소를
지으며 고개를 저었다.

"뭐, 그래야 할게요. 하지만 너무 서둘지는 맙시다. 내가 내
일 죽을 것도 아니고 말이오. 새로운 소천을 정하는 일은 물론
중요하오. 하지만 그보다 더 중요한 문제가 있소."

기대한 대답이 나오지 않자 탁발로가 적이 실망한 표정을
지으며 물었다.

"더 급한 일이라면……?"

"몽검이 몽학의 죽음에 연관이 있다는 것은 모두의 증언으로
확인된 사실이니 더 거론할 바가 아니오. 하지만 그를 통해 유추
해 보면 과거 몽학이 무극동천에서 혈사를 일으킬 당시에는 송
림에서 이번 사단들을 일으킨 배신자들과 몽검이 한통속이었던
것이 분명하오. 더군다나 죽은 을엄과 묵돈의 배후에 또 다른 인
물들이 존재하는 것 역시 분명한 사실이오. 지금 급한 것은 바로
그들을 잡아내는 일일 것이오. 그리고 또한 삼십여 년 전 일어났

던 그 혈사에 대해서도 다시 조사가 되어야 할 것이오. 향의 분란을 막기 위해 덮어두었던 그 사건에 대한 조사 말이오.”

을도산의 눈에서 흘러나오는 한기는 점점 강렬해져서 이젠 탁발로의 패기조차도 을도산의 기세를 감당할 수 없는 지경에 이르러 있었다.

“그, 그야 당연히…….”

탁발로가 자신도 모르게 말을 더듬었다. 을도산의 말에는 빈틈이 없어서 탁발로가 달리 반박할 틈이 보이지 않을뿐더러 설사 그런 틈이 있다 하더라도 지금의 을도산 앞에서 감히 그 의견을 반박할 엄두가 나지 않는 탁발로였다.

“내 생각에 이의가 있으신 분 있으시오?”

을도산이 나머지 십이종성들을 돌아보며 물었다. 그러나 누구도 입을 여는 사람이 없었다. 갑작스레 기도를 변화시킨 을도산이 완전히 장내를 장악하고 있었던 것이다.

“좋소. 그럼 모두 내 생각에 동의한 것으로 알겠소. 무벽에 검흔을 남기는 후인을 찾는 것과 함께 삼십여 년 전의 일을 다시 조사하겠소. 하지만 그 무엇보다도 을엄과 묵돈의 뒤에 있는 자들을 색출하는 것이 가장 급한 일일 것이오. 그리고… 이 모든 일들과 더불어 하나의 일을 더 진행해야 할 듯싶소.”

을도산의 말에 모든 사람의 시선이 을도산에게로 쏠렸다. 을도산이 하고자 하는 다른 일은 무엇일까? 그리고 그 일이 무천향의 운명에 어떤 영향을 미칠지에 대한 두려움과 호기심이 동시에 묻어나는 표정들이었다.

"드러난 사실만으로 보면 과거 몽학의 죽음에는 분명 누군가의 음모가 도사리고 있었다는 것이 확인되었소. 그렇다면… 당연히 나의 장자에 대한 명예도 다시 한 번 돌아봐야 할 것이오. 즉, 무천향 역사상 최악의 살인자란 오욕을 쓰고 있는 몽학의 굴레를 벗겨줘야 한다는 말이오. 안 그렇소?"

을도산이 탁발로를 보며 묻자 탁발로가 탐탁지 않은 표정으로 고개를 끄덕였다.

"그야… 조사 결과에 따라……."

탁발로가 말을 흐리자 을도산이 지체하지 않고 그의 말꼬리를 잡아채며 다시 입을 열었다.

"그리되면 말이오, 당연히 그의 아들 또한 향으로 돌아와야 지 않겠소? 을씨 가문의 적통으로서 말이오!"

을도산의 나직한 말이 건물을 뒤흔들었다. 십이종성의 얼굴이 저마다 당혹스런 감정으로 물들어갔다.

파소 역시 강력한 일장을 가슴에 얻어맞은 것처럼 자신도 모르게 몸이 휘청거렸다. 그리고 그 순간 파소와 을도산의 시선이 우연처럼 허공에서 맹렬하게 부딪쳤다.

『무천향』 5권 끝

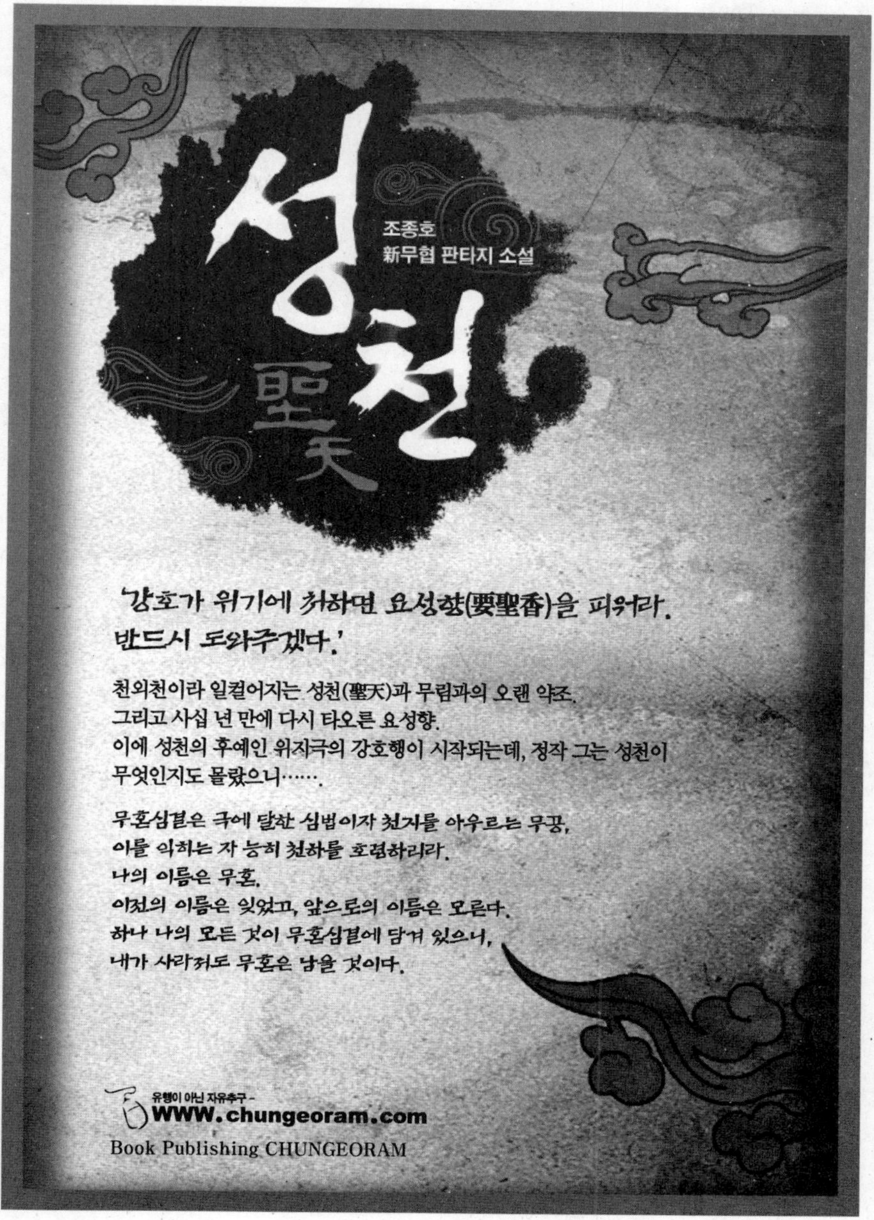

성천
聖天
조종호
新무협 판타지 소설
'강호가 위기에 처하면 요성향(要聖香)을 피워라.
반드시 도와주겠다.'
천외천이라 일컬어지는 성천(聖天)과 무림과의 오랜 약조.
그리고 사십 년 만에 다시 타오른 요성향.
이에 성천의 후예인 위지극의 강호행이 시작되는데, 정작 그는 성천이
무엇인지도 몰랐으니…….
무혼심결은 극에 달한 심법이자 천지를 아우르는 무공,
이를 익히는 자 능히 천하를 호령하리라.
나의 이름은 무혼.
이전의 이름은 잊었고, 앞으로의 이름은 모른다.
하나 나의 모든 것이 무혼심결에 담겨 있으니,
내가 사라져도 무혼은 남을 것이다.
유행이 아닌 자유추구 -
www.chungeoram.com
Book Publishing CHUNGEORAM

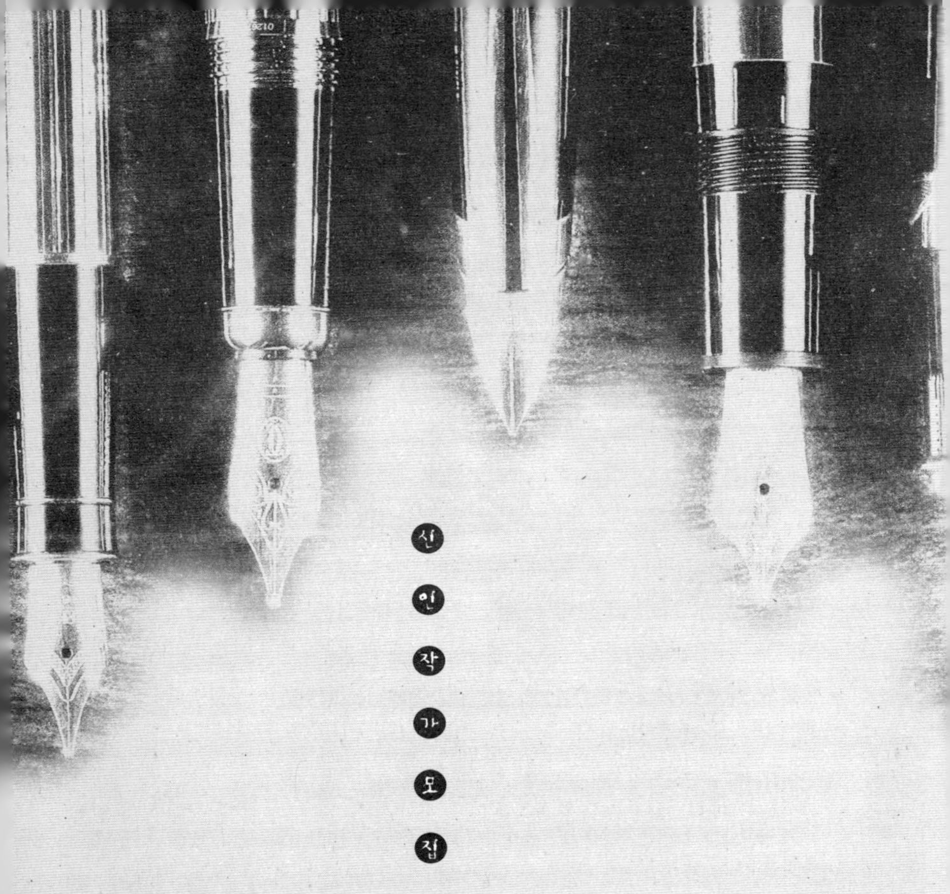

신
인
작
가
모
집

은하의 계곡

무천향
武天鄕

허담 新무협 판타지 소설

뿌리를 찾아가는 목동 파소의 여행.
그 여정의 끝에서
검 든 자들의 고향 대무천향 (大武天鄕)을 만난다.

검객 단보, 그는 노래했다.

…모든 검 든 자들의 고향 무천향.
한 초식의 검에 잠든 용이 깨어나고, 또 한 초식의 검에 잠든 바다가 일어나네.
검의 흐름을 따라가다 보면 어느새, 세월도 잊어버리고, 사랑도 잊어버리고,
무공도 잊어버려…….
결국에는 자신조차 잊어버리는…….

은하의 가장 밝은 빛이 되어버린다는
그 무성(武星)들의 대지(大地).

아, 대무천향(大武天鄕)이여!

閻王眞武

염왕진무

김석진 新무협 판타지 소설

"그, 그럼 어디서 오셨습니까?"
무심하게 고개를 돌리며 진무가 속삭이듯 말했다.

……지옥에서.

인간이라면 절대 익힐 수 없다는 강호삼대불가득!
그것에 얽힌 비사를 풀기 위해 그가 강호로 나섰다!
피처럼 붉은 무적의 강기, 혼돈혈애를 전신에 두르고
수라격체술과 염왕보로 천하를 질타하는 쾌남아, 진무!
염왕의 진실한 무학을 발현하여 무림삼패세와 고금십대천병을
이겨내고 속세의 악업을 심판하는 진정한 염왕이 되어라!

이제 강호는 진무의
일거수일투족에 열광한다!

Book Publishing CHUNGEORAM